Friedrich Laun

DIE WACHSFIGUR

Schauergeschichten aus der *Schwarzen Romantik.*

1814-1818

AF139649

Friedrich Laun

DIE WACHSFIGUR

Schauergeschichten aus der *Schwarzen Romantik*.

1814-1818

FSC
www.fsc.org

MIX

Papier aus ver-
antwortungsvollen
Quellen
Paper from
responsible sources

FSC® C105338

Impressum:
© 2016 Matthias Wagner
Herstellung und Verlag: Bod - Books on Demand, Norderstedt
ISBN: 978-3-739-21353-8

Die Wachsfigur.

Seit einer Stunde war das Kränzchen ziemlich beisammen.[1] Aber der Frohsinn schien für diesmal ausgeblieben. Diese Bemerkung hatten schon einige laut gemacht.

„Da habt ihr's," rief Hilarie, „daß der hagere melancholische Mann, der heute fehlt, bei unseren Versammlungen kaum zu entbehren ist. Nur denken darf ich mir ihn, und sein oft so bittersüßes Gesicht, sein vornehmes Zurückweisen eines mutwilligen Scherzes, seine pathetischen Widerlegungen witziger Einfälle, nur denken, und meine Laune verbessert sich sogleich."

„Sollte die frische Farbe seiner wohlgebildeten Züge nicht auch etwas dabei tun?" drohte Theodore.

„Vielleicht gäbe ich das ebenfalls zu, könnte ich nicht dadurch meinem Ludwig unnötige Grillen in den Kopf setzen!" erwiderte sie mit Anmut. „Übrigens habe ich nichts gewollt mit dieser Bemerkung, als euch aufmerksam machen auf die unerkannte Wohltat, welche unserem Kränzchen der Himmel durch diesen melancholischen Herrn erwiesen hat."

„Wer nichts von Guido hörte, als das," so fiel hier Konstantin, der Wirtin Bruder, ein, „der könnte ihn wahrlich für eine bloß lächerliche Person halten. Das aber ist er keineswegs. Vielmehr ist er ein Mann von Verstand und Herz. Nur hätte er bei einem entschiedenen Hang zur Einseitigkeit das Mannigfache des bunten - wenigstens der europäischen - Welt sehen müssen, um nicht bisweilen an einer Modetorheit zu scheitern. So spukt denn auch jetzt in ihm der von manchem fälschlich sogenannte Geist des achtzehnten Jahrhunderts, ein Ding, das alles leugnet, was es nicht durchschauen kann, das alles besser wissen will, als die Stimme des Gemüts und der Erfahrung, und das mit den Greueln der jetzigen Revolution in Frankreich, welche hauptsächlich von seinem Ungeschick

---

[1] Im Voraus ist vielleicht hier anzudeuten, daß die Zeit dieser Geschichte mit der französischen Revolution zusammenfällt.

herrühren, untergehen dürfte, wie es solches auch gewiß verdient. - Er wird davon zurückkommen, seine Jugend und innere Gediegenheit verbürgen das."

„Wie gerufen!" rief Hilarie, als Guido hier noch eintrat. „Beide Ohren müssen Ihnen stark geklungen haben."

„Daß ich nicht wüßte!" erwiderte er lächelnd.

„O, Sie leugnen es nur, wie Sie alles leugnen. Gestehen Sie's lieber, daß Ihr linkes Ohr Ihnen keine Ruhe gelassen hat, bis Sie hierher eilten, um dadurch dem Gespräch über Sie ein Ende zu machen."

„Ich bin also so glücklich gewesen?" fragte Guido.

„Glücklich und unglücklich, wie Sie's nehmen. Ein Glück ist's zum Beispiel allemal, wenn Theodore und ich von Ihnen sprechen. Allein Gespräche, die im linken Ohr des abwesenden Gegenstandes wiederklingen, sind wenigstens von sehr zweideutiger Art. Mit einem Wort, wir haben uns über Sie aufgehalten, aber doch so, daß wir Ihre Person sehr zu vermissen vorgaben."

Guido fand sich mit einer Artigkeit ab. Doch, der sonst immer so reiche Fluß der Unterhaltung wollte noch nicht in Gang kommen. Die mannigfachsten Gegenstände wurden vergebens herbeigezogen; an keinem haftete die seltsame Sprödigkeit der Worte des Abends.

Endlich fing noch Julie, die Wirtin, zu Konstantin also an: „Ach, lieber Bruder, gut, daß mir's einfällt, wer bewohnt denn jetzt den ersten Stock deines Hauses? Das muß ein gar vornehmer Herr sein! Wenigstens ist der Türsteher überaus reich mit Gold berändert."

„Allerdings," antwortete der Gefragte, „widerfährt meinem armen Hause fast zu viel Ehre. Mehr als ein vornehmer Herr wohnt darin. Wenn nur auch der Zins gehörig abgetragen wird! - Er nannte hierauf einige der größten Fürsten, so daß man sich wundern mußte, wie er an der Berichtigung der Miete auch nur im Mindesten zweifeln konnte."

„Daß," fuhr Julie fort, „der Stolz bei deinen Herren Abmietern zu Hause ist, das darf man schon aus dem Türhüter schließen. Denn diese steife Haltung, dies wahrhaft steinerne

Gesicht, hat für mich etwas überaus Schauerliches. Sogar den Stock mit großem, silbernem Knopf hält der Mensch immer auf dieselbe Weise, so daß es kein Wunder ist, wenn, wie es geschieht, die Straßenkinder bei ihm sich sammeln und ihn angaffen. Gestern in der Abenddämmerung ging ich auch wieder vorbei, und als mein Blick auf die lange regungslose Gestalt fiel, da schüttelte mich die Furcht so zusammen, daß ich meine Schritte mehr als verdoppelte, um nur aus der gespenstischen Sphäre zu kommen."

Konstantin lachte.

„Nein," entgegnete Julie ernst genug, „mir war es, ich versichere dich, gar nicht lächerlich!"

„Das wird's aber werden, wenn ich sage, daß der goldbesäumte Türsteher wirklich nicht aus Fleisch und Blut, wie seine Kameraden und wir selber, sondern aus bloßem, totem Wachs besteht, und daß er, mit einem Wort, als das Pröbchen von einer Sammlung Figuren, welche den ersten Stock einnehmen, die Vorübergehenden anlocken soll. Daß du statt dessen abgeschreckt worden bist, liebe Schwester, das rührt eines Teils von allzu flüchtiger Betrachtung, anderen Teils aber von der in der Tat recht vorzüglichen Nachahmung der Menschengestalt her, welche dieser Figur, so wie den meisten der Sammlung nicht abzusprechen ist."

„Warum läßt du mich denn aber auch kein Sterbenswörtchen von den Herrlichkeiten in deinem Hause hören?"

„Entweder, weil ich's vergessen habe, oder auch vielleicht, weil ich in Verdacht kommen könnte, als wollte ich mir die Zweifel wegen Berichtigung des Mietzinses durch dich und meine übrigen Freunde, auf eine beruhigende Art lösen lassen. Und sie sind wirklich nicht aus der Luft gegriffen, während der drei Tage, daß die wächsernen Potentaten in Gesellschaft verschiedener Mordbrenner und Gelehrten in mein Haus gezogen sind, hat noch fast keine Seele nach ihnen gefragt, und mancher Umstand sagt mir, daß der Besitzer der Figuren darüber in nicht geringer Verlegenheit sein mag."

„Ei," sprach hier Karl, „liegt doch die Unterhaltung heute ohnehin wie an Ketten, wer weiß, ob nicht die Wachsfiguren

uns mit Stoff für den Rest des Abends versorgen könnten?
Wie wäre es, wenn wir sogleich dem armen Herrn so vieler
hohen Häupter et caetera einen kleinen Trost hinüber-
brächten?"

Der Vorschlag fand Beifall bei der Mehrheit der Anwesenden. Da erhob auf einmal Hilarie ihre Stimme. „Gott
bewahre mich," rief sie, „vor dem widerwärtigen Anblick
einer solchen Gesellschaft. Erst vor wenigen Monaten habe ich
eine ähnliche in Wien gesehen, und bin froh gewesen, die
Erinnerung daran allmählich losgeworden zu sein. Mehrere
Zimmer voll stummer geschminkter Leichen sind für mich ein
wahrhaft grausender Anblick."

„Im ersten Moment vielleicht" - versetzte Guido, „wenn
man aber erwägt..."

„Ei was erwägen," fiel Hilarie ein, „dazu kommt unser eins
gar nicht, wenn einem das Herz klopft. - Ich verbitte mir alles
Spotten. - Und gesetzt, ich bedächte hundertmal, bedächte,
was für einen Schlag von Menschen ich da vor mir hätte, mein
Auge würde sich doch beleidigt finden von der Zusam-
menstellung so himmelweit auseinanderstehender Personen
und Stände."

„Das aber, Beste," sprach Guido, „das zieht ja eben die Sache
ins Komische, woran Ihre Grillen am leichtesten scheitern
werden."

„Ins Komische? Nichts weniger! Gerade durch dieses
Ineinanderwerfen der Stände, Alter und Charaktere mußte
mir ja wohl zunächst der Tod einfallen, der hierin auf die
nämliche Weise verfährt. Ich muß unter Leichen zu sein
glauben, weil im Leben solche Dinge gar nicht vorkommen
können. Und je besser die menschliche Form dem Nach-
bildner gelungen ist, desto schlimmer nur für mich. Kommt
doch sogar der Geruch des Wachses hinzu, mich in meinem
sehr unbequemen Glauben zu bestärken."

„Ich leugne nicht," sagte Ludwig, „daß mir in einem
ähnlichen Kabinett meine Phantasie Streiche gespielt hat, die
mich hinterher zum Erröten brachten. Beim Beobachten der
dem Leben mehr nachgeäfften, als nachgebildeten Formen,

fiel mir der Gedanke ein, wie, wenn es schadenfrohe Genien gäbe, die dann und wann plötzlich eine dieser Wachsfiguren mit einem auffallenden Schein des Lebens versähen, bestände er auch nur in einem Blick oder Laut, oder der geringsten Veränderung der Stellung. Ich versichere Sie, Guido, daß mir bei dieser Vorstellung eiskalt wurde, und ich ein paar noch übrige Zimmer lieber unbesehen ließ, um nur, wie unsere reizende Wirtin, aus der gespenstischen Sphäre zu kommen."

„Aber, Sie hätten," fiel Guido ein, „Ihrer Phantasie durchaus den Weg vertreten müssen! - Darüber, glaube ich, sind wir insgesamt einverstanden, daß es keine Gespenster gibt."

„Wenigstens," versetzte Konstantin, lächelnd, „zweifeln wir gewiß alle eher an ihrem Dasein, als daß wir darauf schwören möchten."

„Gut," fuhr Guido fort, „doch auch schon bei aufrichtigem Zweifeln daran, hätte Freund Ludwig seine Phantasie durch ein längeres Ausharren am leichtesten und besten widerlegen können und sollen."

„Als ob es nicht Zustände gebe, in denen die Phantasie sich zur Oberherrin aller anderen Kräfte aufwirft, vorüber-gehende, vielleicht krankhafte Zustände, die aber darum doch selbst bei dem Gesundesten zuweilen eintreten können!" rief Konstantin aus.

„Ja, wenn Sie eine körperliche Krankheit zur Ursache an-nehmen!" sprach Guido. „Ei," versetzte der andere, „alle Schwäche ist Krankheit, und ob sie vom Körper oder der Seele herrühre, darüber sind oft die geschicktesten Ärzte ungewiß. So will ich Ihnen jetzt eine Geschichte erzählen, die ganz hierher paßt, eine Geschichte, deren Held ein Mann ist, der im Ganzen seiner Einbildungskraft Meister zu sein ver-steht. - Aber wo lebt der Starke, der nicht zuweilen durch sonderbares, ihm oft selbst unbewußtes Zusammentreffen einzelner Dinge, in eine höchst reizbare, und ihm ganz unge-wöhnliche Stimmung versetzt werden könnte?

Mehrere von Ihnen, meine Freunde, erinnern sich wahr-scheinlich meines letzten Ausfluges nach dem Süden von Deutschland und der Schweiz. Es war ein großer Genuß für

mich, einen Gesellschafter dabeizuhaben, wie Bertram, und
ich bin mit den mancherlei fröhlichen Begegnissen, die wir auf
dieser Reise erlebten, nicht zurückhaltend gewesen. Ein
einziges nur teilte ich bis jetzt niemand mit, das durchaus nicht
zu den fröhlichen gehört. Vergebens frage ich mich selbst um
die Ursache dieses oft nur durch absichtliche Sprünge in
meinem Erzählen erreichbaren Stillschweigens. Wer weiß
daher, ob nicht ein solches Verheimlichen ebenfalls Bestimmung war! – Lächeln Sie, lieber Guido, es irrt mich keineswegs. Soviel ist gewiß, ein schicklicherer Platz für jenes
Ereignis hätte sich schwerlich denken lassen, als der ihm heute
werden kann. –

Bei unserer Ankunft in München fanden wir im Gasthof auch
eine Sammlung von Wachsfiguren für das Publikum aufgestellt. Die halbe Stunde, die bis zum Abendessen noch übrig
war, schien mit Betrachtung derselben leidlich auszufüllen,
und so entschlossen wir uns dazu. Das Kabinett war in seiner
Art vorzüglich, nur in Hinsicht der Gewande allzu karg
ausgestattet. Der Inhaber fühlte auch den Fehler, und schrieb
ihn dem Unglück zu, daß er auf seiner letzten Reise unter –
ich weiß nicht ob französische oder deutsche – Plünderer
geraten sei, die damals, wie noch jetzt, manche Gegend
unseres Vaterlandes unsicher machten. Seiner Angabe fehlte
es indes schon darum an Wahrscheinlichkeit, weil ihm unter
solchen Umständen schwerlich die Figuren selbst unzer-
schlagen geblieben wären.

Wir ließen ihn reden und verweilten vor den anziehendsten
Gesichtern. Da die mehresten Gestalten der Geschichte entweder schon angehörten, oder auf ihren Platz in derselben
noch warteten, so gab uns die Verschiedenheit der Schicksale
und Charaktere, oft in dem schroffsten Gegensatze dicht
beisammenstehend, reichhaltigen Stoff zu allerlei Bemerkungen. In der Mitte, zwischen dem Ruhm des älteren Brutus
und der Schmach des Robespierre hatte man, zum Beispiel,
die Galanterie in Person, einen König, den sein Zeitalter den
Großen betitelt, aufgestellt, und so vielleicht des letzteren
unfehlbare Vernichtung sinnreich aussprechen wollen. Viel-

leicht war es auch nur das Werk des Ungefährs, denn wenn man manche andere Gruppe ansah, so wurde man sehr zweifelhaft, ob Zufall oder Albernheit sie geordnet hatte.

Nach vielen der schreiendsten Kontraste zog ein Engelsgesicht unsere ganze Seele dergestalt an, daß wir zum Beobachten seiner schlechten Nachbarschaft gar nicht kommen konnten. Es war die Cenci, die tugendhafte, und doch des Vatermordes überführte und hingerichtete Beatrice Cenci; ganz ähnlich dem Gemälde, das wir früher in der Villa Aldobrandini zu Rom von ihr gesehen hatten. Die Gerechtigkeit hatte, aus diesen Zügen zu schließen, nie einen so heillosen Frevel begangen als ihre Hinrichtung.

Bertram geriet außer sich beim Nachdenken darüber. „Welch ein Mann wären Sie," sagte er zu dem Besitzer des Kabinetts, „wenn Sie in dieses Bild der lautersten Unschuld die entflohene Seele zurückzaubern könnten!"

„Dieser Wunsch ist schon von manchem geschehen!" antwortete der Mann lächelnd. „Vor wenig Tagen war sogar einer hier, der, nachdem er ihn ebenfalls getan, sich ernstlich zu fürchten anfing, und äußerte, daß die Bilder frühzeitig verstorbener, hauptsächlich hingerichteter Personen zuweilen von ihren Seelen umschwebt und bei dem ausgesprochenen Wunsch ihrer Rückkehr auf Augenblicke mit Leben durchströmt würden." Hier wurde der Besitzer der Figuren zur anderen Seite gerufen.

„Seltsame Behauptung!" rief Bertram. „Indessen," so sagte ich mit scheinbarem Ernst, „ist doch vielleicht etwas Wahres daran. Denn je länger ich dieses Fleisch betrachte, desto wärmer schmeichelt sich mein Auge es zu finden. Und meinst du nicht, daß trotz dem aufrichtigen Wunsch, das Bild belebt zu sehen, uns, wenn es geschähe, dennoch ein heftiges Grauen anwandeln könnte?"

„Wohl möglich!" versetzte er.

„Sieh," fuhr ich fort, „sieh, wie die Lippen eben beweglich werden."

„Nun nein," antwortete er, „so gespenstergläubig bin ich darum noch nicht. Ja, auf diese Gefahr könnte ich das fromme Bild sogleich bei der Hand fassen."

„Versuche es nicht, Lieber! Ein Druck von diesen wächsernen Fingern müßte - ich gestehe es - bis tief ins innerste Leben schauern."

„Und doch nicht, versetzte er, wenn man das liebe Gesicht betrachtet, das nur gegen das Böse feindselig sein kann!"

Ein Augenblick war es, wo ich mich unwillkürlich nach einem Klang aus der Nachbarschaft umsah, und ein zweiter, wo der Fall meines Freundes auf den Fußboden mich gewaltsam nach ihm zurückriß. Der Fall hatte allgemeines Aufsehen gemacht; was in den Zimmern war, strömte herzu. Bertram war um sein Bewußtsein gekommen. Ich stand schon darum große Todesangst aus, weil ich meinen unzeitigen Scherz als eine Mitursache ansah. Denn die unten neben ihm liegende abgebrochene Hand der Cenci deutete im Voraus auf die Ursache hin.

Als er die Augen wieder geöffnet hatte, schloß er sie auch sogleich von neuem, verlangte hinweg, und tat sie auch nicht eher auf, als bis ich, sein Führer, die Tür des Wachskabinetts hinter uns zuklappte.

Den ganzen Abend wies er alles Gespräch über den Vorfall von sich, und trug mir auf, mit dem Inhaber der Figuren den Schadenersatz abzutun, damit ihm der Mann nur nicht wieder zu Gesicht käme.

Erst am folgenden Morgen erzählte er mir, wie er die Hand der Cenci ergriffen, und wirklich einen Druck von dem kalten Wachs zu empfinden geglaubt habe. Sein Glaube daran, fügte er hinzu, sei nun zwar wieder verschwunden, aber seine überreizte Phantasie habe der Vorspiegelung doch einen solchen Schein der Wahrheit gegeben, daß er gewiß Zeitlebens daran gedenken werde."

„Hu!" rief Hilarie, als Konstantin hiermit schloß, „nun dächte ich, müßten wir für alle Wachsfiguren gehorsamst danken. Personen wenigstens, die so weit von den ihrigen entfernt schlafen, wie ich, die können mit dieser Menge Stoff zu schaurigen Bildern und Träumen völlig zufrieden sein."

„Behüte, schöne Freundin!" sprach Guido lächelnd. „Da wären wir rechte Helden und Heldinnen, wenn wir uns durch eine solche Erzählung irre machen ließen, die Wachsfiguren selbst zu sehen. Denn so überreizt ist wohl heute unter uns keine einzige Phantasie, um ein ähnliches Begegnis befürchten zu dürfen."

Sein Blick sagte deutlich genug, daß der Spott, zu dem sich dabei die Lippe verzog, auf Konstantin gemünzt war. Hilarie kämpfte zwar noch mächtig an gegen den Besuch der Wachsfiguren, als aber alles nichts half, so entschloß sie sich selber mitzugehen.

Julie holte erst wieder frisch Atem, wie sie nebst den übrigen vor ihres Bruders Haus stand, und dem von Lampen rings umgebenen Türsteher, der ihr das Vorübergehen schon ein paar Mal recht unbehaglich gemacht hatte, in das wächserne Angesicht sehen konnte. Ihr Lächeln aber über die Sache wurde nur allzu bald durch einen mächtigen Schreck verdrängt. Denn oben beim Eingang kam eine Gestalt gerade auf die Gesellschaft zu, dem Türsteher bis auf den fehlenden Stock in allem so gleich, daß sie auf den Gedanken geriet, der Wachsmann sei lebendig geworden, und zum Fenster hereingestiegen, um sie nun auch oben zu empfangen.

Hilarie stieß einen lauten Schrei aus. Der Besitzer der Figuren, wofür sich diese Doublette vom Portier bald zu erkennen gab, äußerte, daß ihm das Staunen und zum Teil Erschrecken der Gesellschaft schmeicheln müsse, weil er sein untenstehendes Ebenbild, so wie alle übrige Wachsfiguren, selbst verfertigt habe. Aber Konstantin meinte, dies heiße den Scherz zu weit treiben, und riet ihm an, wenigstens das Tressenkleid künftig abzulegen, weil sein Triumph der geschickten Nachbildung mit dem Erschrecken der Zuschauer allzu teuer erkauft sei.

Guido konnte sich des heftigsten Lachens über diese Vermahnung nicht enthalten, und zog, da die ganze übrige

Gesellschaft letztere billigte, hiermit für die nächste Zeit gleichsam eine Scheidewand zwischen sich und die anderen.

Statt, gleich diesen, dem Besitzer des Kabinetts zu folgen, und dessen zuweilen sehr merkwürdig unrichtige Erklärungen historischer Personen mit anzuhören, eilte er voraus, diejenigen Figuren vorzugsweise betrachtend, deren Physiognomie am meisten auffiel, so daß er allen übrigen, bald völlig aus dem Gesicht kam.

Hilaries Ängstlichkeit und Besorgnisse, wenn hinter ihr etwas sich regte, gaben viel Stoff zur Lust, an der sie endlich selbst mit Teil nahm. Nur hielt sie sich gemeiniglich in der übrigen Mitte, um nicht etwa, abgesondert von ihnen, ein schlimmeres Los als diese zu erfahren.

Endlich redete sie Konstantin also an: „Nicht wahr, das sind ganz andere, als jene boshaften Wachsfiguren in München? - „Freilich!" fügte sie sogleich selbst hinzu: „Schon die prächtige Kleidung zeigt das, nicht wahr? Sprechen Sie doch!"

„Sie antworten ja auf Ihre Fragen selbst so richtig, daß es meiner dabei gar nicht bedarf," sagte er lächelnd.

„Nun, dann möchte ich wohl wissen," flüsterte sie heimlicher als zuvor, „ob man hier eine Hand anfassen könne, ohne etwas befürchten zu dürfen?"

„Ich stehe für nichts!" sprach Konstantin geheimnisvoll.

„Also doch möglich?"

Er zuckte die Achseln.

„O das ist mir höchst fatal. Denn Sie glauben gar nicht, wie es mich dazu treibt und ängstigt, wie es mich in allen Fingern nach so einer Wachshand zuckt!"

„Denken Sie doch nur an den Apfel, den die böse Schlange der Eva reichte!" rief er plötzlich in ein lautes Lachen ausbrechend.

„Sie Häßlicher!" sagte Hilarie unwillig, als er hierauf die ganze Sache der Gesellschaft mitteilte, die darüber in eine überaus lustige Laune geriet.

Aber obschon der Besitzer des Kabinetts dem furchtsamen Fräulein versicherte, daß sie jede der Figuren ganz getrost bei der Hand nehmen könne, und ihr auch mit gutem Beispiel voranging, so wagte sie doch nicht ihrer Neigung nachzgeben. Höchstens sah man sie dann und wann mit großer Behutsamkeit und Furcht, als ob es einer Elektrisiermaschine gelte, nach dem Kleid einer Figur greifen, welches immer sehr possierlich herauskam, und den Beobachtern vielleicht mehr Vergnügen als die Hauptsache gewährte.

Guido war ihnen inzwischen so ganz in Vergessenheit geraten, daß sie ordentlich staunten, wie sie ihn im letzten Zimmer stehen sahen. Er bemerkte ihr Eintreten gar nicht, so tief verloren war er in das Anschauen einer wieblichen Figur, einer, der Haltung und Ordnung des Anzugs nach, vornehmen Dame, einem Gesicht voller Seele und Anmut.

Hilarie näherte sich ihm leise und sah über seine Schulter herein. Höchst erschrocken fuhr er zusammen.

„Nun, nun," rief sie, „ich bin es ja. Aber mein Gott, was ficht Sie denn an; Sie sind ja eben bleich wie der Tod geworden?"

Statt aller Antwort aber eilte er von ihr hinweg zu Konstantin, und sprach leise mit diesem, ihn vor das Frauenbild führend.

„Unfehlbar wollt ihr mich zu fürchten machen!" rief Hilarie, als beide die Figur höchst aufmerksam betrachteten.

Dieser Vorsatz würde gewiß schon gelungen sein, wenn er dagewesen wäre. Denn so schnell als möglich eilte sie zu den übrigen zurück.

Konstantin teilte noch lange Guidos ausschließende Aufmerksamkeit auf jene Gestalt, doch zeigte sein Kopfschütteln, als er das Gesicht betastet hatte, daß er in Beurteilung derselben mit Guido nicht einverstanden war.

Nur mit Mühe hatte die Neugier der anderen sich der Nachfrage nach Guidos Seltsamkeit enthalten. Vielleicht trug hierzu der Umstand, bei, daß man fürchtete, der allzeitfertige Zweifler wolle, so wenig er auch im Allgemeinen zum Scherz aufgelegt war, dem Glauben an irgendein übernatürliches Einwirken durch falsche Vorspiegelung von dergleichen nur eine Falle legen, um dann desto schadenfroher über ihn herzufallen.

Endlich aber, als man schon wieder in Julies Behausung saß und die allgemeine Spannung sich in einem anhaltenden, unerfreulichen Stillschweigen deutlich genug ausgesprochen hatte, da konnte Hilarie doch ihre Neugier nicht mehr im Zaume halten. „Erzählen Sie, Guido," sagte sie, „auf der Stelle und ohne alle Umschweife, was hatte es mit Ihnen und jener Figur für Bewandtnis? Sie müssen sprechen! Lüge oder Wahrheit, was Sie wollen, nur sprechen Sie, damit wir anderen auch einmal wieder zur Sprache kommen. Denn nichts ist doch häßlicher und unerträglicher, als wenn eine Gesellschaft bloß darum, weil sie stille Wachsfiguren gesehen hat, nun selber zu einem stummen und schauerlichen Wachsfiguren-kabinett werden will."

„Ja, ich will reden," sagte hierauf Guido, und das mit so bangem, wunderlichem Ton, daß die Anwesenden den Ge-danken an Verstellung sogleich aufgaben. „Ich muß sogar reden; hauptsächlich unseres Konstantins halber. - Unfehlbar hat man mir vorhin angemerkt, daß ich seines Freundes Bege-benheit in München, trotz des so wahrhaften Augenzeugen, in Zweifel zog. Jetzt denke ich ganz anders darüber, nachdem mir selbst etwas ziemlich Gleiches begegnet ist. - Die höchstreizenden Züge der Gestalt, bei der Sie mich wieder-fanden, erregten mein Interesse dermaßen, daß ich von ihrem Anschauen gar nicht ablassen konnte. Und - sollte man's denken! - je länger ich sie vor mir hatte, desto fester ward der Glaube in mir, es sitze keine Wachsfigur, sondern ein wirkliches Wesen da. Mein Auge sah deutlich die Regungen des schönen Lebens. Gleichwohl befiel mich eine Scheu, die Gestalt näher zu betrachten, oder anzufassen. Da rief ich denn Konstantin zu mir, welcher lächelnd das Gesicht untersuchte und mich darauf selber dazu veranlaßte. Ja, in dem Augen-blick, als ich es nun anfühlte, war es unstreitig von Wachs. Aber noch immer frage ich mich, ob es eine Minute früher nicht anders damit gewesen sei? Nimmermehr hätte ich meiner Phantasie solch eine ungewöhnliche Ausschweifung zugetraut!"

„Da haben wir's!" rief Hilarie zischend. „Nun sind wir hierin ganz gleich geworden. Ärgerlich ist's indessen doch. Denn wenn selbst so ruchlose Zweifler zur Erkenntnis kommen, dann hat man ja gar keinen Schutz mehr gegen seinen eigenen Gespensterglauben."

„Sagen Sie mir, Konstantin," so sprach Guido, ihn beim Fortgehen am Arme fassend, „konnte sich denn Bertram späterhin überzeugen, daß das Bild der Cenci in jenem Augenblick nicht wirklich lebendig geworden war, konnte er sich überzeugen, das er's dabei bloß mit seiner Phantasie zu tun gehabt habe?"

„Allerdings!" war die Antwort. „Wie oft hat er nicht in der Folge darüber recht herzlich lachen können!"

„Wollte Gott," rief Guido, „ich wäre schon, auch so weit."

„Sie glauben also noch immer an etwas Übernatürliches?"

„Leider, ja. - So seltsam und widersinnig und gegen alle meine Grundsätze es ist, ich muß daran glauben, wenigstens in manchem Moment. - Als ich das liebliche Gesicht anstaunte, so überraschte mich ganz plötzlich der Gedanke an Pygmalion und sein Glück bei Erfüllung des lange genährten Wunsches. Und drauf fing auch die Figur vor mir sich allmählich zu beleben an."

„Aber, lieber Guido, da haben Sie ja mit einem Male den ganzen Gang einer gereizten Einbildungskraft. Morgen werden Sie sich gewiß die Sache gerade so denken, wie ich."

„Ich zweifle noch. Übrigens, Konstantin, habe ich eine große Bitte an Sie. Begleiten Sie mich doch zu dem Besitzer der Wachsfiguren. Die bewußte gehörte zu denen, welche darin eine Ausnahme von den meisten übrigen machten, daß kein Zettel mit der Auskunft über das Urbild davor lag. Ich vergaß in der Betäubung beim Fortgehen nach dem Namen zu fragen. Ich muß aber durchaus wissen, wer das Original ist."

„Warum denn das, lieber Guido? Ich setze nur den Fall, daß das Original schon verstorben wäre, würde Ihnen eine gewisse Bemerkung, deren ich bei Erzählung des Vorganges in München mit gedachte, auf die übrigens gar kein Wert zu setzen ist, würde Sie Ihnen aber in Ihrer jetzigen Stimmung nicht neuen Stoff zu Nährung unglücklicher Grillen geben?"

„Sie meinen," versetzte Guido, „die Behauptung, daß vor dem gewöhnlichen Alter Verstorbene, vorzüglich wenn ihr Tod ein gewaltsamer gewesen, zuweilen zurückkehrten, um ihre Bildnisse zu beleben. Sie haben auch wohl nicht Unrecht mit dem zu besorgenden Eindruck auf mich in diesem Fall. Aber alles wird doch nicht zusammentreffen, um zu meiner Angst beizutragen! Übrigens ist noch ein ganz besonderer Grund da, an dem Tode des Urbildes zu zweifeln. Er besteht in dem Kostüm. Ich erinnere mich, daß der Besitzer der Wachsfiguren sich viel damit wußte, keine der dargestellten Personen in einer anderen, als der zu ihrer Zeit gebräuchlichen Kleidung gezeigt zu haben. Der Anzug jener Figur aber gehörte ganz in unsere Tage, und das Frische, Kräftige ihres Gesichts schien von nichts so sehr, als von einem natürlichen Tode entfernt zu sein. An einen unnatürlichen aber, eine - Hinrichtung, mir graut schon vor dem Wort in diesem Zusammenhang! ist bei so reinen jugendlichen Zügen gar nicht zu denken."

„Ei," fiel hier Konstantin ihm in die Rede, „so denken Sie doch nur an das Bild der Cenci, das Sie gewiß, wenigstens in Kopie, gesehen haben."

Guido schien von der Bemerkung erschüttert, doch nicht so sehr, um dadurch zu Aufgebung seines Vorhabens bewogen zu werden.

„Ich muß wissen wer sie ist!" sagte er, und Konstantin begleitete ihn zu den Wachsfiguren.

Der Besitzer, bei ihrer Ankunft eben in Begriff stehend, die Ausstellung zu schließen, ging mit den Schaulustigen noch einmal zurück. „Sogleich soll die Erleuchtung besorgt sein!" sagte er. Doch Guido verhinderte ihn am Anzünden der ausgelöschten Lichter mit der Versicherung, daß es ihnen bloß auf das letzte Zimmer ankomme.

Als sie hierher gelangt waren, fragte der Wißbegierige: „Wer ist diese Dame?"

„Alle die," antwortete der Mann, „vor denen kein Zettel liegt, sind bloße Ideale."

„Die anderen, ja!" versetzte der Fragende erhitzt. „Von dieser Figur aber machen Sie mir das nicht weiß. Hier ist Charakter und Leben und Individuelles, was ich in der Flachheit aller der sogenannten Ideale dabei vermisse."

„Der Herr sind Kenner!" sprach der Besitzer. „Doch kann ich nicht dienen mit dem Namen der Person."

„Verkaufen Sie welche von Ihren Figuren?"

„O ja."

Guido erkundigte sich nach dem Preis, befriedigte, ohne alles Abdingen, sogleich die Forderung und machte nur das unverzügliche Fortschaffen des Bildes in seine Wohnung noch aus.

„Du stehst mir mit deinem Leben für allen Schaden daran!" sagte er zu dem Bedienten, dem der Transport anvertraut wurde.

„Sorgen Sie nicht," antwortete sein Herr, „der weiß damit umzugehen." Zugleich fragte er ihn, sichtbar erfreut über den großmütigen Käufer, ob er nicht noch etwas aus der Sammlung sich aussuchen wolle.

„Nein!" war die Antwort. Doch bot Guido ein Goldstück für die echte Nachricht von dem Original der gekauften Figur.

„Aber ganz unter uns," sagte nach einigem Zögern der Mann, „es ist eine Dame aus Frankreich."

„Und ihr Name? Warum ein solches Zaudern damit?" fiel Guido mißvergnügt ein.

„Weil man in jetzigen, schlimmen Zeiten jedes Wort abzuwägen hat. Indessen" - dabei näherte sich seine Hand dem Goldstück; Guido bemerkte es, und es fiel hinein - „indes bei Ihnen, meine Herren, verläßt mich alle Besorgnis. Sie hieß Marie von Münzerberg."

„Hieß?" fragte Guido erbleicht zurückweichend. „Lebt sie etwa nicht mehr?" Der Verkäufer zuckte die Achseln. „Ungefähr eine Woche, nachdem ich mit ihrem Abbild fertig war, das ihr Bräutigam bei mir bestellt hatte, ist sie, leider! auf einmal verschwunden, und man sagt sich eine Geschichte ins Ohr, eine Geschichte, bei der gewiß jedem ein Schauer anwandelt, der die Dame jemals gesehen hat."

„Welche Geschichte?"

„Man sagt, sie sei hingerichtet worden. - Aber, mein Herr, was widerfährt Ihnen? Sollte sie vielleicht eine Verwandte von Ihnen gewesen sein?"

„Nein!" sprach der Erschütterte, sich fassend. „Der unselige Sinn ihres *Gewesen* hat mich nur so ergriffen. Und Schuld wäre es, was dieser Engelsgestalt das Leben raubte?"

„Schuld und Unschuld, wer will das in jenem Lande jetzt unterscheiden? Die Heimlichkeit der Hinrichtung spricht für das Fräulein von Münzerberg. Unfehlbar wäre sie unter dem allgemeinen Mordeisen gefallen. Allein sie hatte viele Freunde, und so soll einmal bei Nacht in einem schwarz ausgeschlagenen Zimmer, von lauter schwarzgekleideten Männern mit umflorten Gesichtern, Gericht über sie gehalten, und sie dann zu der einen, ein Scharfrichter zu einer anderen Tür eingelassen worden sein. Man soll sie auf einen Schemel in der Mitte niedergesetzt und der Scharfrichter ihr auf Befehl der schwarzen Männer, nach einigen Weigerungen, den Kopf abgeschlagen haben."

„Das klingt gar märchenhaft!" rief Konstantin aus. „Auch erinnere ich mich einmal etwas Ähnliches, ich glaube vom Scharfrichter zu Landau, gelesen zu haben, den man bei Nacht abgeholt, in einen Wagen zu steigen gezwungen und mit verbundenen Augen fortgefahren, dann Treppe auf, Treppe nieder, bis in ein Zimmer geführt hat, wo es gerade so aussah und zuging, wie Sie sagten."

„Eben aus eines Scharfrichters Munde," erwiderte der Besitzer des Kabinetts, kommt diese Erzählung des Vorfalls her. Vermutlich ist es die nämliche Geschichte."

„Schwerlich!" versetzte Konstantin. „Ich müßte mich sehr irren, oder die, von der ich gelesen, hat sich schon weit früher ereignet."

Auf dem Heimweg sprach man mehr über die Geschichte. Konstantin zog sie schon darum in Zweifel, weil der heimliche

Mord viel sicherer ohne alle Umstände, als mit so lächerlichen, gravitätischen Formen vorzunehmen gewesen sei.

„Es ist ein Märchen, ein bloßes Märchen," sagte Guido, wiederauflebend, „das mit einem Louisd'or zur Genüge bezahlt und die Unruhe nicht wert ist, die es mir verursachte."

Guidos Freunde zeigten ein großes Befremden, als von ihm, der den ganzen Winter mit ihnen zuzubringen gedacht hatte, am folgenden Morgen auf einmal Abschiedskarten einliefen. Besonders fiel die Sache Konstantin auf, der auch sogleich in seines Freundes Wohnung eilte. Allein dieser war schon mit dem Frühesten abgereist.

Konstantin enthielt sich zwar der Erzählung vom Kauf des Wachsbildes und den Mitteilungen über dessen Original; doch machte er einst, als wieder im Kränzchen die Rede auf den Abwesenden und dessen so plötzlich mitten im Zweifel an allem Unbegreiflichen entstandene Geisterseherei geriert, darüber folgende Bemerkung: „Wie wichtig oft die geringsten Kleinigkeiten werden! An sich war unser Besuch der Wachsfiguren etwas höchst Gleichgültiges. Und doch bin ich überzeugt, daß die dort erlebte Begebenheit in Guidos ganzem künftigem Leben und Wirken anklingen und sich geltend machen wird!"

Einen Monat später kam folgender Brief an Konstantin:

„Ihnen, mein Freund, hätte ich vor allen eine Erklärung meines plötzlichen Verschwindens zurücklassen sollen. Ich mache mir Vorwürfe, daß es nicht geschehen ist. Ach, wie viele, wie bittere Vorwürfe mache ich mir nicht überhaupt!

Sie werden Sich erinnern, wie wir an jenem Abend auseinandergingen. Sie werden sich denken, daß damals zuerst die Frage in mir entstehen mußte: Ist sie aber auch wirklich ein Märchen die Geschichte, womit man mich abfand, und daß meine Bejahung dieser oft wiederholten Frage zuweilen wie eine halbe Verneinung aussehen mochte? Das aber werden Sie nicht denken, daß die gekaufte Figur bei mir nicht angelangt war, daß ich, unruhig darüber, zurückeilte, und den Verkäufer aus dem Bett klopfe, daß der mit der Ehrlichkeit seines noch abwesenden Bedienten meine Behauptung widerlegen will, und daß, wie sich bald darauf findet, dieser ehrliche Mann wirklich über alle Berge ist.

Trotz meinem unablässigen und wegen der dadurch verursachten Störung manches fremden Schlafes, bis zur Unverschämtheit gehenden Suchens die ganze Nacht hindurch, konnte ich weder von ihm noch von dem Wachsbild die geringste Spur erlangen.

Jetzt endlich, meinen Sie, sei die Sache aus gewesen, ich hätte, wie das im Leben zu gehen pflegt, einen geringen Verlust gehabt und solchen verschmerzen müssen und sollen. Aber vom Sollen war überhaupt in mir keine Rede mehr. Es stürmte, wie nie, in meiner Brust, und wenn sie Wahnsinn ist, die Ahnung, daß ich das Original der Wachsfigur irgendwo antreffen und mir zueignen müsse, so schreibt ein Wahnsinniger diesen Brief an Sie. Denn es blieb mir kaum Zeit die Abschiedskarten herauszusuchen, so drängte mich's hinaus in eine fremde Welt. Veränderte Umgebungen taten mir durchaus Not, das fühlte ich, das fühle ich noch jetzt in den verständigeren Momenten. Nur traurig, daß diese Stimmung sich eben bloß auf Augenblicke beschränkt und die ganze übrige Zeit meinem seltsamen Streben gewidmet ist!

Was doch ein einziger Abend aus dem Menschen zu machen vermag! Erklären Sie mir den Umstand. Erklären Sie mir die plötzliche Entstehung einer inneren Gewalt, die mich hier und dorthin drängt und treibt, eines mit einem Male ausgebrochenen Vulkans, der vielleicht nicht eher aufhört, Flammen zu werfen, als bis mein armes Dasein in Asche liegt.

Und nun noch eins. Wenn Sie mir verziehen haben, so machen Sie auch, daß unsere Freunde es tun. Julie können Sie alles mitteilen, was Sie wissen. Zu seiner Zeit sollt ihr insgesamt wieder von mir hören. Zu seiner Zeit, sage ich und weiß doch nicht, ob die darunter verstandene jemals kommen werde!

Die Unordnung dieser Zeilen mag Ihnen ein schwacher Abriß von meinem Zustande sein. Sie fängt damit an, daß der Ort fehlt, wo ich sie schreibe. Das aber geschah absichtlich; ich scheute mich allzukindisch zu erscheinen. Falsche Scham!

Nachdem Sie so viel von dem Kinde wissen, kommt ein Mehr oder Weniger in keine Betrachtung. - Der Zweifel, ob das vorhin erwähnte Märchen wirklich Märchen sei, hat mich bis hierher, nach Landau, getrieben. Sie wollten doch etwas Ähnliches, wie jene Hinrichtung, von dem hiesigen Scharfrichter gelesen haben; nur scheine die Geschichte aus früherer Zeit herzurühren. Dieser Beisatz hielt mich indessen nicht zurück, hierher zu reisen und den Scharfrichter zu befragen. Der Mann wußte kein Wort. Ich war nur froh, daß er auch nicht wußte, wie weit ich gereist bin, um mir diese Auskunft von ihm zu erholen.

Hier muß geschlossen werden. Der Postillon, der schon beim Anfang dieses Briefes mit Klatschen und Blasen mein Einsteigen zu beschleunigen suchte, hat bereits die ganze Nachbarschaft an die Fenster geblasen und geklatscht. Herzliches Lebewohl!"

Julie erstaunte, als Konstantin diese Nachrichten überbrachte. „Wer hätte das von diesem Guido sich versehen!" rief sie aus. „Ein so plötzlicher Übergang in eine ganz andere Natur hat doch in Wahrheit viel Unnatürliches!"

„Wie man's nimmt," erwiderte Konstantin. „Guido besaß immer mehr Tiefe, als die Bildung, die man ihm aufgedrungen, gestattete. Sein melancholisches Wesen zeugte stets von innerem Unfrieden. Unglückliche Ereignisse kannte er nicht an sich, daher rührte dieser Unfriede gewiß von den engen Ansichten der Welt und der ihm vorgespiegelten Leere der Menschennatur her, die seine Lehrer ihm beigebracht hatten. Unter diesen Umständen ist eine plötzliche Empörung seiner inneren Kraft, selbst bei einem ganz geringen Anstoß von außen, leicht denkbar. Die Folgen des Paroxismus sind freilich noch nicht vorauszusehen. Doch wollen wir hoffen, daß er ihn zum Heil, nicht zum Untergang führen werde."

Den ganzen Winter sehnten sich Konstantin und dessen vertrautere Freunde vergebens nach Briefen von Guido. Außer Julie war jedoch niemand etwas von den näheren Umständen und dem letzten Schreiben mitgeteilt worden.

Hilarie, die inzwischen Ludwig geheiratet hatte, sagte unter anderen einst in der Gesellschaft bei Julie: „Sollte ich nur ein einziges Mal dem hageren, melancholischen Mann den Leviten lesen können über sein dummes Verschwinden! Für so eine hochaufgeklärte Person schickte sich schon die Behauptung von dem Lebendigwerden der Wachsfigur nicht, geschweige gar das Verschwinden."

„Sst!" fiel Konstantin ein, „wissen Sie wohl, daß man von Dingen, vor denen man sich fürchtet, still sein muß, wenn die Furcht einem nicht zu Kopfe wachsen soll?"

Mitten unter dem Scherzen über diesen Gegenstand langte ein Brief an Julie an, der große Aufmerksamkeit auf sich zog; ein Brief von Guido. - Er lebte seit einem Monat mit der Frau, die er inzwischen genommen hatte, auf seinem kaum zwei Meilen entfernten Gut, und lud die ganze Gesellschaft für einen der nächsten Tage dahin.

„Also geheiratet?" rief Konstantin erfreut darüber, und es konnte nicht fehlen, daß wegen Guidos Talents zur Häuslichkeit mancherlei, Urteile zum Vorschein kamen.

Die Einladung war übrigens umso willkommener, da der Brief, ungeachtet seiner Kürze, von einer wahrhaft freudetrunkenen Seele zeugte.

Hilarie betrachtete die Schriftzüge lange, ehe sie verwundert ausrief: „Wahrhaftig, das hat der hagere Melancholische geschrieben. Ich kenne seine Lettern aus meines Mannes Stammbuch. Dem hat doch wohl die Ehe den Kopf zurechtgesetzt!"

Guidos Wunsch gemäß machte man sich sehr früh auf den Weg. Die Gegend um sein Gut überraschte außerordentlich. Bei einem Wäldchen voll schlagender Nachtigallen rief Hilarie aus: „Und hier, wo sogar ich mich zur Wehmut herablassen könnte, hier ist der tiefsinnige Mensch lustig geworden!"

Am Hause waren mancherlei Anstalten für den Abend zu bemerken: Vorrichtungen zur Erleuchtung auf der einen und zum Feuerwerk auf der anderen Seite.

Guido selbst erkannte man nicht mehr, als er die Gäste empfing, so rund und behaglich waren jetzt seine Züge.

Er entschuldigte die Abwesenheit der Gattin, die erst gegen Mittag eintreffen würde, zu deren heutigem Geburtstag das Fest heimlich von ihm zubereitet war.

„Das Beste, lieber Guido," so fing Julie an, als während des Frühstücks im Garten die Erkundigungen oftmals einander gejagt und sich das Feld streitig gemacht hatten, ohne im Ganzen zu einem klaren Resultat zu führen, „das Beste wird sein, Sie teilen uns selbst und auf einmal so viel von Ihrem Schicksal mit, als wir davon wissen sollen. Ohne das werden wir beiderseits den ganzen Tag nicht fertig mit Fragen und Antworten, und der Erfolg unserer Bemühungen ist am Ende doch nur höchst unvollständig und lückenhaft."

Guido zeigte sich sogleich bereit, ihren von den übrigen lebhaft unterstützten Wunsch zu erfüllen. Nachdem er alle die in dem Brief an Konstantin berührten Umstände in der Kürze mitgeteilt hatte, fuhr er also fort: „Was werden Sie sagen, meine Freunde, von dem Vorgefühl, von der Torheit, wie man den Ungestüm, der mich durch ganz Deutschland und einen Teil von Frankreich trieb, nennen könnte, wenn Sie den Erfolg damit zusammenhalten? Ein Vierteljahr war ich überall meinem Zweck nachgegangen und das bewußte Märchen von der Hinrichtung irrte mich gar nicht mehr in der durch Träume und sinnvolles Wachen oft befestigten Überzeugung, daß ich das Wachsbild unfehlbar im Leben wiederfinden würde, ja müßte.

Vor drei Monaten komme ich endlich hier auf meinem Gute an, um mich von dessen Zustand zu überzeugen. Es war die höchste Zeit, die Untreue meines Verwalters kennenzulernen und ihn auf der Stelle zu entlassen. Die Unordnung, in der ich alles fand, nötigte mich zum Bleiben, und die Arbeit dabei tat mir wohl, jedoch ohne den Hauptgedanken zu unterdrücken ober auch nur zu stören.

Der Frühling war im Anzug. In der ganzen Natur regte sich das neue Leben und ein erfreulicher, grüner Schimmer lag über das trostlose Grau der so lange erstarrt gewesenen Erde ausgebreitet. Ringsum quollen die Saaten üppig hervor. Wie ein frohes Kind wandelte ich eines Nachmittags umher, und gedachte unter manchen hier im Kreise geliebter Verstorbener genossenen Freude der köstlichen Kraft und Fülle der ersten Jahre des Lebens. Bewußtlos war ich gar weit vom Hause weggekommen. Ein kleines Gütchen in der Nachbarschaft, das ein Birkenwald von der übrigen Gegend absonderte, befand sich in der Nähe. Mannigfache, schöne Erinnerungen knüpften mein Herz an dieses Gütchen. Ich gedachte meines Trübsinns, als der Vater dasselbe darum veräußerte, weil ich im dasigen Gartenteich einmal beinahe ertrunken wäre; ein Umstand, der mir gerade, im Gedanken an die dabei ausgestandene Angst, recht behaglich kam, und das Gefühl des geretteten Lebens an diesem Ort am süßesten und lebendigsten machte.

Es lag mir daran, den Garten wiederzusehen, dessen Aufseher sonst immer auf das früheste Blumenvolk viel gehalten hatte, und ich durchwanderte das schönduftende Birkendickicht.

Wie öffnete sich mein Herz so weit im Angsicht des Gartens, der noch ganz die alte Physiognomie hatte und dazu von einer sehr sorgfältigen Abwartung zeugte! - Aber die Blumen schliefen doch noch. Selbst der neugierige Krokus hatte seine heiteren, lebenslustigen Augen noch nicht aufgetan. - Alles dies sah ich durch die Lattentür; da ich aber diese unverschlossen fand, so konnte ich mich nicht enthalten, des Gartens geliebten Boden selbst zu betreten.

Mein Auge ruht eine Zeitlang sinnend auf dem spiegelglatten Teich. Der Kahn, aus dem ich einst fiel, steht noch befestigt am jenseitigen Ufer. Eine tiefe Schwermut bemeistert sich meines Wesens. *Wie manches*, denke ich, *wäre dir erspart worden, wenn du damals den Schlaf in diesem Wasser gefunden hättest!* Da staune, da erschrecke ich; denn die Umrisse jener Wachsfigur, keine anderen, schwimmen vor mir auf der leuchtenden Fläche. Und gewaltig, wie eine Furie, überfällt mich die Frage vom Hineinstürzen in die Arme der Wellengestalt, und die Furie hätte vielleicht ihren Willen durchgesetzt, wäre mein Blick nicht, gleichsam mechanisch, zur Seite nach der Ursache des Scheines gegangen, wo ich - wer hätte es denken sollen? - das lebendige Urbild gewahr werde.

Getroffen bis ins tiefste Leben fehlt mir Sprache und Benehmen. Da grüßt mich der Engel freundlich und sagt mir, daß mein aufmerksames Beobachten des Teiches seine Wißbegierde nach dem Gegenstand auch erregt habe.

„Der Gegenstand sind zum Teil auch Sie, hauptsächlich Sie gewesen!" stammelte ich ungeschickt genug. Aber, wer an meiner Stelle hätte nach solch einer Revolution im Innern sogleich die passende Antwort finden mögen? Ich fühlte den Fehler sobald er heraus war, und bat, daß sie mir den Aufschluß, den sie verlangte, für ein ander Mal zu sparen erlauben möchte. „*Denn daß*" - so fuhr ich fort - „daß ich mit Ihnen heute zum ersten und auch zum letzten Male sollte gesprochen haben, das werden Sie mir wohl nicht zumuten wollen? - Unfehlbar habe ich die Ehre die Besitzerin dieses Grundstückes in Ihnen zu sehen?"

Sie bejahte.

„Dann sind wir Nachbarn und müssen notwendig gute Nachbarschaft halten."

Ich hatte viel Mühe meine Wärme und mein Auge zu mäßigen, das auf so langes, ängstliches Suchen seinem Durst nach dieser Gestalt und dem milden, herrlichen Geist darin nicht selbst zu gebieten verstand.

Ich erzählte von meiner Vorliebe für dieses Grundstück und diesen Teich. Der Zusatz entschlüpfte mir, daß der letztere durch ihr lebendiges Bild einen Abglanz des Paradieses für mich erhalten habe. Mit einem Wort, in der halben Stunde, welche dieses Gespräch dauerte, blitzte die Glut meines Herzens mehrere Mal so auffallend hervor, daß ich selbst ratsam fand, mich zu entfernen, weil ich nur allzu wohl fühlte, für die erste Zusammenkunft sei zu viel geschehen.

Als ich ging, wußte ich, daß sie Marie von Malthau hieß und in einigen Tagen ihre Mutter erwarte, für welche sie diese kleine Besitzung erst ungefähr vor zwei Monaten erkauft habe, und daß ich, was mir das liebste war, am folgenden Morgen wiederkommen durfte.

Unterweges sowohl als nachher überlegte ich oft, warum ich nur angestanden, ihr über meine Freude beim Erblicken ihres Bildes und ihrer selbst etwas Näheres mitzuteilen; warum ich sie nicht gefragt, ob sie zu jener Wachsfigur wohl das Original gewesen sein möge. Die Ähnlichkeit zwischen ihr und der Figur ging wirklich bis in das kleinste Detail. Allein die Erzählung von der Hinrichtung des Urbildes jener Wachsfigur, so wenig ich auch an diese Erzählung glaubte, hielt mich doch auch in der Folge immer ab, ihr davon zu sagen, so daß ich die erste, ungeschickte Anrede, über die ich künftig Auskunft versprochen, als sie diese verlangte, mit meiner damaligen Bestürzung so viel möglich zu entschuldigen suchte.

Je öfter ich sie besuchte, desto einiger fühlten sich mein Geist und mein Herz mit den ihrigen, und der Bund für das Leben ward geschlossen.

Nur ihre Mutter fehlte noch, auf welche Marie sehnlich wartete. Statt ihrer war jedoch, wie sie mir eines Tages sehr traurig erzählte, ein Brief angelangt, der Maries Hoffnung darauf völlig vernichtete. Nun hielt ich schriftlich bei der Abwesenden um die Einwilligung an, nach deren Ankunft nichts die Herrliche vor meinem Drange schützen konnte, die Gemeinschaft unserer Zukunft durch Priestersegen bestätigt zu wissen. – Wer Marie nie sah, nie hörte, der wird, der muß mich höchst unvorsichtig schelten, daß ich, als wir schon vom Altar zurückkehrten, noch keine Silbe von dem eigentlichen Herkommen meiner nunmehrigen Gattin wußte. Denn weder Geburtsort, noch Land, noch sonstige Verhältnisse hatte sie mir entdeckt. Seufzend war ich bei meinen Fragen danach immer auf eine bessere Zeit verwiesen worden; ja ich kannte nicht einmal den, sicher nicht unwichtigen, Umstand, der ihre Mutter und sie getrennt, und letztere höchst wahrscheinlich sehr weit entfernt von ihrer Geburtsgegend in meine Nähe getrieben hatte. Aber der Einklang ihres ganzen Wesens, der auch bis ins Kleinste und unbedeutendste geht, diese Sabbathsstille möchte ich sagen – die bei einem, wie es scheint, ihr ursprünglich angehörenden, melancholischen Sinn, die Weiblichkeit in dem ihr so eigenen Mondesglanz auf das reinste und süßeste ausspricht, erheben sie in meinen Augen über jeden Verdacht so weit, daß ich sogar für alle ihre früheren Handlungen mich freiwillig zum Bürgen stellen würde."

Der Enthusiasmus, mit dem Guido in diesem Ton fortfuhr, war nicht gemacht, eine Einwendung und noch viel weniger eine Widerlegung zu erlauben, obschon das Verstummen der Gesellschaft von keiner absoluten Billigung seiner Ansichten und seines Verfahrens zu zeugen schien.

Er mochte das selbst fühlen, und da er zu mehrerer Beglaubigung seines uneingeschränkten Lobes, nichts weiter vorzubringen wußte, und Maries Ankunft von dem Gütchen, wo sie Geschäfte hatte, seiner Rechnung nach, erst in einer Stunde erfolgen konnte, so zeigte er wenigstens ein Miniaturbild von ihr, welches er auf seiner Brust trug.

Wirklich äußerte dieses eine bedeutende Wirkung auf die mehresten Gäste, sowohl wegen der ganz auffallenden Ähnlichkeit mit jener Wachsfigur, als auch wegen des herrlichen Auges, weshalb das Bild der Figur weit vorzuziehen war. Ja, es kam mit dem Bild eine gewisse Beruhigung über Guidos Zukunft in die Gesellschaft, so daß auch Julie, das Porträt noch in der Hand, mit vielem Feuer also anfing: „Warum aber, mein Freund, haben Sie diesen Engel ihren Bekannten der so nahen Stadt, einen ganzen Monat vorenthalten? Das Leben ist ja so kurz, daß man dergleichen Bekanntschaft nie früh genug machen kann!"

„Da haben Sie wohl recht" sprach Guido, ihr dankbar die Hand drückend. „Auch wäre ich gewiß viel eher mit meiner Einladung gekommen, wenn nicht durch meine lange Abwesenheit vom Gut alles hier in einem solchen Zustand gelegen hätte, daß es großer Vorbereitungen bedurfte, um Freunde hier sehen zu können. Und was eine Reise nach der Stadt betrifft, so ist meine Frau hierzu schlechterdings nicht zu überreden. Alle Städte überhaupt sind ihr so zuwider, daß ich es Ihnen nicht beschreiben kann. Auch meidet sie fremde Menschen außerordentlich. Von Ihnen allen habe ich ihr jedoch so viel gesagt, daß Sie schon als ihre Bekannte anzusehen sind, und ich ihr unfehlbar große Freude mache, wenn ich sie heute mit Ihrer Anwesenheit überrasche. Denn noch weiß sie kein Wort von der Gesellschaft, die sie finden wird. Auf dem benachbarten Gütchen ist sie schon seit gestern mit einigen ökonomischen Verrichtungen beschäftigt, und so konnte ich mich mit den Vorbereitungen zu dem heutigen Tage ohne alle Störung und Entdeckung abgeben. Vielleicht gelingt es mir, sie allmählich von dem düsteren Kreis abzulenken, dem sie sich dermalen noch nur allzu sehr zuneigt. So hat sie eine besondere Vorliebe für die Gräber und ließ neulich bei einer schönen Mondnacht nicht eher nach, bis ich sie zum hiesigen Gottesacker begleitete. Hier warf sie sich sogleich mit dem Gesicht auf das erste Grab nieder, und als endlich meine Bitten sie davon trennten, da rannen Ströme von Tränen über ihr Gesicht. Ich fragte, warum der Hügel sie so besonders erschüttert habe?

„Nicht erschüttert, mein Herr!" war ihre Antwort; „beruhigt vielmehr! Mit diesen Tränen ist mir gar viele Angst von der Seele weggeflossen. Auch war es nicht gerade dieser Hügel, der mir so wohl tat, sondern die Gestalt eines Grabes überhaupt. - Hiervon künftig, vielleicht nächstens! „so fügte sie, zu Beseitigung der Frage hinzu, welche meine Blicke nicht verhehlen konnten."

Hilarie schien am wenigsten von diesen Mitteilungen des Neuverheirateten erbaut. Daher sagte sie, als jetzt ein Billet an ihn abgegeben wurde, Julie leise ins Ohr: „Ich wollte doch, daß wir die neue Bekanntschaft schon gemacht und den ganzen Tag überstanden hätten! Das sind meine Personen gar nichts die sich ihre Beruhigung von Kirchhöfen herholen. Am wenigsten aber gefallen sie mir dann, wenn sie eine so erstaunliche Ähnlichkeit mit Verstorbenen, oder wohl gar Hingerichteten besitzen."

Julie hörte kaum, was sie sagte. Ihre und aller übrigen Aufmerksamkeit richtete sich auf den plötzlich totenfahl und regungslos gewordenen Hauswirt und das Billet, welches seiner Hand entfallen war. Er schien selbst vom Stuhl heruntersinken zu wollen, so daß Konstantin, sein Nachbar, plötzlich zugriff und nach der Ursache des so rätselhaften Ereignisses fragte. Sprachlos deutete Guido auf das Billet am Boden, mit dem Wink, daß man es aufheben und lesen könne. Es enthielt Folgendes in französischer Sprache:

„Lebe wohl, mein Teurer, mein Geliebter! Die Umstände drängen mich von dir! Kein forschen aber nach meinem Aufenthalt! Darum beschwöre ich dich, bei unserer Liebe, bei meiner festen Hoffnung, einst wieder zu kommen."

„Von ihr also?" rief Konstantin, der den Zettel gelesen hatte, welcher nun aus einer Hand in die andere ging. Guido bejahte. An Trostgründe war, wie jedem einleuchtete, bei einem solchen Ereignis und einer Liebe zu der Entwichenen, wie die seinige, nicht zu denken. Sein büstenartiges Stummsein teilte sich den übrigen mit. Über Tisch, wo alles Essen und gewissermaßen das Leben selbst, nur Schein war, gab er das erste, bedeutende Wort wieder von sich. Es bestand in der Erklärung, daß er ihrem Verlangen gemäß, und noch im völligen Zutrauen auf sie, sich gewiß alles Forschens nach ihr sorgfältig enthalten werde.

Sein Zustand schien der Einsamkeit zu bedürfen. Mehr aus diesem Grunde als des herrschenden Mißbehagens halber, machte man sich bei Zeiten auf den Rückweg, bei welchem die Unterhaltung in allen vier Wagen aus Hypothesen, zu Erklärung des so ganz seltsamen Vorfalls bestand, die aber, bei näherer Beleuchtung, sämtlich nicht sehr haltbar waren.

Ein paar Tage darauf stand Julie bis Morgens mit ihrem Bruder am Fenster, als ein Reisewagen zum benachbarten Tor hereinrollte.

„Ist das nicht Guidos Equipage?" fragte sie.

„Allerdings. Und wie stark aufgepackt. Will er vielleicht gar wieder in der Stadt bleiben?"

So war es auch wirklich. Noch keine halbe Stunde später stand er vor ihnen, dieses selbst zu erklären. Er war, man sah und hörte das, in seinem Innern zerstört und vernichtet.

„Noch immer ohne Nachricht?" fragte Julie mitleidsvoll, als er die längste Weile mit allen Zeichen des bittersten Lebensüberdrusses stumm dagesessen hatte.

„Nachrichten, o ja, die habe ich," antwortete er mit Heftigkeit, „Nachrichten, die mir das Herz zu Stein und Eis machen."

„Mein Gott," rief Konstantin aus, „böse Nachrichten von der Entwichenen sind es, was Sie so in Verzweiflung setzt?"

„Böse," erwiderte er lachend, „böse nicht eben, aber auch wahrlich keine guten. Überhaupt steht es sehr bedenklich mit dem Unterschied der Worte: *böse* und *gut,* wenn es Abgeschiedenen verstattet ist, aus ihren Gräbern hervorzugehen, und der Liebe heilige Gestalt mit einer solchen Virtuosität nachzuahmen; sie nachzuahmen, um allen Glauben an sie und an Gott selbst ins Lächerliche zu ziehen!

Sie staunen mich an. Hören Sie und Ihr Staunen wird sich in Entsetzen verwandeln. - Gestern Nachmittags - es war ein Tag an Glanze jenem gleich, wo ich Maries Bekanntschaft machte, ein Umstand, der schon allein den demütigendsten, heillosesten Spott mit meinen damaligen, so tiefen und heiligen Gefühlen treibt! - gestern also, wie ich ungefähr in derselben Laune noch war, in der Sie mich neulich verließen, wird mir ein Herr De la Fosse angesagt. Meine Unentschlossenheit, ob ich ihn annehmen solle, oder nicht, ward durch des Mannes Ungeduld selbst beseitigt; er trat herein. Eine lange, blasse Gestalt in schwarzer Kleidung, übrigens bei noch ziemlich jungen Jahren, und von der Natur nicht ungünstig behandelt.

„Mein Herr," so fing er, auf den Bedienten blickend, mit Zögern, in französischer Sprache an; der Bediente entfernte sich hierauf und der Fremde fuhr sehr bewegt und feierlich also fort: „Sie haben vor kurzem geheiratet?"

Die Frage beunruhigte mich, er merkte es und sprach: „Um allen Mißverständnissen und Verwechselungen vorzubeugen, sagen Sie mir, ist dies das Gesicht der Dame, mit welcher Sie getraut worden sind?"

Erschrocken fühlte ich sogleich nach meinem Medaillon auf der Brust. Denn das, welches er mir darbot, war das Nämliche, so wie das Bild selbst in Stellung und allem mit dem meinigen übereinstimmte. Ein und derselbe Maler mußte beide Porträts gemalt haben; es schien mir sogar, als ob das meinige, das ich jetzt ebenfalls hervorzog und neben das andere hielt, nur die Kopie von dem seinigen sei. Ich bejahte seine Frage und er fragte ferner: „Kann ich Ihre Frau Gemahlin nicht sprechen?" Sein Ton dabei war so leise und bebend, daß ich auf genaue Verhältnisse zwischen ihm und ihr schloß, die sich durch meine Verbindung mit ihr gestört fühlten.

Ich konnte nur antworten, daß sie seit einigen Tagen abwesend sei.

„Meine Reise nach Deutschland," fuhr er fort, „hat bloß den Zweck sie aufzusuchen, so trostlos und peinigend auch das Zusammentreffen mit ihr mir werden möchte. Ein vor kurzem aus diesen Gegenden nach Frankreich zurückgekehrter Freund benachrichtigte mich, daß sich die Dame hier angekauft habe. - Ich eile hierher, überzeuge mich auch zweimal von weitem, daß sie es wirklich sei. Aber der Mut fehlt mir, sie anzureden. Wie ich nun wiederkomme, ist sie nicht mehr da, und meine einzige Hoffnung auf Sie, mein Herr, gesetzt. Sagen Sie, wenn sie zurückkehrt und erlauben Sie mir dann ein Gespräch mit der, die einst unter dem Namen, Marie von Münzerberg, meine Braut war."

„Münzerberg!" rief ich aus, mich des Namens wohl entsinnend, den ich im Wachsfigurenkabinett gehört hatte.

„Ich weiß," fuhr er fort, „daß sie aus Ursachen, die mir leicht begreiflich sind, neuerlich den Namen Malthau angenommen hat. Das indessen ist etwas Außerwesentliches. Sagen Sie mir nur, wenn sie zurückkehren wird."

Der Schauer bei dem Namen, den er zuerst genannt, hatte mir alle Bedenken und Rücksichten aus der Seele geweht.

„Ich weiß es nicht!" sprach ich zu mehrerer Bekräftigung den Zettel vorzeigend, den sie mir geschrieben hatte.

„Ja," sagte er, „das ist ihre Hand, und es schmerzt mich sehr, die Dame verfehlt zu haben. Ihre Aufrichtigkeit aber, mein Herr, verpflichtet mich zu einer Mitteilung, die Ihnen doch vielleicht künftig von Nutzen sein könnte. Das Unwahrscheinliche dessen, was ich Ihnen zu entdecken habe, veranlaßt mich jedoch zu einer kurzen Einleitung.

Vor acht Jahren noch würde mir es selbst ganz widersinnig und fabelhaft geklungen haben, daß es mitten unter den Menschen Personen geben solle, die, ob sie schon alle ihre Verhältnisse und Bedürfnisse mit diesen teilten, dennoch einer ganz anderen Welt angehören könnten. Selbst das gebildetste Publikum ist über diesen Punkt noch bei weitem nicht genug unterrichtet. Allein ein besonderes Vertrauen, dessen mich während meines Aufenthalts in Paris der große, nur allzu verkannte Cagliostro würdigte, hat mich mit Kenntnissen und Erfahrungen aus dem Natur und Geisterreich versehen, zu denen ich sonst nimmermehr gelangt sein würde. Seitdem weiß ich, daß dergleichen wunderbare, und den sie treffen, oftmals hart beschädigende Verbindungen gar nichts seltenes sind, wiewohl sie nur selten erkannt werden. Dies glaube ich vorausschicken zu müssen, ehe ich Ihnen sagen konnte, mein Herr, daß Sie wirklich mit einer bereits Verstorbenen verheiratet sind!"

Hier hielt er inne. Das Wort der schwarzen, blassen Gestalt klang selbst wie aus Geistermunde, es raubte mir erst die Sprache und dann das Bewußtsein.

„Mein Herr" - so begann ich, nachdem dieses zurückgekehrt war, und mein Auge eine Zeitlang auf dem Fremden geruht hatte - „diese lebendige Gestalt der Liebe und des Lebens zugleich, diese sollte nur ein wiedergekommener Geist gewesen sein?"

Er zuckte die Achseln und sagte: „Wenn Sie gefaßt genug wären, so wollte ich versuchen, meinem Schmerz über das Ereignis, das Marie dahinbrachte, Töne zu geben."

„Reden Sie, mein Herr," antwortete ich, „wer einmal so viel gehört hat, der kann wohl auf alles gefaßt sein."

(34)

„Wohlan," sprach der Fremde. „Der Sturm der Revolution, welcher so manche aus Frankreich hinausscheuchte, trieb andere wunderlicher Weise in der neuen Republik herum, und so waren denn auch Maries Eltern von Straßburg, ihrem Geburtsort, tiefer ins Land zuletzt nach ** gekommen. Hier lernte ich die einzige Tochter kennen, verliebte mich heftig in sie und verließ das Haus ihrer Eltern eines Abends als Maries Verlobter.

Ich gestehe, daß ich mit mir selbst darüber uneins war, ob die trübe Stimmung, die ich jetzt an dem Mädchen entdeckte, vielleicht von einer geheimen Abneigung gegen meine Person herrühre. Aber meine Liebe scheute die Untersuchung der Sache. Marie konnte ja wohl auch der mancherlei herben Verluste wegen, die ihre Eltern durch die Revolution erlitten, die sehr sichtbare Verstimmung derselben teilen. Sie war überdies so gut und freundlich gegen mich, daß die eigentliche Liebe sich noch finden konnte, zumal, da ich alles anzuwenden gedachte, ihr das Band her Ehe annehmlich zu machen.

Inzwischen ward die Revolution immer blutiger. Aus Straßburg liefen Nachrichten ein, welche Maries Vater so verdächtig machten, daß er sicher unter der Guillotine den Geist aufgegeben, wenn der natürliche Tod sich seiner nicht früher angenommen hätte.

Der Argwohn der Regierung errang allmählich die höchste Stufe. Bei Durchsuchung der Papiere des Bürgers Münzerberg war selbst Maries Eigentum mit aufgestört worden. Man hatte darin ein paar Briefe gefunden, welche ihre Mutter einst von der hingerichteten Charlotte Corday erhalten. Die Bekanntschaft mit der letzteren machte die Mutter, die Aufbewahrung der Briefe Marie umso verdächtiger, da in diesen der heftigste Haß gegen die jetzt herrschende Partei sich aussprach. Kein Heil mehr für beide, als die Auswanderung.

Diese ward beschlossen. Als gemeine Leute verkleidet gingen Mutter und Tochter eines Abends aus der Stadt. Allein Marie hat in der Angst und Bestürzung ein wichtiges

Dokument vergessen. Sie eilt zurück und im Tor wird sie von ihrer eigenen Schönheit verraten. Man verhaftet sie. Der männliche Anzug ist das erste Verbrechen, das man an ihr findet. Die anderen folgen bald. Ich selbst, obschon einer der Angesehensten, und von der herrschenden Partei Begünstigtsten in der Stadt, werde vor Gericht gezogen. Man beschuldigt mich, ihr und der Mutter die falschen Pässe verschafft zu haben. Daß Marie verloren ist, leidet keinen Zweifel, mich aber glaube ich durch Leugnen retten zu können.

Ich werde mit ihr zusammengestellt. Gott im Himmel, welch eine Szene! Welch eine verdammliche Lebenslust verleitet mich auf dem Leugnen zu beharren, dem Engel gegenüber, der zu sterben bestimmt ist? Sie wird gefragt, ob der Paß durch meine Hand gegangen sei? Sie weist die Frage mit Verachtung zurück. „Der Bürger De la Fosse," spricht sie, „hat hierauf bereits geantwortet!"

Aber meine Angst entgeht den Blutrichtern nicht.

Da entsteht plötzlich ein Lärm vor dem Hause. Ein Haufe Volks, der in Marie seine Wohltäterin verehrt, will wissen, was mit ihr geschehen soll, will sie gerettet wissen.

Jetzt wäre der Augenblick zum Handeln gewesen. Aber meine Feigheit läßt ihn entschlüpfen, ungeachtet die Betroffenheit der Richter nur zu deutlich wahrzunehmen ist. Man besänftigt das immer mehr zunehmende. Volk mit der Zusage, daß gegen die Bürgerin Münzerberg kein Bluturteil zu besorgen stehe, jedoch, wichtiger Ursachen halber, ihre Freiheit noch nicht erfolgen könne.

Hierdurch beschwichtigt, geht die Menge auseinander und Marie wird in ein anständigeres Gefängnis geführt. Auch dies aber nur, um dem Volk das Auge zu blenden. Denn da man eine öffentliche Hinrichtung für gefährlich erachtet, so wird, nach einem bereits früher gegebenen Beispiel, in eine benachbarte Stadt nach einem Scharfrichter geschickt, der mit dem Richtschwert vormals gut umzugehen verstand. Bei Nacht ist der Mann seiner Wohnung entrissen und mit verbundenen Augen fortgefahren worden. Die gräßliche

Feierlichkeit, die man vorhatte, mochte nicht sowohl Marie, als mir gelten sollen. Man wünschte, daß ich mich verraten möchte, und wies mir daher unter den sämtlich in schwarz gekleideten Richtern meinen Platz an. Es war nur eine leere, gottlose Form, zu meiner Qual bereitet. Denn an die herbeigeführte Marie richtete man nicht einmal eine Frage. Mir aber hob mein Nachbar, eben als sie von zwei Personen hereingeführt und auf einen Sessel in der Mitte des Saales gebracht worden war, den schwarzen Flor, den ich wie alle übrigen vor dem Gesicht hatte, in die Höhe, um mir mit seinen teuflischen Augen den Todesschweiß auf die Stirn zu treiben.

Und dennoch tat ich nicht, was ich sollte! Statt Marie zu Füßen zu stürzen und mich der schon früher gezeigten Feigheit halber durch einen ehrenvollen Tod zu entsündigen, wendete ich, um nur mein schlechtes, gemißbrauchtes Leben schmählich zu erhalten, mein Auge von der Schuldlosen ab, und ertrug lieber den Hohn der um mich her Stehenden. Noch mehr, selbst die Weigerung des Scharfrichters, sein Schwert hierzu gebrauchen, konnte mich nicht anderes Sinnes machen. Ja, als einer ihm ein Pistol auf die Brust setzte, ertrug ich auch das, und hörte, wie bald darauf von des also Gezwungenen Richtschwert getroffen, das schuldlose Haupt meiner Geliebten über den Boden hinrollte. Ein entsetzlicher, ungeheurer Klang!

Nachdem De la Fosse also geendet hatte, starrte sein Auge dergestalt auf die Dielen hin, als ob noch immer Maries Haupt vor ihm daliege. Ich sprang von meinem Stuhl, ging hastig auf und nieder, ergriff bewußtlos den Hut und legte ihn wieder ab. Doch setzte ich mich so weit als möglich von dem Mann, in einen Winkel des Zimmers.

„Ich fühle," sprach der Fremde, „was Ihr Entfernen von mir sagen will. Wollte Gott, ich selbst könnte aus mir heraus-gehen. Zuvor aber nur noch einmal Maries Geist schauen und um ihre Verzeihung flehen! Das ist der Hauptzweck meiner Flucht aus dem französischen Reiche. Denn nach dem, was Sie nun wissen, können Sie wohl denken, daß diese Reise nach

Deutschland nichts anderes ist, als eine Flucht, welche mir die Rückkehr in mein Vaterland für immer abschneidet. Jetzt sagen Sie mir, ob Ihnen nicht vielleicht zufällig der Aufenthalt von Maries Mutter bekannt worden?

Ich konnte ihm hierüber Auskunft erteilen, und so schauerlich auch seine Gegenwart mich anspricht, so habe ich ihn doch in meinem Wagen mit hierhergenommen, da ich ja wohl aus einem Hause mußte, wo auf jedem Schritt mir die Spur des Geistes entgegentritt, mit dem ich vermählt gewesen bin. Alles ängstet, bis auf ihren letzten Zettel, in dem das Wort: *revenir,* mir jetzt so grauenhaft aussieht, wie die ganze schreckliche Begebenheit."

Ob sich denn durchaus keine andere Erklärung denken lasse? meinten Julie und Konstantin, denen die Geschichte gar zu unglaublich vorkam.

„Durchaus keine!" antwortete Guido. „Nur allzu viel hat mich dieser De la Fosse unterwegs mit ganz ähnlichen Geschichten aus Cagliostros Munde unterhalten. Dazu hat mein neuer mir sehr furchtbarer Bekannter es ausdrücklich bestätigt, daß auf seine Bestellung, ein Wachsfigurenkünstler sie kurz vor ihrer Ermordung mit großer Treue abgebildet habe. Er zeigte mir einen Brief Maries, aus dem Gefängnis geschrieben, der schon von ihrer Verurteilung sagt, und überdies das Eigentümliche ihrer Handschrift so sehr an sich trägt, daß kein Mißtrauen in denselben zu setzen ist. Außerdem kennt sogar der ganz unverdächtige Besitzer des Gasthofes, in dem wir vorhin abgetreten sind, den Franzosen aus früherer Zeit, und versichert mich, er gelte in der ganzen Stadt für den rechtlichsten, solidesten Mann. Das wird auch durch die unverkennbare Wahrheitsliebe bestätigt, die sehr oft zu seinem großen Nachteil alles charakterisiert, was er mir vorgetragen hat."

„Aber," sprach jetzt Konstantin, des Freundes Hand ergreifend, „welchen Grund sollte ein solcher Geist gehabt haben, Sie so entsetzlich zu beunruhigen? - Und sollten Sie nicht, wenn so etwas mit der - freilich noch nicht ergründeten - Geisternatur sich vereinigen ließe, sollten Sie da nicht schon früher an der Person, die Ihr Herz so ganz auszufüllen schien, gewisse Umstände wahrgenommen haben, die Ihnen Zweifel gegen dieselbe hätten erregen können?"

„Allerdings," sagte er. „So zum Beispiel nur, der mir so unerklärliche Hang nach den Gräbern, von dem ich ja wohl schon erzählt habe."

„Der" - versetzte Julie - „der könnte wohl auch auf den nach des Franzosen Erzählung durch die Bedrängnisse der Revolution frühzeitig getöteten Vater oder einen anderen geliebten Toten sich bezogen haben!"

„Warum aber solches dann verheimlichen?" fragte Guido.

„Weil sie überhaupt von den Umständen ihres Lebens hat schweigen wollen, und vielleicht fürchtete die bestimmte Erwähnung irgendeiner in ihre früheren Verhältnisse genau verwebten Person könne weiterführen, als ihr Geheimnis ertragen möchte."

„Mit einem Wort," fuhr Guido fort, „mein Zutrauen war damals so groß, daß es jeden Zweifel niederschlug. Jetzt aber, jetzt erscheint mir auch die Verheimlichung ihres Ursprungs und der ganzen Geschichte so sonderbar, daß ich mich wegen meiner Beruhigung dabei einen Toren, einen recht gewöhnlichen, durch Leidenschaft geblendeten Toren schelten muß."

Ein Besuch, der die Fortsetzung des Gesprächs verhinderte, bestimmte den Tiefsinnigen, mit sich selbst und seinem Schicksal Zerfallenen, das Haus zu verlassen, wo nun wieder die gewöhnliche Konversation ihre Rechte forderte für die er, wie man denken kann, jetzt keinen Sinn hatte.

Einige Tage darauf kam Guido zu Konstantin, und erzählte diesem nicht ohne Freude, daß die einst von ihm erkaufte Wachsfigur - Maries so ähnliches Abbild, wieder in seine Hände geraten. Er hatte nämlich im Vorbeigehen am Fenster eines Kaffeehauses mit großem Befremden die Verlorene selbst zu erblicken geglaubt, war dann hinaufgegangen, wo er sein lebloses Eigentum vorfand und zurückverlangte. Der Bediente des Besitzers des Wachsfigurenkabinetts, der hier bekannt gewesen, hatte das Stück mit dem Versprechen, es am

Morgen wieder einzulösen, in Versatz gegeben. Statt aber dieses Versprechen zu erfüllen, war er, wie schon erwähnt worden, davongegangen. Vor einigen Tagen einmal hatte ein Gast zum Scherz die Figur ans Fenster gestellt, und wie der Wirt erzählte, ihr schönes Gesicht eine Menge Neugieriger heraufgelockt. Darum mochte man sie auch wohl seitdem hier stehengelassen haben.

Guido hatte die Aufhebung eines solchen Mißbrauchs nicht nur sich, sondern auch Marie schuldig zu sein geglaubt. Denn seit neulich waren seine Gedanken von ihr ganz anders geworden; Je treuer das Wachsbild ihre Figur ihm zurückgab, desto weniger konnte er sich selbst dann vor der Verschwundenen scheuen, wenn er's wirklich in ihr mit einem Geist zu tun hatte. Nach allem, was auch De la Fosse ihr nachsagte, war sie ein vortreffliches Wesen. Guido hatte sie ebenfalls nur als ein solches kennengelernt, und wenn schon die Nachricht, daß sie eine aus dem Grabe Zurückgekehrte sei, welche so kurz auf ihr seltsames, ihn tiefverwundendes Verschwinden folgte, ihn in den verzweifeltsten Zustand, setzen mußte, so fand er doch mit seiner rückkehrenden Besonnenheit gar nichts mehr an ihr, was ihm ein Grauen vor ihr hätte erregen sollen.

Die Wiederkunft De la Fosses, der Maries Mutter an dem bezeichneten Ort nicht mehr gefunden hatte, und nun hier in der Stadt seinen Aufenthalt wählte, bewirkte nach dem, was er darüber an Konstantin schrieb, daß er eines Tages, wie er gekommen war, mit Sack und Pack aus der Stadt verschwand. Die eingestandene Feigheit des Mannes, der damals Marie hätte retten oder mit ihr sterben sollen, machte dessen Gestalt für Guido zur widerwärtigsten auf dir ganzen Erde.

Als im Herbst desselben Jahres Guido abermals - absichtlich an einem der gewöhnlichen Versammlungstage - in Julies Zimmer trat, und niemand noch als ihren Bruder bei ihr fand, da rief sie ihm sogleich ihren Glückwunsch entgegen, weil sein Gesicht ihr sage, daß er nicht mehr krank sei.

„Auch vormals," versetzte er, „war ich nicht gerade körperlich krank, man müßte denn annehmen, daß das Leben selbst zuweilen dem frischesten Menschen zur bittersten Krankheit werden könne.

Doch hört, ihr Lieben, wie es mir ferner ergangen ist. Ich reiste geradezu von hier auf mein Gut. Ganz in mich zurückgezogen, wurde der Gedanke an die verschwundene Gattin immer lebendiger in mir. Ich fühlte mich wie von ihr selbst umgeben, und die Plätze, wo sie sonst am meisten gelebt und gewaltet hatte, waren für mich durch ihr Andenken geweiht und geheiligt. Zu Zeiten wohnte ich auch in dem benachbarten Gütchen, wo ich sie zuerst erblickte. Da begab ich mich so gern an hellen Nachmittagen zu dem Teich, und immer war es mir, als ob, wie damals, die Wellen Maries herrliche Farbe und Gestalt nun bald wieder einmal annehmen müßten.

Und als ich einst auch so vor dem Teich stand, da geschah es wirklich, und als ich mich darauf zur Seite wandte wie vormals, da war sie selbst neben mir, die Arme liebend nach mir ausgebreitet. Doch nun erfaßte mich, trotz der Lieblichkeit des ganzen Wesens, der Schauer, daß dieses einer anderen Welt angehöre, und ich zögerte meine Arme nach ihm auszustrecken.

„So liebst du mich nicht mehr, mein einziges Leben!" rief Marie, „auch wenn ich dir die Gründe meines ach mir selbst so traurigen Verschwindens sogleich entdecken will?"

Und mochte sie sein, wer sie wollte, Worte, Ton und Miene bestürmten mich dergestalt, daß ich sie an mein Herz reißen mußte.

„Ich bin," so sagte sie bald darauf, „in Frankreich geboren und auf die schrecklichste Weise von dort hinweggedrängt worden. Schuldlos dem Tode schon, einem heimlichen Tode bestimmt, hat der Wärter meines Gefängnisses Mitleid mit mir. Eine der vielen Gefangenen in seiner Verwahrung ist eben vor Angst gestorben, als er mich zur Hinrichtung führen soll. Da zieht er denn dieser Verstorbenen meine Kleidung an, und statt meiner wird sie mit verbundenen Augen, als ohnmächtig geworden, fortgeschleppt und ihr der Kopf abgeschlagen.

So ward ich gerettet, entkam auch eine Woche später der Stadt und dem ganzen unglücklichen Land."

„O mein Himmel, du bist es, du selbst!" rief ich aus, und erzählte ihr, was ich gehört hatte.

„Armer Mann!" sagte sie. „Desto froher aber wird unsere Zukunft sein!"

Sie erzählte mir hierauf, daß die Erscheinung ihres vormaligen Verlobten in der hiesigen Gegend und seine Aufmerksamkeit auf sie, sie davongetrieben habe, weil seine unwürdige Schwäche sie wohl auch in Deutschland hätte verraten und unglücklich machen können, da sie sehr gut wisse, in welchem geheimen Zusammenhang ihre Verfolger mit vorzüglich angesehenen Personen in unserem Vaterland ständen. Allen Argwohn zu vermeiden, habe sie sich deshalb schon früher in Deutschland von ihrer Mutter getrennt, dieser auch angelobt, bis zur gänzlichen Veränderung der Umstände niemand und selbst mich nicht mit ihrer Geschichte bekannt zu machen. - „Diese Veränderung der Umstände," fügte sie fröhlich hinzu, „ist mit dem nunmehrigen Sturz der Blutregierung eingetreten, und meine Mutter bereits hier, um uns nie wieder zu verlassen."

Die Mutter selbst trat nachmals herbei und wir genossen den ganzen Abend gemeinschaftlich der wehmütigsten und zugleich süßesten Erinnerung unserer ausgestandenen Begegnisse.

Der Wagen, der jetzt vor Julies Haus hielt, brachte beide, Marie und deren Mutter - zwei den Jahren nach zwar entfernte, aber in Ansehung der Form einander sehr nahe, würdige Gestalten mit. Die übrigen allmählich erscheinenden Gäste erfreuten sich der von der Wirtin ihnen mitgeteilten, unerwartet glücklichen Lösung eines Rätsels, das gewissermaßen in diesem Haus begonnen hatte.

Hilarie versicherte noch besonders, daß nächstens ihr Gemahl auf Guidos Gut mit ihr müsse, sei es auch nur, um in Maries Gegenwart die Wachsfigur, vor der sie nun gar keine Furcht weiter empfinde, recht getrost bei der Hand zu fassen.

Die Gestalt auf dem Grabmal.

1. Buch.

1. Kapitel.

Der bedeutende Einfluß, mit welchem die Grafen von Breitenfels lange Jahre dicht an den Stufen des Throns gelebt hatten, wurde auf einmal die Beute der Zeit und durchaus veränderter Umstände. Graf Joachim von Breitenfels verließ daher mit seiner Gemahlin und seinem Sohn Otto die Residenz für immer.

„Warum diese Betrübnis, meine Liebe?" sagte er, als bei der Ankunft auf dem Gut, die noch sehr reizende Frau weinend in seine Arme floh. „Sieh diese schönen Dörfer, ja die ganze blühende Gegend, und sprich, ob der erlittene Verlust sich in so freundlicher Umgebung nicht verschmerzen lasse?"

Der Blick der Dame fiel besorgt auf den siebzehnjährigen Otto, und Graf Joachim rief diesen zu sich. „Deiner Mutter ist bange für dich und deine Zukunft, mein Sohn," sagte er. Einer der ersten am Hofe, wie deine Vorfahren scheinst du freilich nicht werden zu sollen. Aber ein anderes steht ja gänzlich in deiner Macht. Vergiß das glänzende Geräusch und das und die ganze zeitherige Bestimmung. Drei schöne Güter werden einmal dein Erbe. Schicke dich an, der Wohltäter deiner künftigen Untertanen zu werden, und du wirst in ihrer Liebe das Glück am Hofe leicht missen können."

Ottos frohes Auge verriet, daß ihm sein neues Ziel reizender als das verlassene vorkam. Er sprach mit Wärme von der Natur und dem Glück ihr folgen zu dürfen. Die Gräfin drückte ihn erfreut an ihr mütterliches Herz, und der Abend, dem der Verwalter durch eine kleine Feierlichkeit Bedeutung zu geben suchte, glich dem plötzlich aufgehenden schönen Tor vor einer zuvor unsichtbar gewesenen, idyllischen Landschaft.

Die nächste Zukunft bekräftigte auch die Wahrheit dieses Vorgefühls. Graf und Gräfin, und besonders Otto, fanden sich sehr gut in das neue Leben. Die beiden Männer übernahmen selbst die Oberaufsicht über die Güter, und freuten sich des Wohlstandes der Untertanen, welcher durch ihren Rat und ihre Veranstaltung mit jedem Tage höher und kräftiger heranwuchs.

Der Fleiß, den Otto auf die Landwirtschaft wendete, verhinderte ihn nicht, auch zugleich andere Wissenschaften zu betreiben. Besonders anziehend war ihm das sogenannte Mittelalter, in welchem seine Ahnherren eine bedeutende Rolle gespielt hatten. Andächtig verweilte er bei den Nachrichten von der Familie. Mit heiliger Scheu betrachtete er die alten Urkunden, welche das Haus Breitenfels betrafen, und, lange zerstreut, durch die unermüdeten Nachforschungen seines Vaters endlich wieder in die rechten Hände gebracht worden waren.

Seine vorzügliche Aufmerksamkeit beschäftigte unter anderen auch das in einem fremden Land gelegene, dreißig Meilen entfernte Stammgut der Grafen von Breitenfels. Die alten Papiere erzählten die Merkwürdigkeiten des Gutes und besonders einer Kirche sehr umständlich, wo das Paar beigesetzt war, von dem die ganze Familie hergeleitet wurde.

Der Wunsch, die Reise nach dem fernen Gut zu machen, ward immer mächtiger in ihm. Die Ausführung verschob sich nur darum, weil sein Vater, der ihn begleiten wollte, durch kleine Unpäßlichkeiten davon abgehalten wurde.

Endlich sagte Graf Joachim selbst zu Otto, als dessen Trieb nach dem alten Schloß recht leidenschaftlich geworden war: „Meine Umstände sollen dich nicht länger zurückhalten, Reise, mein Sohn, vielleicht erlebe auch ich die Zeit, wo ich ohne Gefahr die dortigen Altertümer selbst betrachten kann. Bis dahin mögen mir deine Berichte davon hinreichend sein."

Otto versprach seine Reise in möglichster Eile zu beendigen, und langte am zweiten Abend in der Gegend von Breitenfels an.

Sein Herz erhob sich, als er schon von weitem den gotischen Turm der Kirche gewahr wurde, deren schöne Bauart ihm eine alte Federzeichnung angedeutet hatte. Eine ähnliche Abbildung hatte ihn auch die Eigenheiten des Schlosses seiner Vorfahren kennengelehrt. Dieses aber hätte er schwerlich wiedererkannt. Die Reinheit der alten Form war durch eine Menge widriger Anbaue verlorengegangen. Den einen Turm hatte man gänzlich niedergerissen und überhaupt ohne Scheu und Rücksicht mit dem Denkmal der Vorzeit geschaltet.

Die Kirche fand der Graf bei seiner Ankunft im Dorf, zwar unentweiht durch Erneuung, aber auch dem Einsturz sehr nahe und durchaus schlecht unterhalten. Die Fenster fehlten größtenteils und die verwitterten Türen standen in hohem Grase. Er hörte im Gasthof, daß schon seit vielen Jahren der Gottesdienst einzig in der neuen - großenteils aus den Steinen des abgetragenen Schloßturmes erbauten - protestantischen Kirche gehalten würde, weil die katholischen Mitglieder der Gemeinde nach und nach teils abgestorben, teils ausgewandert wären. Nur auf die unablässigen Bitten eines alten Priesters habe die Gutsherrschaft das Gebäude bis jetzt nicht abtragen lassen. Doch sei dieser Priester nun seit einem Monat beerdigt, und man würde unfehlbar schon mit dem Niederreißen der Mauern den Anfang gemacht haben, wenn nicht ein gewisser Sonderling sich zum Kauf der Kirche erboten hätte. Der Besitzer des Gutes verlange jedoch ein solches Kapital dafür, daß jener Sonderling den Verdacht des Wahnsinnes, in dem man ihn habe, vollkommen rechtfertigen würde, wenn er von den Kauf nicht abstehen wollte; daher denn, allem Vermuten nach, das Abtragen der alten Kirche noch vor sich gehen werde. Dieser Gedanke durchschnitt dem jungen Grafen das Herz. Die drohende Vertilgung der letzten Denkmäler seiner Vorfahren sah ihm wie eine Vorbedeutung des Erlöschens seines ganzen Stammes aus, und er hätte selbst darüber zum Wahnsinn kommen mögen, als er bedachte, daß der Wahnsinn es war, dem man das Bestreben der Rettung jener Denkmäler zuschreiben wollte. Auf seine Frage, ob es des Gerichtsherrn Einwilligung bedürfe, um die Kirche und ihr Grabgewölbe zu sehen, schickte der Wirt, der dieses verneint hatte, sogleich zu einem Mann, mit Namen Martin, dem die Schlüssel dazu anvertraut waren. Der Bote brachte jedoch die Nachricht, daß der Mann nicht zu Hause sei, noch heute aber wieder erwartet werde.

2. Kapitel.

Es war schon Nacht geworden, als der Zurückgekehrte sich meldete, ein dürftiger Alter, der seinen Unterhalt dem Wegweisen der Reisenden in der angenehmen Gegend verdankte. Otto gab seinen Wunsch zu erkennen, und äußerte, ob er nicht vielleicht noch an diesem Abend die Grüfte bei Fackelschein sehen könne.

Der Alte schien zu erschrecken und sagte, daß es an Fackeln fehlen würde.

„Die sind zufällig ohne Not auf meinen Reisewagen gepackt worden!" versetzte Otto.

„Aber, gnädiger Herr, die Nacht ist keines Menschen Freund. Man erzählt so viel davon."

„O, lieber Alter, bei gutem Gewissen kann man es wohl darauf ankommen lassen. Die Kirche ist ein Haus Gottes; auch treibt mich nicht Vorwitz zu diesem Gange, denn meine entschlafenen Voreltern sind es, die ich dort in ihren stillen Wohnungen besuchen will."

„Ein Herr Graf von Breitenfels?" fragte der Alte. Otto nickte freundlich und jener sprach: So seien Sie mir gesegnet! Als die Herren Grafen noch unsere Gutsherrschaft waren, da sind gute Zeiten gewesen. Vater und Großvater haben mir viel davon erzählt. Befehlen Sie, wenn ich Sie führen soll."

Auf Ottos Begehren holte der Alte hierauf sogleich die Kirchenschlüssel. Im Dorfe war alles schon zur Ruhe, als sie gingen, denn es schlug eben die elfte Stunde, wie sie und der Bediente, welcher die Fackeln und eine Laterne trug, aus dem Gasthof traten.

„Wonach siehst Du?" fragte der Graf, als sein Führer vor der Kirche ein wenig stehenblieb und einige Fenster daran aufmerksam betrachtete.

„Es ist," seufzte Martin, „zuweilen bei Nacht Licht in der Kirche zu sehen, von dem kein Mensch weiß, wie es hineinkommt. Anfangs besorgte man, daß Diebe etwa auf das wenige Gottesdienstliche Gerät ausgegangen sein möchten. Allein kein Stückchen davon hat noch gefehlt. Gleichwohl wiederholt sich das Licht in den Fenstern recht häufig, so daß es wohl nicht mit rechten Dingen zugehen kann. Ich sehe indessen dasmal nichts davon, und also wollen wir uns in Gottes Namen hineinbegeben."

Während der Alte das Gras vor der Kirchtür ein wenig wegräumte, um diese aufmachen zu können, ließ Otto die Fackeln anzünden. Sie brannten aber schon lange, als der Führer mit der Türe erst zu Stande kam.

„Man merkt wohl," sagte er seufzend, „daß die wohlhabenden Reisenden immer seltener werden. Sonst hatte ich alle Wochen wenigstens einige in der Gegend herumzuführen, und da wurde denn auch die Kirche gemeiniglich mitgezeigt. Jetzt aber ist dieser Verdienst ziemlich dahin, und ich muß sehen, wie ich sonst ehrlich durchkomme."

Die Kirche, die sich aus der schönsten Zeit der gotischen Baukunst herschrieb, und, ihrer Größe nach, für eine bedeutende Volkszahl berechnet war, gewährte einen herrlichen Anblick im Lichte der Fackeln. An einzelnen Säulen und Bildwerk war freilich hier und da eine Verletzung der Schönheit durch die Zeit sichtbar, aber das Ganze hatte noch völlig den hohen Charakter eines christlichen Tempels. Die hölzernen Sitze der seitdem verschwundenen Gemeine waren großenteils eingefallen. Aber das steinerne Stammwappen der von Breitenfels zeigte noch den Ort an, wo die Gutsherren ihre Andacht gehalten hatten.

Otto konnte sich nicht erwehren, die Treppe nach dieser Betloge hinaufzugehen. Der Alte riet ihm Vorsicht in Betretung der vermorschten Stufen an.

An dem Platz, wo seine Voreltern Gott gedient hatten, fühlte der Graf sich froh und glücklich. Er küßte die alten Gebetbücher mit samtenem Einband und silbernen Schlössern, die noch in einem Schrank aufbewahrt wurden. Er besah sich jeden Winkel der Loge so aufmerksam, als hoffe er eine lebende Gestalt aus jener Zeit zu erblicken.

„O erscheinet mir, Teure," rief er, „erscheint mir, wenn es euch vergönnt ist!" Er wiederholte den Ausruf einigemal, so daß der Bediente zu zittern anfing und auch Martin furchtsam wurde und sagte: „Lassen Sie sie ruhen, die hohen Toten, sie könnten Ihre Wünsche für Frevel halten." „Nein, guter Alter," versetzte Otto, „das gewiß nicht!"

„O, mein Gott!" rief Martin, als man die Treppe hinabgestiegen und in den unteren Teil der Kirche zurückgekehrt war, dazu zeigte er auf eine dunkle Gestalt, welche mit einer Laterne aus der Sakristei heraustrat, und, wie es schien, vor dem Anblick der Menschen und Fackeln erstaunt stehen blieb.

Otto schwankte nur einen Moment,. dann aber nahm er dem totenbleichen Bedienten die Fackel aus der Hand, mit ihr voranschreitend. Die beiden anderen folgten mit Zittern, da sie ihn nicht zurückhalten konnten.

Die Gestalt, auf die es losging, erwartete die Ankommenden ohne weitere Bewegung. Unwillig entzog Otto dem Alten ein Kleid, woran dieser ihn, als sie näher kamen, gefaßt hielt. Dann blieb der mutige etwa zehn Schritte von der Gestalt stehen und rief: „Wer ist da?"

„Ich gebe die Frage zurück," antwortete der Gefragte. „Auch mich verlangt zu wissen, wer um solche Zeit dieses Heiligtum zu betreten wagt?"

Martin schien die pathetische Stimme zu kennen, und wandte jetzt das furchtsam abgekehrte Auge ihr zu, leuchtete auch mit der Fackel darnach hin, um sich zu überzeugen, ob er's wirklich mit bekannten Zügen zu tun habe, während Otto, auf etwas Übernatürliches gefaßt, also antwortete:

„Kein Vorwitz ist es, was mich hergeleitet hat. Ich bin hier, die Grüfte meiner Ahnherren, der von Breitenfels, zu besuchen."

„So seid mir willkommen, wackerer Graf," erwiderte die Erscheinung und reichte ihm eine Hand entgegen. „Doch du, Alter, versichere ihm erst, daß er's mit einem Menschen von Fleisch und Blute, wie die anderen, zu tun hat."

„Wie aber, gnädiger Herr," so fragte Martin verwundert, „wie kommen Sie um diese Zeit in die Kirche, und ohne Schlüssel?"

„Das wird sich finden. Jetzt Ihre Hand, Graf, als Einleitung zur näheren. Bekanntschaft."

Erstaunt sah Otto ihn und seinen Führer an, und ergriff die dargebotene Rechte des neuen Gesellschafters.

„Ich nenne mich Silvester," fing dieser an, als Ottos Auge ein Verlangen, zu wissen mit wem er's zu tun habe, zu erkennen gab. „Das Übrige zu seiner Zeit. Jetzt will ich nur meine Andacht verrichten, dann folge ich Ihnen zu den Gräbern hinunter, die Sie zu besuchen denken."

Der sonderbare Mann ließ sich hierauf nicht weit von dem Hochaltar auf die Knie nieder.

3. Kapitel.

Otto wendete sich, als sie bis zur eisernen Tür des Grabgewölbes gekommen waren, an den alten Martin, um einigen Aufschluß über die Sache zu erhalten. Dem Alten aber war auch nichts weiter bekannt, als daß der Betende seit ein paar Jahren ein benachbartes Waldhäuschen besitze, und dort, ohne Kutte und Bart, den Einsiedler mache. Eigentlichen Umgang habe er mit niemand, sondern nur Totengeripppe und Schädel in seiner Behausung, wo er jedem Rat erteile, der deshalb zu ihm komme. Kein Mensch wisse übrigens, wofür er eigentlich zu halten sei. Wegen mehrerer eingetroffenen Voraussagungen von ihm, habe man ihn schon im Verdacht gottloser Verbindungen gehabt. Davon aber spreche eine Liebe zur Kirche ihn bei allen Leuten von einigem Nachdenken völlig los.

„Ist das vielleicht gar der sogenannte Wahnsinnige, der die Kirche kaufen will?" fragte Otto.

„Richtig, das ist er. Also haben der gnädige Herr schon davon gehört? Ja, ja, für wahnsinnig halten ihn wirklich viele. Doch hat er gewiß in seinem Leben keinem Kinde etwas zu leid getan, vielmehr allen Menschen nur Liebes und Gutes."

Hier wurde Martin am Weitererzählen durch Silvesters Ankunft verhindert.

„Immer aufgeschlossen!" rief dieser. „Ich glaubte Sie schon unter den stillen Toten in Betrachtungen versunken und fürchtete fast mein Kommen möchte Sie stören."

Das Geräusch, welches die aufgehende eiserne Tür machte, klang ziemlich wie ein Donner aus der Ferne. Otto stand mit einem tiefen Atemzuge auf der Schwelle. Silvester ergriff seine Fackel und sagte: „Lassen Sie mich hier vorangehen. Die Welt, worin wir treten, ist Ihnen noch allzu unbekannt. Ich, der ich das Leben nur als eine Vorschule des Todes achte, ich bin da in meinem Kreise. Ich will Sie wenigstens durch die Beleuchtung mit den ruhigen Umrissen dieses Ortes im Voraus bekannt machen. Der, welcher der nächste Verwandte der Toten sein wird, mag mir folgen. Komm getrost, alter Martin. Betrachte ohne Furcht und Schrecken diese freundliche Stille, und sieh, wie ruhig auch du in Kurzem dein mühseliges Tagewerk wirst verschlafen dürfen."

Der sanfte und zugleich feste Ton Silvesters verbannte auf einmal alle Furcht aus der Seele des Alten. Er folgte der Aufforderung, und Otto folgte ihnen wieder durch das zweite, auf beiden Seiten mit Särgen angefüllte Gewölbe. Schon bekannt mit den Merkwürdigkeiten des Ortes, blieb Silvester bei jedem der bedeutenderen Toten stehen, und sagte dem Grafen in der Kürze, was ein Buch, welches die Lebensläufe der hier Begrabenen enthielt, von der Person berichtete.

Otto war bei manchem schönen Zuge tief gerührt. Besonders lange verweilte er an den Särgen des Stammvaters, der ebenfalls Otto hieß, und dessen Leichnam die trauernde Gattin mit großem Aufwand aus fernen Landen kommen lassen, wo er im Kampf gefallen war. Was Silvester ihm überhaupt von dieser frommen Hausfrau sagen konnte, rührte und entzückte ihn so, daß der Sonderling, auf seine Schulter klopfend, sagte:

„Wackerer Graf, auch dir wird eine Adelheid zu Teil werden, wenn deine Gesinnung und Art unverändert dieselbe bleibt!"

Das Weissagende in Silvesters Ton zog das Auge des jungen Grafen auf den vom Gewöhnlichen so abweichenden Mann, dessen Blick in diesem Moment wirklich die heilige Kraft eines auserwählten Sehers zu enthalten schien.

„Nun sind wir fertig," sagte Silvester endlich und nach einer langen Pause. „Bewahren Sie, lieber Graf, die schönen Gefühle, welche hier in ihrer Brust teils reiften, teils entstanden, als eine Richtschnur für die wichtigsten Schritte ihrer Zukunft. Jetzt aber lassen Sie uns noch ein wenig bei den Bildnissen Ottos und Adelheids verweilen, die oben in der Kirche zu sehen sind."

Es verlangte Otto sehr nach diesen Denkmälern. Als sie vor dem lebensgroßen, steinernen Hautrelief seines Stammvaters standen, und Silvester schon einige Zeit die nachdenkliche Miene des jungen Mannes beobachtet hatte, fing dieser endlich an:

„Ich begreife mich selber nicht, wenn ich das Bild recht betrachte. Die Züge daran sind mit meinen Zügen so wenig als sein Panzer und Schwert mit meinen gewöhnlichen Kleidern zu vergleichen. Und dennoch kommt mir die Miene, welche sie belebt, nicht anders vor, als ein veredeltes Abbild der meinigen."

Der alte Martin sah bald das Hautrelief bald Otto kopfschüttelnd an, Silvester aber faßte mit Wärme die Hand des letzteren und rief: „Gott segne dich, du hast die Weihe von der Natur erhalten! – Jetzt zu der Stammmutter."

Unwillkürlich senkte bald darauf Otto hier sein Knie vor dem Bilde Adelheids. Er fiel Silvester freudig in die Arme und sagte: „Ob wohl das Leben noch jetzt so liebe, fromme Gestalten aufzuweisen hat?"

Martin begriff nicht, wie man dem, wirklich wenig ausgezeichneten, Bild so viel Gutes absehen könne. Doch Silvester antwortete dem Grafen: „Gewiß, doch gehört ein frommes Auge dazu, sie aufzufinden. Bewahre das deinige vor den unfruchtbaren Zerstörungen der Welt, so kann dir auch das Leben es zeigen und erhalten. Nicht der Meister, der den Stein gestaltete, dein Auge ist es gewesen, das dieses der

Menge nur stumme und gleichgültige Bild mit dem Zauber beseelte, der dich nun selber daran gefesselt hält."

Otto konnte des Anschauens dieser Gestalt nicht satt werden, die ihr Gesicht nach dem Kinde hinabneigte, welches sie auf dem Arm trug.

„Das Bild," sagte Silvester, „soll auch der Geschichte zufolge, eine wunderbare Ähnlichkeit mit der Verstorbenen haben, ob es schon erst nach ihrem Tode gearbeitet worden ist, und eine viel frühere Periode ihres Lebens bezeichnet. Das letztere hat sie selbst angeordnet. Sie verlangte abgebildet zu sein, wie sie, den Knaben auf dem Arm, von ihrem in eine Fehde fortziehenden Gatten Abschied genommen, und es ist mir immer gewesen, als ob sie mit diesem Verlangen unwillkürlich eine Warnung ausgesprochen hätte, die einen ihrer Abkömmlinge angehen kann. Ob du vielleicht dieser bist? Dein Ergriffenwerden von der Gestalt deutet mir auf so etwas hin."

Sie betrachteten sodann die übrigen Merkwürdigkeiten des Gotteshauses, wobei aber Otto immer von Zeit zu Zeit nach dem Denkmal zurückkam. Übrigens verweilten sie so lange, daß der alte Martin sich vor Müdigkeit kaum noch auf den Beinen erhalten konnte.

„Geh, Alter," sagte daher Silvester, „du bedarfst der Ruhe. Wir werden schon ohne dich vollends fertig werden." Otto lohnte ihn ab, dann bat Silvester, daß er auch seinen Bedienten fortschicken möchte, welches ebenfalls ohne Zögern geschah. „Die Schlüssel brauchen wir nicht," sagte der seltsame Mann, als Martin sie zurücklassen wollte. „Schließe die Kirche nur wieder. Ich kann den Herrn auf meinem Wege herausführen, der vermutlich die Wohnung bei mir auf diese Nacht dem Aufenthalt im Gasthof vorziehen wird."

Dieses war dem jungen Mann umso angenehmer, da er's kaum erwarten konnte, das Buch zu sehen, das von seinen Vorfahren handelte, und welches die neue Gutsherrschaft Silvester, auf seine Bitte, unbedenklich überlassen hatte.

4. Kapitel.

Beim Abschließen der Kirche empfand Otto, der sich nun mit dem von manchen für wahnsinnig gehaltenen Mann in der verschlossenen Kirche allein wußte, allerdings einigen Schauer. Doch bald darauf sagte Silvester, nachdem er ihm noch einiges gezeigt hatte: „Nun folgen Sie mir nach meiner Wohnung." Mit diesen Worten ging er in die Sakristei voran und öffnete da hinter dem Ofen eine Diele, welche einen unterirdischen Ausgang verbarg. „Unbegreiflicher Weise," sagte er, Otto die Hand reichend, „kennt außer mir gar niemand mehr den Ausgang, der in der Vorzeit einem Waldbruder zum Kirchweg diente. Man sieht aus diesem Umstand allein, wie schlecht und unwürdig die Vorzeit und alles behandelt wird, was sie uns hinterließ; denn die Handschrift über Ihr Geschlecht spricht an mehreren Stellen ausführlich von diesem Gang. Sie hat mich auch zuerst auf den Gedanken gebracht, nach der Spur der längst verfallenen Einsiedelei zu suchen und mein Häuschen darauf zu erbauen, Von hier aus gehe ich an Sonn- und Festtagen in der Nacht zur Kirche, und muß allezeit lächeln, wenn ich nachher höre, daß abermals ein Geist Licht in der Kirche gehabt habe. Denn die dunkle, herrliche Nacht ist mir stets die schönste Zeit zur Anbetung des Unsichtbaren gewesen, so daß ich auch in Nächten, die keinem Feste angehören, gar oft den Wald zum Tempel erwähle, um aus den Sternen, den heiteren Herolden eines künftigen, besseren Lebens, neuen Mut zur Ertragung des jetzigen zu schöpfen.

Doch ein andermal mehr von mir und meiner Lebensweise. Jetzt will ich Sie der Ruhe nicht länger entziehen."

„Nur Besonnenheit, lieber Graf," sagte Silvester, als Otto beim Weitergehen jetzt vor zwei Totengerippen, welche sich zeigten, zu stutzen anfing. „Das sind meine Türhüter, die treuesten, die ich finden konnte. Gewöhnen Sie sich immer etwas an ihre Physiognomie, denn mein ganzes Hausgesinde gehört zu dieser hageren, bleichen Familie, und ich bin noch mit keinem Diener sowohl ausgekommen, als mit ihnen."

Der Reichtum an Skeletten und Totenköpfen, der sich wirklich im Innern des Hauses vorfand, erregte dem Grafen einigen Schauer. Aber Silvester sagte: „Besinnen Sie sich mein Lieber, daß unsere eigenen Gestalten auch nichts weiter sind, als verkappte Totengerippe, und Sie werden, wie ich, in diesen lauter Befreundete erblicken. Übrigens sollen Sie ein Gemach ohne dergleichen Zierrat haben." Dabei wurde Otto in ein heiteres Zimmer gewiesen, dessen reinliches Bett den Gast gar bald zur Ruhe aufgefordert haben würde, wenn ihn nicht, nun er allein war, eine Menge schlimmer Gedanken bestürmt hätten. Sein Wirt und dessen Eigenheiten fingen an, ihm Besorgnisse zu erregen. Wenn nun diese Skelette im Leben vielleicht auch Silvesters Gäste gewesen wären, wie er? Zwar konnte er dem Mann, nach dessen Äußerungen, unmöglich wirkliche Bosheit zutrauen; allein, wenn er nun wahnsinnig war, und sein Wahnsinn auch diese Idee mit sich führte, daß alle Menschen im Tode am besten aufgehoben wären? Bei der Art, wie er sich über Leben und Tod herausgelassen, hatte dies einige Wahrscheinlichkeit.

Nachdem Otto lange von diesem Gedanken gepeinigt worden war, überwältigte ihn indessen eine Müdigkeit. Er verriegelte daher die Tür und legte sich zur Ruhe.

Kaum aber mochte er erst eingeschlummert sein, so wurde dergestalt gepocht, daß er erschrocken in die Höhe fuhr.

„Auf, auf!" schrie Silvester, indem er die verriegelte Tür ohne weiteres aufsprengte. Otto hatte bei diesem, allerdings nicht unbedenklichen Verfahren so viel Besinnung, um sich in eine einigermaßen wehrhafte Stellung zu setzen. Das war aber nicht nötig gewesen. Denn statt einen Angriff zu machen, forderte Silvester ihn vielmehr auf, das Feuer mitlöschen zu helfen, das eben, wie man aus dem Fenster sehen konnte, auf dem Schloß ausgebrochen war.

„Ich ehre," fügte er hinzu, „die Ruhe meiner Gäste. Wenn aber der Nächste Hilfe bedarf, dann muß jeder Mensch, ohne Ausnahme, sich als solcher zu beweisen streben." Otto warf sogleich einen Oberrock über und eilte mit ihm aus dem Hause.

5. Kapitel.

Auf dem Schloß lief, bei ihrer Ankunft, alles noch ohne Rat und Entschluß durcheinander. Silvester schickte zuerst nach dem Schulmeister, damit die Sturmglocke geläutet würde, auch half er und der Graf wo sie nur konnten.

Als schon der gänzliche Untergang des einen Schloßflügels entschieden war, da fiel es dem Gutsherrn, Baron Würz, erst ein, daß seine Nichte, welche seit einigen Wochen dort mit wohnte, in der Bestürzung vergessen sein möchte und unstreitig nun ihren Tod finden würde.

Er erschrak darüber auf's heftigste. Er bot große Summen für die Rettung des fünfzehnjährigen Mädchens. Aber die Gefahr war allzu groß.

Da hörte auch Otto davon. Ohne alles Bedenken klomm er an den brennenden Balken hinauf. Aber ein loses Stück Brett, dem er vertraut hatte, machte, daß er herunterfiel, und einige ziemlich starke Verletzungen am Kopf davontrug.

Inzwischen hatte das Feuer sich noch mehr dem Gemach genähert, worin das Fräulein ruhig zu schlummern schien, und selbst der Gutsbesitzer riet dem jungen Mann von einem zweiten, aller Wahrscheinlichkeit nach ganz vergeblichen, Versuch ab.

Allein Otto war nicht zu halten. Er kam diesmal glücklich hinauf, und brachte nach wenigen Augenblicken das Fräulein, zur allgemeinen Freude, über die lodernden Balken herab in die Arme ihrer Verwandten. Die Gerettete wußte gar nicht, wie ihr geschehen war. Noch schlafend war sie von ihm ergriffen worden. Erst als sie sich schon in Sicherheit befand, sah sie, daß sie es mit keinen, bloßen Traum zu tun gehabt, und welche große Gefahr sie, überstanden hatte. Ihr, aus blonden Haar mild hervorscheinendes dunkelblaues Auge, wandte sich zuerst an ihren Retter, dessen Tat durch sein verwundetes Gesicht und die hier und da noch glimmenden Kleider in vollem Lichte stand.

Der Gutsherr versicherte dem heldenmütigen Unbekannten, daß die, für die Erhaltung seiner Nichte gebotene

Summe sogleich ausgezahlt werden, und der große Dienst, der dadurch seinem Hause geleistet worden, ihm unvergeßlich bleiben solle.

„Ich bedarf des Geldes nicht," sagte Otto, „doch bitte ich Sie, Herr Baron, die alte Kirche stehen zu lassen, welche sich noch aus den Zeiten der ersten Besitzer dieses Gutes herschreibt."

Der Baron warf hier sogleich einen Blick auf Silvester, den dieser bemerkte und sagte: „Allerdings hat er aus meiner Seele gesprochen, jedoch ganz auf eigenen Antrieb. Die Sache ist erklärt, wenn ich Ihnen in dem Herrn einen Grafen Otto von Breitenfels vorstelle."

Der Gutsherr bezeigte große Freude, diesen kennenzulernen. Otto erwiderte die Artigkeit, und kam sogleich auf den früheren Wunsch zurück. „Sollten Sie doch," fügte er hinzu, „das alte Gotteshaus schon darum stehenlassen, weil ein Denkstein darin das ganze Ebenbild Ihrer schönen Nichte auf das Treueste wieder gibt. Finden Sie das nicht, Silvester?"

„Ich entsinne mich dessen nicht so genau," sagte dieser, der einer geraden Antwort ausweichen zu wollen schien. „Aber," fügte er hinzu, „ist Ihnen, lieber Graf, nicht auch das auffallend, daß das junge lebendige Bild Ihrer Stammutter ebenfalls Adelheid wie diese genannt wird." „Adelheid?" rief Otto, die Hand der Geretteten unwillkürlich fassend.

„Jetzt Freunde," sagte der Baron, „laßt uns vor allen Dingen Anstalt treffen, daß das erhaltene Hausgerät in den anderen Teil des Schlosses gebracht werde; dann wollen wir auch das Übrige besprechen."

Als nun das Fortbrennen verhindert, und das Gerät bei Seite geschafft war, da reichte der Gutsherr dem Grafen die Hand, und sprach: „Dank Ihnen, Sie haben uns das Wichtigste gerettet, und übrigens auch noch gar wacker mitgeholfen. Werfen Sie aber nun zuerst Ihren nassen Anzug ab. Da kommt mein Bedienter schon mit Ihrem Koffer. Denn das versteht sich wohl, daß ich Sie nicht in dem schlechten Gasthof lassen werde."

Der Graf beeilte sich in der Wohnung, die ihm hierauf angewiesen wurde, mit dem Umkleiden, um nur ein Anliegen wegen der alten Kirche bald möglichst loszuwerden.

„Ja, lieber Graf," sagte der Baron, wie er nachher damit hereintrat, „ich bin seit dem unglücklichen Brand von dieser Nacht deshalb in keiner geringen Verlegenheit. Meine Wohnung ist groß, aber nicht bequem. Meine Eltern haben zwar diesem Mangel durch allerlei buntscheckigen Anbau an das alte Gebäude abzuhelfen gesucht. Doch da in der Hauptsache so sehr gefehlt war, so konnte unmöglich etwas Ordentliches zu Stande kommen. Durch die schönen Landsitze, in denen ich von Zeit zu Zeit auf meinen Reisen gelebt habe, gar verwöhnt, haben diese Gebrechen schon lange den Wunsch in mir erzeugt, ein ganz neues Gebäude herzustellen. Nun ist aber, leider, in hiesiger Gegend das solide Baumaterial so kostbar, daß so etwas kaum anzugreifen ist. Ich dachte daher immer daran, die Steine der alten Kirche zu diesem Zweck zu verwenden, und es bekümmerte mich ernstlich, daß des guten Silvesters so sehnliche Wünsche für die Erhaltung des ungebraucht stehenden Gotteshauses dadurch beleidigt werden sollten. Es war mir kein Ausweg denkbar, als daß ich ihm die Kirche verkaufte. Allein der Preis war allerdings viel zu hoch, den ich setzte, wenn man ihn bloß an sich betrachtete. Ich aber mußte doch die Steine daran in Verhältnis zu denen anschlagen, die ich zu meinem Zweck neu anzuschaffen hatte. Indessen verzögerte sich die Sache immer mehr. Doch nun tritt leider die Notwendigkeit selbst ein, etwas für unsere Wohnung zu tun. Der übriggebliebene Flügel reicht zu ihr auf die Länge umso weniger hin, da ich öftere Besuche erhalte, und es nur sehr schwerfallen würde, diese Annehmlichkeit aufzugeben. Ich muß daher entweder bauen, oder das ganze Gut verkaufen. Zu letzterem könnte ich mich auch umso eher entschließen, da ich ein anderes Gut wüßte, dessen Haus und Gegend weit angenehmer für meine Verhältnisse sein würde. Wo aber sogleich einen annehmlichen Käufer zu Breitenfels finden? Und ohne des Verkaufes gewiß zu sein, darf ich mich nicht auf den Kauf einlassen."

„Hm," rief der Graf, „das verlangte einige Überlegung." Er fragte, wie hoch das Gut gehalten würde, und schickte noch in derselben Stunde den Anschlag davon an seinen Vater ab.

„Sie sind auf dem rechten Wege, guter Graf," sagte Silvester, als jener in davon erzählte. „Bedenken Sie, wie alles so herrlich zusammentrifft, Ihre Ankunft, die Feuersbrunst und Adelheids Rettung. Doch ich darf Ihrem Nachdenken das Weitere selbst überlassen."

6. Kapitel.

Der Graf fand sich auf hiesigem Schlosse recht wohl aufgehoben. Zwar entdeckte er bald, daß den meisten Bewohnern der Sinn für das Altertümliche, wovon er durchdrungen war, völlig abging. Doch machte das wohlwollende Gemüt, das den Baron und dessen Gemahlin belebte, daß ihm ihr Umgang überaus reizend und neideswert vorkam.

Adelheids stilles Dasein setzte zudem den Kreis, worin er sich hier bewegte, in ein noch weit höheres Licht. Das Kindliche dieses fünfzehnjährigen Wesens, das an Schönheit über ihr Alter hoch hinausragte, die Ruhe, mit der sie jeden Anspruch der anderen gelten ließ, und nur die ihrigen nicht zu kennen schien; die Sorgfalt, welche sie den ihr anvertrauten häuslichen Aufträgen widmete, wobei sie ihren schneeweißen Anzug vor jedem Flecken zu bewahren wußte, das alles trug bei, das Fräulein in der Gunst des jungen Grafen zu befestigen, welche ihr die Ähnlichkeit verschafft hatte, die er zwischen ihr und dem Bilde seiner Stammutter finden wollte.

Diese von ihm häufig angeführte Ähnlichkeit war übrigens Ursache, daß der Baron schon am nächsten Morgen einen Gang nach der alten Kirche vorschlug, um das steinerne Bild zu betrachten, das er zeither ganz unbeachtet gelassen hatte. Die Baronin wollte auch an dem Gang teilnehmen.

Otto war eben mit dem Siegeln eines zweiten Briefes nach Hause beschäftigt, als die Gesellschaft ihn abzurufen kam. „Mein Gott," rief er, Adelheids Hand fassend, die einen weißen Schleier übergeworfen hatte, „ich muß Sie wahrlich recht genau ansehen, um überzeugt zu werden, daß die steinerne Gestalt aus der Kirche nicht lebendig vor mir stehe. Aber glauben Sie mir, Fräulein, es hätte der Nachahmung des Schleiers meiner Stammmutter nicht erst bedurft, um Ihre Ähnlichkeit mit derselben außer Zweifel zu setzen."

Adelheid verwunderte sich, daß er hier Nachahmung finden wollte, da sie doch das Bild noch gar nicht gesehen hatte.

„Ist's möglich?" rief Otto. „Nun so kommen Sie, um selbst zu urteilen."

Als aber die Gesellschaft hierauf das alte Bild betrachtete, da wollte, wie enthusiastisch auch Otto dessen Ähnlichkeit mit dem Fräulein Zug für Zug verfocht, doch weder der Baron noch die Baronin seiner Meinung beitreten. Adelheid schien sinnend vor der steinernen Gestalt, zwischen den widersprechenden Meinungen zu schwanken.

Da trat Silvester in die Kirche. Otto glaubte in ihm einen Beistand zu erhalten, und rief: „Sagen Sie mir, Silvester, wie es möglich ist, die so vollkomme Gleichheit der Linien zwischen diesem Leben und diesem Stein zu verkennen?"

„Das wie?" versetzte der Angekommene, „begreife ich freilich nicht. Auch will ich nicht entscheiden, in welchem Auge der Fehler liegt. Denn, wenn ich Ihnen auch beipflichte, lieber Graf, so ist dadurch ihre Behauptung noch gar nicht zum Beweis geworden. Halten Sie sich indessen an Ihr inneres Gefühl, und sie werden schwerlich irregehen."

Otto erzählte auf dem Rückweg Adelheid, was er von einer Stammmutter Geschichte aus der Handschrift wußte, die ihm Silvester schon früher mitgeteilt hatte, und das Fräulein hörte mit großer Aufmerksamkeit zu.

Der Schleier schien ihr seit diesem Morgen lieber geworden. Wenigstens bemerkte die Baronin solches mit Lächeln einige Tage später, in denen sie sich dessen so oft als möglich bediente. Überhaupt richtete Adelheid eine besondere Aufmerksamkeit auf ihren Retter, und ließ, allem Vermuten nach, die Bitte, noch länger auf dem Schlosse zu verweilen, bloß seinetwegen stattfinden.

Der Sonntag war ein hohes Fest für Otto und Adelheid. Als die Gutsherrschaft zur neuen Kirche fuhr, und sie allein zurückblieben, fand sich die Entdeckung von selbst, daß sie beide Bekenner der römischen Kirche waren. Das Einzige, was zeither dem Zutrauen der sehr fromm erzogenen Adelheid zu ihm im Wege gestanden hatte, war mit dieser Entdeckung gehoben. Otto dachte an Silvester, und was dieser über die Gleichheit Adelheids mit seiner Stammmutter gesagt hatte, als mit derselben ihm auch der einzige Zug, der noch auf einige Verschiedenheit hindeutete, aus dem Gesicht des schönen Fräuleins von Holdenberg völlig verschwunden war.

„Adelheid," sagte er, des Fräuleins Hand ergreifend, „ich muß Ihre Eltern kennenlernen; ich begleite Sie, wenn Sie zurückreisen."

„Meine Mutter, denn leider habe ich den Vater schon verloren, meine Mutter wird sich innig darüber freuen," erwiderte Adelheid, und das niedergeschlagene Auge, welches den sichtbaren Frohsinn in diesen Worten unmittelbar nachher zu bereuen schien, verriet Otto, daß sie den ganzen Sinn seiner Rede wohl gefaßt haben mochte.

Silvesters Hereintreten war daher auch nötig, sie aus der großen Verlegenheit zu retten.

„Ich habe," begann er, „an euch gedacht, liebe Kinder, und komme, euch in die alte Kirche abzuholen. Martin ist vorangegangen um die Vorbereitungen zum Gottesdienst zu treffen, dem ich, ein geweihter Priester, selbst vorstehen werde."

Sie gingen zur Kirche. Otto und Adelheid erwarteten in der Nähe des Altars Silvester, der in die Sakristei getreten war, und bald nachher, mit einem Meßgewand bekleidet, zurückkam, um Hochamt zu halten.

Nach geendigtem Gottesdienst besuchten sie den Denkstein, dessen Gestalt gerade durch einen schönen Sonnenblick lebendiger als jemals hervortrat.

„Adelheid!" rief Otto, ihr über dem Stein die Hand reichend, welche sie schüchtern anfaßte.

Silvester ergriff sie hierauf beide mit seiner Rechten und sagte: „Ein Priester des Herrn ist Zeuge des Augenblickes."

Arm in Arm kehrten Otto und Adelheid auf das Schloß zurück, wo der erstere einen Brief von seinem Vater vorfand, der ihm aber nicht wenig Kummer verursachte. So gern auch Graf Joachim, wie er schrieb, das Gut erkauft hätte, so erlaubten ihm doch die Umstände gerade nicht, das wenige bare Geld, das er zusammenbringe, auf diese Weise anzuwenden.

Otto eilte zu Silvester, um diesen seinen Kummer zu vertrauen. Silvester sagte hierauf: „Die Bejahrten sind zuweilen allzu ängstlich. Unternehmen Sie daher, lieber Graf, den Kauf des Gutes für Ihre Person. Ich selbst verschaffe Ihnen, was der Baron für's erste an Zahlung verlangt, und bedinge mir die künftige Zurückgabe nur darum aus, weil das Kapital nicht mir, sondern den Armen gehört."

Otto drückte den Helfer an seine Brust, der ihm, nachdem er bald darauf des Vaters Zustimmung erhalten hatte, eine Woche später das Geld einhändigte.

Nun ward der Kauf mit dem Baron abgeschlossen, der sich dabei äußerst billig und freundschaftlich bewies.

7. Kapitel.

Frau von Holdenberg, Adelheids Mutter, bestand indessen auf der Rückkehr ihrer Tochter, welche in Begleitung des Barons und Ottos erfolgte. Letzterer, als der Retter derselben, erfreute sich des ausgezeichnetsten Empfanges.

Seine Liebe zu Adelheid sprach sich schon in den ersten Stunden aus, erhielt auch von der Mutter des Fräuleins umso eher Genehmigung, da diese sehr an dem alten Glauben hing, und schon besorgt hatte, ihr Kind werde in der fast durchaus protestantisch gewordenen Gegend schwerlich einen Bekenner der römischen Kirche zum Gatten bekommen.

Otto fand in den Gebräuchen des Hauses ganz diejenigen wieder, an die er seit seiner Kindheit gewöhnt war, daher ihm auch die Rückreise am folgenden Tage große Mühe kostete. Sie war jedoch wegen verschiedener Arrangements, in Ansehung eines neuen Besitzes, allzu nötig, als daß er den Baron hätte allein mögen reisen lassen.

Auf Breitenfels fand er zwei überraschende Erscheinungen auf einmal. Die erste war sein Vater, der die Reise hierhergemacht hatte, und sogleich lächelnd zu erkennen gab, daß er die Kaufsumme für das Gut in Bereitschaft habe, und die ersten Ausflüchte dieserhalb einzig gemacht, um zu sehen, ob Otto auch einen eigenen Entschluß hierüber fassen und ausführen werde. Er freute sich sehr, daß es geschehen war.

Otto wollte ihn veranlassen, mit ihm zu Silvester zu eilen, und diesem sein Geld dankbar zurückzugeben. Doch ehe das noch geschah, kam ein Brief von dem seltsamen Manne an Otto, der also lautete:

Meine hiesige Absicht ist erreicht; die Kirche gerettet. Jetzt gehe ich, höhere Zwecke zu verfolgen.

Der beiliegende Schlüssel eröffnet meine Waldhütte. Bewahre sie bis zu meiner künftigen Rückkehr.

Das Familienbuch behalte. Ich bewarb mich nur um dasselbe, damit ein so köstliches Denkmal dem möglichen Untergang entzogen werde.

Denke übrigens unseres Umganges, des Grabmales und Adelheids.

Silvester.

„Das ist mir doch gar leid!" rief Otto. „Ich hätte ihn noch so manches fragen mögen." Auch Graf Joachim bedauerte, den Mann nicht gesehen zu haben.

Otto eilte nach dem Waldhäuschen, weil er dort einige Nachricht über den Weg, den Silvester eingeschlagen war, zu finden hoffte. Vergebens. Nicht mit glücklicherem Erfolg erkundigte er sich überall, und die späteren Nachforschungen waren ebenso fruchtlos.

Was zeither über den Einsiedler in der Gegend gemutmaßt worden war, das kam nunmehr alles auf einmal wieder zur Sprache. Der Wahnsinn, den ihm viele zugeschrieben hatten, erschien jetzt, nach seinem Verschwinden, in einem überaus wohltätigen Lichte. Die meisten gaben zu, daß sie oft ein dunkles, unbegreifliches Wort von ihm Wahnsinn gescholten, das späterhin als Weisheit bewährt worden war. Sein ganzes Leben in dieser Gegend war der Liebe und Güte gewidmet gewesen. Alles rühmte seine Ratschläge und Unterstützungen, welche bisweilen in sehr bedeutenden Summen bestanden hatten. Einige wollten ihm ein Alter von mehreren hundert Jahren zuschreiben, ob er schon höchstens wie ein Fünfziger aussah. Wirklich besaß der Gerichtsverwalter ein Silvester ganz ähnliches Portrait von Lucas Kranach. Durch mündliche Überlieferungen war es auch bis zu dem Besitzer dieses Gemäldes gekommen, daß dessen Original ein in geheimen Wissenschaften sehr erfahrener Mann gewesen sei.

Otto wollte nicht daran glauben. Er konnte zwar die Ähnlichkeit des Bildes mit ihm keineswegs verleugnen, doch sagte er, daß der Zufall dergleichen nicht selten bewirke. Er fügte dazu das Beispiel von Fräulein Adelheids Ähnlichkeit mit seiner Stammutter Adelheid an. Allein der Gerichtsverwalter wendete ein, daß die Ähnlichkeit des Kranachschen Bildes mit Silvester eine allgemein anerkannte, die aber, die Otto für seine Behauptung anführte, nur eine eingebildete sei; was den jungen Grafen umso mehr verdroß, da selbst diejenigen, welche an des Gerichtsverwalters Behauptung vom Alter Silvesters keinen Glauben hatten, diesen Unterschied doch eingestehen mußten.

Der junge Graf berief sich jedoch hierin auf das Urteil seines Vaters, und um sich dessen recht bald zu versichern, veranstaltete er eine Reise mit ihm zur Frau von Holdenberg, nachdem sie das Denkmal in der Kirche gemeinschaftlich betrachtet hatten.

Aber Graf Joachim fand in der fünfzehnjährigen Adelheid ebensowenig eine Ähnlichkeit mit jenem Hautrelief, als alle übrigen.

„So muß ich denn hierin durchaus Unrecht haben," rief Otto, als er seines Vaters Meinung vernommen hatte. „Wenn Sie mir nur aber in der Wahl der Braut nicht Unrecht geben, teurer Vater!"

„Nichts weniger!" antwortete der Graf. „Vielmehr scheint es mir, als ob gar keine bessere Wahl zu treffen gewesen wäre."

Graf Joachim äußerte gegen Adelheids Mutter den Wunsch, baldmöglichst seinen Sohn mit Adelheid verbunden zu sehen. Allein Frau von Holdenberg entgegnete, daß, so angenehm ihr auch die Verbindung sei, sie doch eine große Abneigung vor allzu frühzeitigen Ehen habe. Sie führte mehrere sehr übel ausgeschlagene an. Da sie ihre Beispiele aus dem städtischen und Hofleben genommen hatte, so suchte der ältere Graf ihr zu beweisen, wie jene Fälle auf den vorliegenden gar keine Anwendung litten.

Allein Adelheids Mutter sagte: „Und wenn Sie wirklich Recht haben sollten, lieber Graf, mit Ihrer sehr scharfsinnig durchgeführten Behauptung, so, kann es doch gewiß meinem künftigen Herrn Schwiegersohn nicht schaden, zuvor ein paar Jahre auf Reisen das Leben von den glänzendsten Seiten zu betrachten."

Graf Joachim war gar nicht für diese Störung der jetzt durchaus ländlichen Gesinnung seines Sohnes. Er hatte Otto in früherer Zeit vor den schädlichen Einflüssen der Sitten in der großen Welt zu bewahren gewußt, und nachher wie ein anderer, als diese Welt Ottos Wirkungskreis wurde, sich und ihn deshalb besonders glücklich geschätzt. Der liebe einzige Sohn war ganz nach seinen Wünschen geraten, Die Heirat mit Adelheid schien völlig im Geiste seines Wesens zu sein, und sonach eine Zukunft, schöner noch als die Gegenwart, zu weissagen. Und jetzt sollte der junge Mann auf einmal in die Welt geschickt werden, deren bunte und oft gar larvenhafte, doppelsinnige Erscheinungen ihm bis dahin ziemlich fremdgeblieben waren. Wer bürgte dafür, selbst, wenn er auch durchaus nicht vom Wege des Guten abging, daß er sich künftig auf der Bahn wieder zurechtfand, die er jetzt mit Seufzen verlassen sollte?

Graf Joachim fand indessen bald, daß er's mit einer halsstarrigen Dame zu tun hatte, und riet, nach einigen vergeblichen Einwendungen, seinem Sohne, der außer Adelheid kein Heil sah, und um dieses Heil zu erwerben, auch den härtesten Forderungen gewiß Genüge getan hätte, die Reise an.

Er merkte nach und nach aus den Äußerungen der Frau von Holdenberg, daß ihre vorgebliche Abneigung gegen die frühzeitige Ehe nur ein Vorwand gewesen sein mochte, und ihr, die am Hofe erzogen, dessen Annehmlichkeiten niemals vergessen konnte, alles daran lag, in ihrem Schwiegersohn einen sogenannten Mann von Welt zu erhalten.

Um daher Otto baldmöglichst dem Ziel seines Strebens zuzuführen, veranlaßte er ihn, die Reise, welche wenigstens zwei Jahre dauern sollte, ohne Verzug anzutreten, und übernahm selbst die Einrichtungen zu treffen, welche der junge Mann wegen der sehr nötigen Reparatur der alten Kirche zu Breitenfels zunächst sich vorgesetzt hatte.

Der Abschied geschah unter vielen Tränen. Frau von Holdenberg begleitete ihn mit ihrer Tochter bis nach Breitenfels zurück.

Hier bewog Otto seine Adelheid, mit ihm die Kirche zu besuchen, an deren Herstellung schon gearbeitet wurde. Er reichte der Braut nochmals über dem Denkmal die Hand. Eine durchdringend klägliche Stimme, die sich in diesem Augenblick vernehmen ließ, lief wie ein Eisstrom durch das aufgeschreckte Paar. Es war Otto gerade, als ob die Lippen der steinernen Stammutter den Laut von sich gegeben hätten.

Stumm und bebend kehrten sie auf das Schloß zurück, wo Frau von Holdenberg und Graf Joachim schon bei Ottos Reisewagen standen. Er nahm von beiden den rührendsten Abschied. „Adelheid!" rief er dann, sie mit Heftigkeit umfassend. Hierauf sprang er in den Wagen, sah nochmals voll Sehnsucht zurück nach dem schönen tränenvollen Blick, der ihm schmerzlicher als die der zwei übrigen folgte, und sein schwimmendes Auge gab jedem Baume, jeder Hütte dieser ihm so liebgewordenen Gegend einen wehmütigen Abschiedskuß.

2. Buch.

1. Kapitel.

In einem Zeitraum von zwei Jahren hatte Otto die schönsten Gegenden Europas gesehen, und sich ihrer Vorzüge erfreut. Zugleich aber hatte er auch einen sehr großen Verlust in ihnen, durch den Tod seiner Mutter erlitten, und es tröstete ihn, als er die Nachricht erhielt, nur wenig, daß er seit seiner Abreise von Breitenfels noch vier Wochen in ihrem zärtlichen Umgang zugebracht hatte.

Die letzten fünf Monate seiner Abwesenheit waren ihm unter allen die merkwürdigsten gewesen. In ihnen hatte er den *Tierischen Magnetismus* kennengelernt, und sich gleich Anfangs dermaßen von dessen wunderbaren Erscheinungen ergriffen gefühlt, daß er beschloß, diese Zeit, welche, seinem früheren Plan nach, unter mehrere deutsche Residenzstädte geteilt werden sollte, in B... zu verweilen, wo jene Kurart von Neuem große Anhänger und Verteidiger fand. Ein Jugendfreund Ottos, der hier als ausübender Arzt viel Zutrauen besaß, war zufällig einer der eifrigsten Bekenner der erneuten Lehre. Er wußte auch durch seinen Enthusiasmus den jungen Grafen so sehr dafür zu erwärmen, daß dieser sich erbot, bei einer siechen, nervenschwachen Person, welcher der Arzt, aus Zeitmangel, nicht als Magnetiseur dienen konnte, seine Stelle einzunehmen. Otto hatte die Freude, seine Kranke bald in einen besseren Zustand versetzt zu sehen, auch würde er dem Reize, seinen, mit Patienten überhäuften Freund ferner auf diese Art zu unterstützen, schwerlich widerstanden haben, wenn sein Verlangen nach der Heimat nicht so grenzenlos gewesen wäre.

Unter mehrerem was die Magnetisierte ihm in ihrem somnambulen Zustand gesagt hatte, war auch das, daß der Magnetismus noch einen außerordentlichen Einfluß auf sein Schicksal äußern werde. Allein das ziemlich dunkel ausgesprochene Wort verklang in den mächtigen Schlägen seines Herzens. *Adelheid* tönte es in ihm und um ihn. Die zwei

Verbannungsjahre waren überstanden. Jetzt galt es, der Geliebten in die Arme zu eilen.

Seine fortdauernden Sorgen um sie waren selten in dem Wirbel der großen Welt ganz unterbrochen worden. Er hatte Frauen kennengelernt, die an Bildung, Geist und Schönheit seine Braut übertrafen, aber keine einzige war ihm vorgekommen, die er an stillem, weiblichen Sinn mit der vergleichen konnte, von der er jetzt eine ansehnliche Briefsammlung zurückbrachte.

Ihre Briefe wollten ihm jedoch immer weniger genügen. Adelheid, so viel erinnerte er sich, war persönlich weit interessanter, als in ihren Briefen. Er mußte sie sehen; sie mitten in ihrer häuslichen Wirksamkeit überraschen! - Außer durch ihr Portrait, welches sie ihm, in einen Ring gefaßt, schon während der ersten Trennungszeit übersendet hatte, wurde er an ihre Gesichtszüge auch noch auf andere Weise erinnert. Im Traume nämlich erschien ihm die Gestalt des Denksteins in der Kirche nicht selten, und so wohlgetroffen auch sein Miniaturbild von Adelheid war, so glaubte er doch in diesen Erscheinungen das innerste Wesen ihrer Züge, jenen geheimen Zusammenhang derselben, der die Ähnlichkeit eines Gesichts weit treuer darstellt, als dessen noch so sorgfältig kopierte einzelne Teile es im Ganzen vermögen, weit richtiger und seelenvoller, als in dem eigentlichen Bilde vor sich zu haben.

Voll von Gedanken an seine Heimat und Adelheid war er einmal gegen Abend vor einem Gasthof angekommen, dessen schöne Lage an einem großen, belebten Strom, ein angenehmes Nachtlager versprach. Er beschloß daher seine Gewohnheit, bei Nacht zu reisen, diesmal aufzugeben, trat in dem Gasthof ab, und legte sich bald darauf ins Fenster, um sich an dem Rest des schönen aber wolkig werdenden Tages zu ergötzen.

Fast in demselben Augenblick kündigte sich im Nebenzimmer eine jugendliche Weiberstimme an, die gegen männlichen Mutwillen, wie es schien nicht sehr ernsthaft, zur Wehr trat. Bald darauf erblickte er auch das Gesichtchen, welches unfehlbar zu dieser Stimme gehörte. Es lag im Nebenfenster. Dem Ansehen nach, konnte die feingekleidete Dame noch keine siebzehn Sommer erlebt haben.

Otto grüßte hinüber, und gestand sich, ein Paar so stechende Augen in ganz Deutschland noch nicht gesehen zu haben.

„Vermutlich," begann er, „hat sie der trübe Himmel bei Zeiten in den Gasthof getrieben, wie mich."

„Nichts weniger. Bei der heitersten Luft bin ich und meine Mutter hier angekommen, um einem Freund Gesellschaft zu leisten, der von seiner Braut bei der Nase herumgeführt, nun schon acht ganzer Tage auf diese hier lauert."

„Aber mein Gott," rief jetzt jemand halb unwillig, dazu zeigte sich ein Mann von höchstens zweiundzwanzig Jahren am Fenster, „wem erzählen Sie denn da meine saubere Geschichte, wenn ich fragen darf?"

„Da fragen Sie mich wahrlich zu viel, lieber Cousin," rief sie lautlachend. „So viel Sinn aber hat man wohl noch für das Komische, um mich erträglich zu finden, wenn ich Ihr Abenteuer auch ohne alle Verschönerung von den Dächern predige. Denken Sie, mein Herr, der scharmante Mann hier…"

„Halt," rief dieser, ihr mit der flachen Hand den Mund zudrückend. „Ich finde für ratsam, die Erzählung selbst zu besorgen. Meine Braut und ich, wir wollten hier zusammentreffen, schon warte ich in der Tat eine Woche auf sie. Es würde mir darauf gar nicht ankommen, weil die hiesige Gegend wohl genug Unterhaltung darbietet. Aber diese abscheuliche Cousine ist meine Plage, Tag und Nacht läßt sie mir keine Ruhe, wen ich sie nicht immerfort abstrafe wie jetzt." Dabei faßte er sie denn in seinen Arm und küßte das Mädchen, so sehr sie auch aufschrie.

Die Szene war so lebhaft und lustig, daß weder Otto noch die anderen eine Gondel bemerkt hatten, welche inzwischen gelandet war. Ein junger, schöner Mann, dem eine Gitarre über die Schulter hing, führte eine Dame vom Ufer herauf. Eine zweite, etwas blasse weibliche Schönheit ging am Arme

einer noch ziemlich kräftigen Matrone, welche den Gesichts-
zügen nach die Mutter der beiden anderen sein konnte.

Diese schüttelte den Kopf gar sehr, als sie durch die schrei-
ende Stimme oben im Fenster auf die Szene aufmerksam geworden war. Die beiden jungen Damen sahen einander
lächelnd an, und der Gitarrenspieler rief: „Gleiches mit Glei-
chem!" seine Begleiterin zu einem Kusse auffordernd, den
diese auch nicht verweigerte.

Dies war der Moment, wo man oben vom Fenster die
Kommenden gewahr wurde.

Ottos Nachbarin schlug ein lautes Gelächter auf. „Tausend
Dank, beste Eugenie," rief sie hinunter. „Du rächest mich
köstlich an deinem Bräutigam, der, wie du eben gesehen hast,
die Unart in eigener Person ist."

Nach diesen Worten flog das Fräulein im Nu auf die
Treppe, um die Ankommenden zu empfangen, denen der
Bräutigam gleichfalls, jedoch weit langsamer, entgegenging.

2. Kapitel.

Nicht lange darauf ließ sich bei dem jungen Grafen ein Herr
von Simnitz melden, welches, wie sich beim Eintreten fand,
kein anderer, als der benachbarte Bräutigam war.

Nachdem er Ottos Namen erfahren, fing er an: „Der
Mutwille meiner Cousine hat Sie sonderbar genug mit uns in
einige Beziehung gebracht. Es würde mir und den übrigen
angenehm sein, wenn Sie den Abend in unseren Zimmern sich
gefallen lassen wollten."

Otto kam diese Einladung nicht ungelegen, und den Damen
schien es ebenfalls recht angenehm, als er davon Gebrauch
machte.

Wie man einander schon etwas nähergerückt war, sagte
Herr von Simnitz zu seiner Braut: „Können Sie wohl glauben,
meine liebe Eugenie, daß dieser Vorwitz hier dem Herrn
schon beim ersten Gruße verraten hat, wie lange sie mich
haben seufzen lassen?"

„Wahrhaftig? Übrigens war ich, was das Seufzenlassen betrifft, im Voraus überzeugt, daß Ihre Gesellschafterin solches schon im Keime unterdrücken werde. Das soll jedoch die Entschuldigung nicht sein, Simnitz, die Sie allerdings erwarten können. Ich fand aber unterwegs einige Freundinnen, die ich vielleicht niemals wiedersehe, und ließ mich durch ihr Bitten bewegen, die Reise vollends zu Wasser mit ihnen zu machen, was uns freilich, da gerade der Wind sehr widrig wurde, äußerst aufgehalten hat."

„Sollte der schöne Gitarrenspieler nicht auch einige Veranlassung gegeben haben?" flüsterte Simnitz ihr lächelnd zu, und sie antwortete:

„Ich will das nicht allzusehr leugnen; wie wir denn vielleicht überhaupt am Besten tun würden, manches, was doch ziemlich am Tage liegt, offenherzig zu bekennen."

Herr von Simnitz reichte ihr hierauf die Hand, mit einem Ausdruck, welcher zu sagen schien, daß er ihren Wunsch vollkommen genehmige. Dann aber wendete er sich an die übrigen, bat um Verzeihung, daß er, so unartig, ein abgesondertes Gespräch geführt habe, und erbot sich zur Strafe, und zum Beweis, wie sehr es ihm um die allgemeine Unterhaltung zu tun sei, sogleich eine kleine Erzählung zum Besten zu geben.

3. Kapitel.

„Es war einmal," so begann Simnitz, „ein junger Mann und ein junges Mädchen."

„Pfui," rief Minette, „das fängt ja gerade an, wie das abgeschmackteste Ammenmärchen."

„Ende gut, alles gut!" sagte Simnitz, und fuhr fort: „Diese beiden Personen waren etwa im Alter vier Jahre auseinander. Sie kamen zufällig in ein Haus zu wohnen, hatten viel Langeweile, und fingen daher an, sich ganz erschrecklich lieb zu haben."

„Ah," sagte Minette laut gähnend, und mit geschlossenen Augen, „das Märchen ist aus; der Sultan ist schon eingeschlafen."

„So laß doch wenigstens hören, wo die Sache hinaus will!" rief Eugenie unwillig.

„Sie will ja eben nicht hinaus, und das ist's, was mich ärgert," erwiderte Minette. „Das junge langweilige Volk ist kapabel, es dehnt sich hier den ganzen Abend mit seiner Liebe herum, um nur das Erschreckliche eines solchen Zustandes nicht allein zu tragen."

„Sst!" sprachen nun die beiden älteren Damen, und Minette legte die Hand auf ihren Mund.

Herr von Simnitz erzählte weiter: „Beide mochten damals, er etwa sechzehn, und sie ungefähr zwölf Jahre alt sein."

„Was eine Nessel werden will, brennt bei Zeiten!" fing Minette wieder an.

„Ohne Anmerkungen!" rief Eugenie, auch zeigten sich die beiden Matronen so unwillig, daß sie versprachen, selbst das Unmögliche zu versuchen, um ruhig zu bleiben, und damit anfing, aus einem Schmuckkästchen, das auf dem Tische stand, etwas Baumwolle zu nehmen, und sich die Ohren zu verstopfen.

„Die Liebenden," fuhr Simnitz fort, „taten alles, was schulgerechte Liebende in ihrem Alter zu tun pflegen. Wie ein Paar Sympathievögel auf einem Stängelchen, saßen sie immer nebeneinander. Ihre ewige Liebe kostete Tausenden von Rosen und Vergißmeinnicht das schöne Leben, und wie ein komplettes Tigertier von Held aus den fabelhaften Zeiten des Altertumes die Gebeine der Gemordeten, so legten sie die erwürgten Blumen nebeneinander, und ergötzten sich an dem Anblick, wenn sie - die jungen Liebesleute nämlich - nicht beisammen sein konnten. Uhrbänder und Busenschleifen, welche danebenlagen, hatten einen noch weit höheren Wert, zumal wenn ihr abgenutztes Ansehen von einem tüchtigen Dienstalter zeugte. Den höchsten Rang aber unter der so köstlichen Kleinodiensammlung, nahmen einige Haarbüschel ein, die schon darum einen recht tiefen, inneren, Gehalt haben mußten, weil ihrer anscheinenden Unbedeutenheit wegen, kein Perückenmacher in ganz Europa einen Pfennig dafür gegeben hätte."

„Aber, lieber Simnitz," fiel hier Eugenie ein, „warum nun auch gerade mit diesem bitteren Spott über einen so süßen und unschädlichen Wahnsinn herfallen?"

„Alles, dort der Cousine zu Gefallen, der man es an der häufigen Gesichtsveränderung abmerkt, daß sie die Ohren nicht so voll Baumwolle hat, um vor meinen einschläfernden Mitteln völlig gesichert zu sein."

„Dann," versetzte Eugenie lächelnd, „dann habe ich nichts weiter dagegen."

Simnitz fuhr fort: „Die beiden jungen Personen waren bei diesem einfachen Leben, das ihnen außerordentlich reizend vorkam, achtzehn und vierzehn Jahre alt geworden. Nun aber erschien eine gar herbe Zeit. Der junge Mann sollte nämlich, auf die Akademie, und das junge Mädchen begriff gar nicht mehr, wie es möglich sei, drei ganze Jahre ohne seine Blicke und Seufzer existieren zu können, drei ganze Jahre den Wald, den Fluß, den Himmel, und besonders den lieben Mond, allein anzusehen.

Der junge Mann trug daher auch im ganzen Ernste darauf an, daß seine und ihre Familie mit ihm auf die Universität ziehen möchten. Denn ob er schon völlig zufrieden gewesen wäre, wenn man ihm das junge Mädchen allein mitgegeben hätte, so war er doch gescheit genug, um einzusehen, daß die vorurteilvollen Eltern darein nicht willigen würden. Aber der andere Antrag erhielt ebenfalls keine Billigung. Zwar freuten sich die Eltern beiderseits über die Zuneigung ihrer Kinder, doch meinten sie, daß diese Zuneigung auch nicht allzu unverschämte Forderungen an ihre Ruhe und Gewohnheit machen müsse.

Nun weiß ich freilich nicht, ob die Eltern darin Recht hatten, aber das weiß ich ganz genau, daß die Kinder glaubten, es sei noch keinem Menschen ein solch himmelschreiendes Unrecht geschehen, als ihnen in diesem betrübten Falle. Sie sahen auch voraus, daß sie den Tag der Trennung nicht überleben könnten. Dennoch ging es. Es ging ein ganzes Jahr, und, wie es schien, immer besser und besser. Viel Briefpapier war freilich in diesem Jahr verbraucht worden, aber auf ein Buch Papier mehr oder weniger kommt es ja wohl nicht an, wenn man sich das hart bedrohte Leben damit retten oder fristen kann!

Nach dem verflossenen Jahr kam der junge Mann zum Besuch nach Hause. Das war nun ein Fest und eine Seligkeit. Allein der Abschied kam auch wieder, und wenn man schon aus Erfahrung wußte, daß der Mensch ein viel zu zähes Leben hat, um an solchen Qualen zu sterben, so wollte man doch aus der Haut fahren, als der Reisewagen vor die Türe rollte.

Im dritten Jahr ging es schon um ein Merkliches besser beim Abschied. Warum? Vielleicht weil man gesetzter wird mit jedem Jahr, oder weil man zwei Jahre glücklich überstanden hatte, und nur ein einziges noch auszuhalten war, oder...

Doch wozu alle die eitlen Mutmaßungen, genug, das dritte Jahr ging wirklich ebenfalls ohne Leichen ab. Denkwürdig war dabei, daß man schon im zweiten Jahre weit weniger Briefpapier als im ersten gebraucht, und im dritten die löbliche Papiererersparnis noch viel musterhafter betrieben hatte. Gleichwohl genoß der junge Mann sowohl, als das junge Mädchen einer vielleicht noch besseren Gesundheit als je zuvor.

Jetzt galten beide überall für ein ausgemachtes Brautpaar. Was Empfindsamkeit und Humanität im Busen trug, das freute sich außerordentlich, daß doch einmal zwei Elternpaare sich so vernünftig erwiesen, dem so oft und heftig ausgesprochenen Willen der Kinder keinen Widerstand entgegen zu setzen. Und damit die Eltern ja nicht von den vielen bösen Bespielen, hauptsächlich in Romanen, angesteckt, doch noch endlich mit Einwendungen gegen das Glück der Liebenden hervorträten, oder damit das Glück, das ein so schönes Beispiel für andere Eltern und Kinder abgeben konnte, nicht aufgeschoben würde, gab man sich alle Mühe, sie zur baldigsten Verlobung der Kinder zu bewegen.

Daher war denn auch eines Abends die Verlobung da, die Kinder wußten selber nicht wie.

Aber nun trat ein ganz wunderlicher Umstand ein. Der Ring, der durch die Verlobung an ihre Finger gekommen war, drückte sie von Stunde zu Stunde mehr. Bald gerieten beide auf den Gedanken, daß ihre unvergängliche Liebe sich in drei Jahren fast gänzlich abgenutzt habe. Gitarrenspieler, die ins Haus gekommen waren, verstanden viel schöner zu sprechen und zu singen, als der Bräutigam."

„Cousinen," fiel hier Eugenie ein, „waren weit liebenswürdiger, als die Braut."

„Mit einem Wort," so fuhr Herr von Simnitz, sich durch einen Handkuß entschuldigend, fort, „nachdem sonach das Brautpaar tausend Beweise hatte, des letzten, daß die Braut den Bräutigam acht Tage auf sich warten ließ, nicht zu erwähnen..."

„Weil," unterbrach ihn Eugenie, „die Großmut der Braut hierdurch in's hellste Licht gesetzt wurde!"

„Kurz nachdem man tausend Beweise hatte, daß die Ringe ihre Schuldigkeit nicht mehr tun wollten, gab man sie einander acht Tage vor der bereits angesetzten Hochzeit förmlich zurück."

4. Kapitel.

Hier hielt der Erzähler einen Augenblick inne, und zog, als nun Eugenie sich ihres Verlobungsringes entledigt hatte, den seinigen ebenfalls vom Finger.

„Darf ich in Ihrem Namen handeln?" rief er, auf den Gitarrenspieler deutend, Eugenie zu.

„Warum nicht gar?" antwortete sie in plötzlichem Zorn hocherglühend.

Doch als nun der andere, die Gitarre weglegend, zu ihren Füßen um den Ring auf's dringendste bat, da wandelte sich die Flamme des Zornes in die schöne Glut der Liebe.

Wolfgang von Wenden, der Gitarrenspieler, dankte Eugenie, er dankte Simnitz, welcher von der letzteren lange vergebens ein Zeichen der Versöhnung durch Hand und Blick verlangte.

Endlich sagte Eugenie: „Ich kann Ihnen leider die Verlegenheit, worin Sie mich setzten, nicht zurückgeben. Da Sie aber über meinen Ring so eigenmächtig disponierten, so soll Minette auch den Ihrigen erhalten, und zwar als ein Geschenk von mir, womit sie ganz nach Belieben schalten kann."

„Kinder," sagte Minette, als sie den Ring am Finger hatte, „ich verstehe kein Wort. Die Baumwolle in meinen Ohren hat mich nur gar wenig von dem hören lassen, was gesprochen worden ist."

Hier ergriff Simnitz ihre Hand, und küßte diese.

„Hu hu," wie zärtlich. „Es wird mir eiskalt dabei. Aber gebt mir nur den ganzen Zusammenhang der Sache." Dazu stellte sie sich, als wolle sie ihre Ohren wieder empfänglicher machen.

Jetzt trat Wolfgang auf und bewies, daß dies ein bloßer Überfluß sein würde, da sie die Baumwolle längst heraus praktiziert habe.

Als sich nun bei der Besichtigung sein Zeugnis bestätigte, so konnte Minette freilich nicht länger auf ihre Unwissenheit pochen.

„Zur Strafe," sagte nun Simnitz, sollen Sie auch meine Hand annehmen müssen."

Wolfgang behauptete, daß sie bloß hierdurch ihr Unrecht abbüßen könne. Als sich nun aber Eugenie selbst für Simnitzens Bitte verwendete, da rief Minette: „Pfui, schäme dich über diese abscheuliche Charakterschwäche! Rache, blutige Rache hättest du an ihm nehmen sollen, für das lächerliche Licht, worin er eure ewige Treue zu setzen suchte. Bei unserer alten Liebe hättest du mich beschwören sollen, niemals die seinige zu werden."

„Bloß aus Furcht, daß meine Worte doch fruchtlos sein möchten, habe ich dies unterlassen," erwiderte Eugenie.

„Wie, Abscheuliche, du glaubst, daß ich Freundinnen wie dir, solche Bagatellen sogar, abschlagen könnte? Nun, dafür muß ich, dir zum Possen, meinen Widerwillen gegen Simnitz überwinden. Hier knien Sie nieder, Herr von Simnitz, um die Hand mit der gebührenden Ehrfurcht in Lehn zu empfangen, die Ihnen schon zu Ihrer Besserung den Daumen auf's Auge setzen wird."

Die Sache war sonach abgetan, als man erst inneward, daß wohl die beiden anwesenden Mütter ebenfalls zuvor ein Wörtchen hineinzusagen gehabt hätten. Sie äußerten auch in der Tat anfangs ihre Empfindlichkeit gar sehr darüber. Allein da sie diese Wendung der Angelegenheit selbst gewünscht hatten, so waren sie durch die Bitten der Glücklichen gar bald wieder gutgemacht, versprachen auch das Nötige bei den Vätern zu bewirken.

Otto erinnerte sich lange keinen so fröhlichen Abend erlebt zu haben. Außer der allgemeinen Stimmung trug auch Eugenies Schwester, Rosalie, seine Tischnachbarin, außerordentlich zu seinem Vergnügen bei. Rosalies, von sehr zarter und umfassender Bildung zeugendes Gespräch
erhielt durch ihr interessantes Gesicht ein noch höheres Interesse. In ihrem dunklen Auge flammte das Licht eines ausgezeichneten Geistes. Um ihren wohlgestalteten Mund schlang sich eine nur schwach angedeutete, aber eben darum, desto mehr imponierende Ironie, welche, aus einigen ihrer Äußerungen zu schließen, gegen das Ganze des Menschenlebens gerichtet zu sein schien, und Rosalie daher gleichsam um eine Stufe über dasselbe unwillkürlich erhob. Ihre Figur war eher groß als klein, dabei die feinste, welche man sehen kann, und jede ihrer Bewegungen von einer ganz eigenen Würde und Anmut.

Die Gesellschaft hatte sich hier das Rendezvous eigentlich bloß gegeben, um die vortreffliche Gegend gemeinschaftlich zu bereisen. Da man Ottos Reden abgemerkt hatte, daß ihn kein besonderes Geschäft nach Hause rief, so lud man ihn ein, an der Partie, die man vorhatte, teilzunehmen, und er, so eilig er bis dahin auch seine Reise betrieben, glaubte diesmal umso eher ein Intermezzo einschalten zu müssen, da Rosalie der allgemeinen Bitte noch ihre besondere hinzufügte.

5. Kapitel.

Der erste Wanderungsmorgen eröffnete sich sehr fröhlich. Eugenie und Minette hörten nicht auf, einander mit Schalkhaftigkeit zu necken. Simnitz, der eine Zeitlang bald auf dieser, bald auf jener Seite gestanden hatte, ließ dem lustigen Streit endlich seinen Gang, und gesellte sich dem Grafen bei.

„Da Sie," sagte er, „auf die wunderlichste Weise von der gänzlichen Unbekanntschaft mit uns sogleich in's Herz unserer nächsten Familienbeziehungen geraten sind, so kann ich Ihnen wohl gestehen, daß ich die gestrige Entscheidung längst herbeigewünscht habe. Denn nicht lächerlich allein, sondern ruchlos möchte ich sagen, wäre es gewesen, wenn ich auf der Ehe mit Eugenie hätte bestehen wollen. Dergleichen unvorsichtige Jugendversprechungen werden fast immer besser zu wenig, als zu hoch geachtet. Selbst, wenn Eugenie nicht an Wolfgang ein größeres Interesse gefunden hätte, selbst dann würde ich mich loszumachen gesucht haben, da durch meine künftige Unzufriedenheit, die ich in der Ehe mit ihr voraussah, auch die ihrige unfehlbar herbeigeführt worden wäre."

„Aber, mein Gott, rief Minette herzueilend, was sondern sich denn diese Herren von uns übrigen ab? Etwa, um ungestört ernste Gesichter schneiden zu dürfen? Nein, Vortrefflichste, damit ist's nichts. Sie, Herr von Simnitz, stehen jetzt unter meinen Befehlen, und geben mir Ihren Arm den Berg da hinauf. Sie, Herr Graf, werden vermutlich einen ähnlichen Dienst nicht lange suchen dürfen. Zwar wollen die beiden älteren Damen hier unten bleiben, aber Rosalie wird noch einen Führer nötig haben."

Otto dankte für den Wink, eilte sogleich auf das Fräulein zu, und war von nun an den ganzen Tag ihr Gefährte.

Der Abend war einer Bergspitze zugedacht, worauf die Ruinen einer alten Ritterburg das Andenken an die gewaltige Vorzeit erweckten. Die Gesellschaft, den ganzen Tag umhergeklettert, langte ziemlich müde dort an, wo sie den Teetisch schon bereit, auch mehrere gebildete Personen fand, die sich an sie anschlossen.

Die Sonne feierte ihren, diesmal gerade überaus prächtigen Untergang, und man eilte, die Reste der Ritterburg zu sehen, welche eine der bedeutendsten im Lande gewesen war. Die hohen, verwaisten Mauern schienen das kleine vergängliche Leben unten im Tal nur mit Verachtung anzustarren.

Als man die letzten Blicke der Sonne von hieraus genossen hatte, schlug Otto vor, den Tee einzunehmen, und beim Mondlicht den Besuch der Burg zu wiederhohlen; ein Vorschlag, der von allen genehmigt wurde.

Der Tee, und zum Teil auch der Wein, der danebenstand, schien der müden Gesellschaft recht wohlzutun. Mit neuerregten Sinnen blickten alle nach der herrlichen, vom Abendrot umglänzten Landschaft hinab, durch welche der große Strom in lieblichen Wendungen hinspielte.

„Lieber Wenden," rief jetzt Rosalie, „die Stille ist freundlich und schön. Ihre Gitarre aber sollte ihr gewiß keinen Schaden tun, zumal wenn sie dem Gesang nur als Begleiterin zugegeben würde." „Ja wohl, Lieber!" erscholl es von vielen zugleich.

Wolfgang erwiderte: „Ein geringes Talent, wie das meinige, darf umso weniger spröde tun, weil Weigerungen, die in solchen Fällen gemeiniglich nicht gelten dürfen, die Erwartung desto höher spannen. Gern füge ich mich daher in das Verlangen. - Was aber würden Sie wählen, schöne Rosalie?"

„Etwas eigenes, von Ihnen selbst Gedichtetes!" antwortete diese. „Ich gestehe sogar, daß mich die beiden Gedichte, welche Eugenie neulich in Ihrer Brieftasche fand, darauf gebracht haben. Die Sonette meine ich, *Vernichtung* und *Rettung* hießen sie, ihr Inhalt steht gerade mit Gegend und Tageszeit in Harmonie."

„Nur aber gar nicht mit der heutigen frohen Stimmung!" erwiderte Wolfgang.

„Ei," sprach Rosalie, „muß man sich doch bei jedem Gedichte in des Dichters Stimmung versetzen, um es gehörig zu genießen!"

„So gern ich auch," versetzte Wolfgang, „Ihr Verlangen hierin befriedigen will, so scheue ich mich doch, den allgemeinen Frohsinn durch düstere Gedanken zu beleidigen."

„Machen Sie nicht, daß ich böse werde, lieber Wenden, ein Frohsinn, den solche Dinge beleidigen können, wahrlich, der wäre nicht wert, daß man seiner sich annähme. Mit einem Worte, ich dächte!" - Die übrigen stimmten ihr bei, und Wolfgang nahm die Gitarre und sang dazu:

Vernichtung.

Aus tiefem Strome locken Melodien;
Gern möcht' ich in die zärtlichen versinken,
Den Lichtgestalten, die von dorther winken,
Gern in den Arm, den schauerlichen, fliehen,
Des Himmels Glanz gebeut mir vorzuziehen;
Verachtend die, so hier sich selig dünken,
Möcht' ich des Abends goldne Flammen trinken,
In dunkler Nacht mit ihnen zu verglühen.
So spricht mein Selbst mich an mit fremden Zungen,
Sagt, wie wir, Blumen gleich, in dunkeln Tiefen.
Allein, den Pfad zur hohen Sonne finden;
Drum sei der Arm zur letzten Tat geschwungen!
Was säum' ich, da so treue Stimmen riefen,
Das Leben an den Tode zu entzünden?

Rettung.

Da traf ein Strahl von Golgatha den Toren:
Die Farben, die in Luft und Wasser brennen,
Die Töne, so den Pfad dir fälschlich nennen,
Die Himmel selbst sind nur aus Staub geboren.
Den Blinden ist kein Heiland auserkoren,
Die von dem Staube nur nach Staube rennen.
Die andre Götter neben mir erkennen,
Sind mir ein Greuel und ewiglich verloren.
Wer kann dich, wenn der Schöpfer schweiget rufen?

Wer dich vor seinem Schreckensworte schützen:
Wo lebt der Leib, in den ich dich geschlossen?
Sieh auf Maria zu des Thrones Stufen,
In ihrer Krone sieh die Tränen blitzen,
Die sie geduldig unterm Kreuz vergossen.

Mehr als auf die Gesänge hatte Otto auf Rosalie geachtet, welche davon recht innig ergriffen schien. Die Tränen in ihren Augen versinnlichten ihm diejenigen, von denen im zweiten Sonette die Rede ist. Ohnehin gab es in Rosalies ganzen, stillen Wesen etwas Fremdes, Überirdisches, das ihn nicht wenig anzog.

Während die anderen bald darauf über die beiden Gedichte urteilten, lag das Fräulein auf ihren Arm gestützt, und Ströme von Tränen rannen aus den begeisterten Augen.

„Da hast du's nun!" sagte die Mutter freundlich zu ihr tretend. Rosalie drückte ihre Hand und sagte: „Erlauben Sie mir immer ein so sonderbares Betragen. Diese Tränen waren es eben, die mir das Herz beschwerten. Nun sind sie, Dank sei es Wendens Gesang, hinweg, und Sie sollen sehen, daß ich aufgeräumt sein werde, wie ich es den ganzen Tag noch nicht gewesen bin." Wirklich ging sie bald zu einem Frohsinn über, der die ganze Gesellschaft neu beseelte.

6. Kapitel.

„Apropos, die Burg!" sagte Rosalie, als der Mond schon am Himmel stand, und man bei anhaltenden Scherzen Ort und Vorsatz vergessen zu haben schien. „Die Scheibe des Mondes leuchtet gerade recht schön auf das alte Gemäuer. Laßt uns doch nun hingehen. Es gibt auch eine Sage von der Burg, daß eine vormalige Besitzerin einer Menge junger, heiratslustiger Ritter die Köpfe verrückt, und ihnen, um sich ihrer Hand würdig zu beweisen, eine recht schauerliche Probe - wie Wenden annimmt, auf ein ausdrückliches Gebot ihres Vaters - auferlegt habe. Lieber Wenden, Sie müssen, wahrlich, Ihre Romanze über den Gegenstand dort zur Gitarre singen."

Eugenie und die übrigen traten ihr bei. Aber der Sänger entschuldigte sich damit, daß er den Text nicht auswendig wisse.

„Das ist arg," sprach Rosalie. „Wenn es aber ein Vorwand sein sollte, so nutzt er wenigstens nichts, da ich die ganze Romanze bei mir habe, und es hell genug ist, Noten und Text lesen zu können."

Man ging hierauf zum zweiten Male in das durch die Zeit zerrissene Altertum, worauf der Mond mit Liebe zu ruhen schien. Als aber Wolfgang schon die Gitarre ergriff, um zu singen, da fand sich, daß er so heiser geworden war, daß dieses ganz unmöglich wurde.

„Seltsam!" rief Rosalie, „ob mir's wohl auch so ergangen sein mag?" Dabei versuchte sie ihre Stimme, die aber den reinsten Glockenton von sich gab.

„Jetzt ist es an Ihnen!" sagte Wolfgang. Rosalie nickte und sang, indem er die Gitarre spielte:

Die Liebesprobe.

Herab von des Söllers luftiger Höh'
Erschaut die Herrin das Tal.
Es hanget lastend geheimes Weh.
An des Auges kristallenem Strahl:
Was will dort unten der Harnische Menge,
„Der Rosse Stampfen, das Festgepränge?"

Da tritt ein Diener gebeugt zu ihr
In ritterlichem Gewand:
„Zwei, Grafen, Herrin, sind wieder hier,
„Zwei Gebieter von Leuten und Land,
„Die Speere gesenkt, die Blicke gehoben,
„Will jeder sich deiner würdig erproben."

„Und kennt man des sterbenden Vaters Gebot,
„Der Probe mordenden Sinn?"

(81)

„„Es fliegen über den sichern Tod
„„Ihre Blicke in's Brautgemach hin,
„„Sie wissen, daß keiner die Herrin erbeutet
„„Der nicht rings über die Burgzinne reutet.""

„So endet denn nimmer der grausame Mut,
„Der seine Treuen erschlägt?
„Noch raucht der Abgrund von edlem Blut,
„Ja, die Steine selbst scheinen bewegt! –
„Laß Damen und Ritter zum traurigen Feste,
„Und rufe sodann die verlorenen Gäste."

Und vor dem Tore zusammenfließt
Der Veste Schimmer und Macht,
Und höher empor und höher sprießt
Aus dem Tale die hoffende Pracht.
Mit offnem Visier und bescheidner Gebärde
Wirft schon vor der Herrin sich einer zur Erde.

„Umsonst bestrebst du dich, mutiger Mann
„O prüfe das falsche Glück,
„Und sieh die gähnende Tiefe an,
„Und zur Heimat kehre zurück.
„Das Herz, das dich auf die Zinne will tragen,
„Bald wird es im Abgrunde nicht mehr schlagen."

„„Und schlägt es nicht mehr, so reizt es hernach
„„Zu Ruhm auch den Busen nicht mehr,
„„Drum, ehrend das Wort das der Vater sprach,
„„Verleih' meiner Bitte Gehör: –
„„Laß mich das Abenteuer bestehen,
„„Oder im Abgrund untergehen.""

Und aus dem Auge der Herrin sinkt
Des Mitleids perlendes Licht;
Es schweigt die Lippe, die Hand nur winkt
Und das ahndungsvolle Gesicht.

Bald eilet der Graf, sein Roß zu finden,
Das schon die Knechte zur Zinne winden.

Schon sitzt er droben auf zagendem Tier,
Da ruft das Leben ihn an:
Was willst du, Kecker, was willst du hier?
Hab' ich Leides dir jemals getan?
Die treue Erde willst du verlassen,
Den Lüften zu trauen, die dich hassen?

Das Leben sieget, erschrocken flieht
Sein Blick vom unebnen Pfad,
Der sich ringsum durch Lüfte zieht,
Den sein Reuter noch straflos betrat.
Schon meint er den Lüften sich Preis gegeben,
Die treulos schmeichelnd die Arm' erheben.

Da ruft sein Leben zum zweiten Mal:
Betrachte mein kräftiges Blut,
Der süßen Liebe beglückenden Strahl,
Auf dem meine Jugend so fröhlich ruht,
Und hüte dich, mich, das die Götter senden,
An so verwegenen Traum zu verschwenden.

Berauschend fließt in's rege Ohr
Des Lebens weicher Gesang.
Dein Wort ist verpfändet, junger Tor!
Schreit nun der Trommete stürmischer Klang,
Und wie sich das Roß will weiter heben,
Zerfällt schon im Abgrund sein frisches Leben.
Der Herrin tiefen Seufzer umgibt
Des Haufens rauschendes Ach!
„„Der hat seine Träume nun ausgeliebt!““
Höhnt er laut dem Erblichenen nach.
Doch ruhig kommt aus des Volkes Mitten
Der zweite Werber zur Herrin geschritten.

„So beuget auch dieses Schicksals Gewalt
„Dir nicht den Busen von Stein?
„Bei jener zerstörten, edlen Gestalt,
„Bei der Qual meines Herzens, halt ein!
„Schon läßt sich schlummernd der Abend nieder.
„Verschon' ihm mit Blute die zarten Glieder.‟

„„Nach Lebenslust dürstend, umarm' ich den Tod;
„„Da er nur Leben mir gibt,
„„Begehre nie wieder ein Morgenrot,
„„Wenn die Liebe mich Armen nicht liebt.
„„Sie mag mich über die Zinne leiten,
„„Oder mir unten ein Grab bereiten.‟‟

Das Antlitz verschlossen im engen Visier
Verstummet der Held und sie spricht:
„Enthülle zuvor dein Antlitz mir!‟
Und der Schöne zeigt sein Gesicht.
Da steht die Herrin in Wahnsinn verloren,
Vor seines Herzens geöffneten Toren.

Es hebt ihr die Arme, es schwelt ihre Brust,
Hinüber zu ihm ist ihr Ziel,
Doch bald versieget die schmerzliche Lust,
Vor dem Auge das grausame Spiel,
Das jedem Freier ihr Vater geboten,
Erblickt sie im Geist ihn schon bei den Toten.

Und von des Busens wogendem Schmerz
Reißt sie ein güldenes Band;
„Mit diesem nimm mein liebendes Herz,
„Nur fordere nie meine Hand,
„Wie über sie der Vater gerichtet,
„Bleibt sie den Mächten des Todes verpflichtet.‟

„„Und hab' ich dein Herz, was soll mir dann noch
„„Des Lebens trüglicher Schein,

(84)

„„Kann ich dich selber nicht von dem Joch
„„Das dich ängstet, du Schöne befrei'n?
„„Mich, oder dies harte Joch zu zerschlagen,
„„Soll sich mein Roß auf die Zinne wagen.""

„Mitnichten! – Ritter und Knappen wehrt
„Des Grafen dräuenden Tod!"
„„Wir dürfen nicht, wahrlich, bei unserm Schwert;
„„Gegen deines Erzeugers Gebot.
„„Du selber wolle durch starres Wehren
„„Des Vaters letzten Hauch nicht entehren.""

Schon scheut sich das Roß, an der Burg empor
Zur Zinne gewunden, schon steht
Der Graf in der Veste dunklem Tor,
Und die Herrin selber, sie geht,
Und ist bald oben, bei Mondesscheine
Mit Ritter und Roß und Lieb' alleine.

Zur Zinne steiget ihr bebender Fuß:
„Geliebter, wie schön ist die Welt,
„Und des Mondes schmerzenstillender Gruß
„Aus der Sterne hohem Gezelt!
„Kann dich ihr goldenes Wort nicht rühren
„Ein Leben zu lieben, das sie regieren?

„„Die Sterne hass' ich, den Mond zugleich
„„und ihren schmeichelnden Mund,
„„Denn statt zu regieren der Erde Reich,
„„Steh'n sie mit der Argen im Bund,
„„Gelassen sehn sie die Lieb' erdrücken,
„„Drum berge der Tod mich vor ihren Blicken.""

„Du sollst von dieser Zinne den Tod
„Nicht suchen! – Wer mich liebt,
„Der ehrt gewißlich das letzte Gebot,
„Das meine sterbende Zunge gibt."

(85)

„„Die Herrin, sie stürzt sich, o Gott, von der Mauer!"„
Ruft unten das Volk in tiefer Trauer.

Doch ehe des Grafen verdunkelter Blick
Von neuem begrüßet das Licht,
Bringt eine Wolke die Herrin zurück,
und des Vaters Schatten erhebt sich und spricht:
„„Nur Liebe konnte das Rätsel lösen,
„„Sie bleib' euch in guten Tagen und bösen!"„

„Hier," sagte Rosalie, „hier denke ich mir, daß der Geist des Vaters heraufgeschwebt sein mag." Otto zog still und unwillkürlich die Hand der trefflichen Sängerin, die von einem allgemeinen Lobe begrüßt wurde, an seinen Mund. Wolfgang meinte, daß der Himmel, der Gesellschaft zum Besten, ihn habe heiser werden lassen, und Otto drückte Rosalies Hand zum zweiten Mal, als ob er dieses bestätigen wolle.

In demselben Augenblick aber sprang er vom Stuhl auf.

„Was ist Ihnen, lieber Graf?" fragten die meisten Stimmen, und jedermann blickte nach der Gegend, welche Otto zitternd anstarrte.

„Mein Gott, so sehen Sie denn nicht?" rief der Graf.

„Nicht das Mindeste!" antwortete man.

„Also," sprach Rosalie, „hat Ihnen die Romanze wohl gar des Alten Geist vor die Phantasie gezaubert?"

Er schwieg. Überhaupt war es von nun an um sein Reden geschehen. Einem Automaten gleich schlich er bald darauf neben den übrigen, die gar nicht wußten, was sie denken sollten, den Berg hinunter nach Hause, wohin die älteren Damen bereits vorausgefahren waren.

Am zweiten Wanderungsmorgen traf statt seiner ein Billet von ihm mit der Nachricht ein, daß er auf erhaltene Briefe schleunigst hätte abreisen müssen.

Man erkundigte sich bei dem Wirt, der jedoch von den vorgeblichen Briefen so wenig als seine Hausleute wußte, aber gar nicht beschreiben konnte, wie ängstlich der Graf sogleich nach Mitternacht eine Abreise betrieben hatte.

3. Buch.

1. Kapitel.

Die Gestalt seiner Stammutter war es gewesen, was Otto oben in den Burgruinen gesehen hatte. Nicht aber von Stein, auch ohne das Kind auf dem Grabmal. Die Gestalt hatte ihm sogar gewinkt, er aber im Gefühle der Unwürdigkeit den Mut nicht gehabt, ihr zu folgen.

Um seinen Verpflichtungen völlig zu genügen, glaubte er die neue Verbindung abbrechen, und sogleich auf das Gut der Frau von Holdenberg eilen zu müssen. Seine Gedanken alle für Adelheid zu sammeln, und sich gewissermaßen in ihrer Liebe zu berauschen, nahm er ihre Briefe, die er in einem besonderen Kästchen bei sich im Wagen hatte, unterwegs zur Hand, und überlas diejenigen, welche ihm als die zärtlichsten die größte Freude gemacht hatten.

Allein er erreichte dadurch seinen Zweck nicht in der gewünschten Art. Zwar konnte das liebende Herz Adelheids in diesen Briefen durchaus nicht verkannt werden. Aber bei dem ungebildeten fehlerhaften Vortrag in allem, drangen sich einen Gedanken die feinen Kreise, in denen er zeither sich bewegt hatte, unwillkürlich auf. Unter diesen vorzüglich auch der letzte, dem er im eigentlichen Verstande entflohen war, und worin Rosalie sich am meisten hervorhob. Desto erfreulicher aber war das Wiedersehen auf Erlensee, dem Gut der Frau von Holdenberg. Das glücklichste Bild der Unschuld und Liebe hatten die letzten zwei Jahre aus Adelheid gemacht, die er mit ganzer Seele in seine Arme schloß. Daß sie der Gestalt auf dem Grabmal in seinem Auge nur noch ähnlicher geworden war, das erschreckte ihn jetzt durchaus nicht, da seiner Meinung nach kein Mädchen, das er hatte kennenlernen, an Schönheit und Liebreiz sich mit der Erwählten messen konnte, und die blasse, zarte Rosalie die in den letzten Tagen ihm allerdings zuweilen vorschwebte, mit diesem frischen, lebensfrohen Wesen im Äußern kaum zu vergleichen war.

Frau von Holdenberg tat sich viel darauf zu gut, daß sie Ottos Reise veranlaßt hatte. „Was waren Sie, lieber Graf," so sagte sie ihm einst in's Gesicht, „und was sind Sie nun geworden! Wahrlich, wer Sie vor zwei Jahren gesehen und gesprochen hat, der muß an Wunder glauben, die mit Ihnen vorgegangen sind. Und auf der anderen Seite meine Adelheid. Ich dächte doch wohl schon darum hätte es der Abwesenheit einiger Jahre verlohnt, sie, so wie sie jetzt ist, auf einmal wiederzufinden!"

Otto machte eine verbindliche Bewegung, suchte auch in der Tat, wann es nur anging, Adelheid auf. Er horchte mit Begierde auf alle die Kleinigkeiten, welche diese ihm zu erzählen hatte, und die fast sämtlich ihre wechselseitige Liebe betrafen. Wenn, wie das häufig geschah, Frau von Holdenberg dazukam, so teilte er Anekdoten von seinen Reisen mit, so, daß der Tag, an dessen Morgen er angekommen war, wie ein flüchtiger, seliger Traum verschwand.

Am anderen Morgen wollte er zu seinen Vater eilen, der sich seit dem Tode seiner Gemahlin ganz in Breitenfels aufhielt. Frau von Holdenberg rühmte seine neuen Einrichtungen und Baue im Schloß so sehr, als was er an der Kirche getan hatte, und konnte das Verlangen nicht groß genug beschreiben, womit er der Rückkehr des Sohnes entgegensehe.

2. Kapitel.

Schon von weitem suchte Otto den alten Breitenfelser Kirchturm, der am Mittag nach seiner Abreise von Erlensee aus dem Nebel der Ferne hervortrat, und nun immer festere Umrisse gewann. Der alte Turm war doch anders geworden! Ihn zu erhalten, hatte man manches daran erneuen zu müssen geglaubt, was nun, als Flickwerk, seine alte kräftige Zeit zu verhöhnen schien. Vermutlich war das Neue mit dem Alten durch Farbe in Übereinstimmung gebracht worden. Allein das Wetter hatte sich nicht daran gekehrt, und gar bald die ursprüngliche Verschiedenheit wiederhergestellt.

Das tat dem jungen Grafen freilich weh, doch war dabei nicht gut anders zu verfahren gewesen, wenn der Turm hätte bleiben sollen, den er aber lieber, so weit als nötig, würde haben abtragen lassen, um Schaden vorzubeugen, und zugleich die alte Eigenheit zu erhalten.

Er nahm sich indessen vor, gegen seinen guten Vater davon gar nichts zu erwähnen. Auch vergaß er die Sache bald über der Freude, den Grafen Joachim im besten Wohlsein wiederzufinden. Allein, nicht lange, so fand sich mancher neue Anlaß, seine Abwesenheit von Breitenfels zu bereuen. Der Vater hatte zwar alle Erneuungen mit Verstand und Einsicht betrieben, aber nur sehr selten die Schönheit berücksichtigt. So waren im Schloß zwei köstliche Aussichten in die Gegend, der Benutzung des Raumes halber, ganz verbaut, auch aus demselben Grunde an die Stelle der schönen breiten Treppe eine nur schmale und dürftige gesetzt worden. Im Innern der alten Kirche hatte vollends gar vieles die vorige hohe Gestaltung verloren. Die verfallenen Kirchstühle waren durch neue ersetzt, die aber freilich mit den eingegangenen, an künstlicher Arbeit nicht verglichen werden konnten.

Was den Zurückgekehrten am meisten schmerzte, das war ein Riß, welchen das Denkmal der Stammutter bekommen hatte. Unbegreiflich war die Ursache dieses Risses durch den starken Stein. Auch der Vater, der ihn jetzt zum ersten Mal wahrnahm, staunte nicht wenig über den Spalt, welcher vom Kopf bis zum Fuß die Hauptfigur hindurchging. Die darum befragten Arbeiter leugneten alle ihn veranlaßt zu haben. Der Morgen, an dem sie ihn zuerst bemerkt hatten, war, wie sich nun fand, der nämliche gewesen, an dem Otto aus dem Gasthof, wo er die neue Bekanntschaft gemacht, so schleunig aufgebrochen war.

3. Kapitel.

So sehr auch Otto sich zusammennahm, uns bei diesen und manchen anderen Entdeckungen sein Inneres nicht durch Mienen zu verraten, so hatte ihm doch der welterfahrene

Vater seine Unzufriedenheit schon zeitig abgemerkt, und äußerte sich jetzt also:

„Lieber Sohn, was ich vor deiner Abreise sagte, das wiederhole ich nun. Die ganze Reise wäre besser unterblieben. Du hättest dann hier nach deinen Wünschen allein geschaltet und alles gefügt, wie es zu deinem künftigen Leben mit Adelheid am passendsten gewesen wäre. Deine Bildung hat freilich sehr auffallend gewonnen. Aber es fragt sich noch immer, ob auch dein künftiges Glück dabei nicht zu kurz gekommen ist. Doch weg mit den voreiligen Besorgnissen, die gar leicht einzig die Folge der Ängstlichkeit des Alters sein können, welches mir allerdings mit jedem Jahr mehr zu Kopfe wächst."

Eine der ersten Fragen des Zurückgekehrten war nach Silvester gewesen. Aber es hatte sich von ihm keine Spur wieder gezeigt, und man mußte, wie der junge Graf beim Besuche seines vormaligen Aufenthalts bemerkte, das Häuschen hier und da ausbessern lassen, wenn es nicht gänzlich verfallen sollte.

Frau von Holdenberg machte, wie sie versprochen, schon am dritten Tage einen Besuch auf Breitenfels mit ihrer Tochter. Sie freute sich ungemein darüber, als sie fand, daß ihr künftiger Schwiegersohn auch in Rücksicht der häuslichen Bequemlichkeit seine Reifen gut zu benutzen gewußt hatte. Was das hierin so sinnreiche England nur aufweisen kann, an feinem und nützlichen Gerät, war von ihm angeschafft worden, und er kündigte, als die Matrone seine Vorsorge pries, lächelnd noch einen ganzen Wagen ähnlicher Sachen an, welche künftig eintreffen würden.

Frau von Holdenberg wunderte sich nicht wenig, daß der ältere Graf hierüber sowohl, als über Ottos unleugbare Fortschritte in der Bildung so gleichgültig bleiben, und immer abbrechen konnte, wenn sie das Gespräch darauf hinleitete. Aber der Menschenkenner hatte nicht Unrecht gehabt, daß er darüber in keine besondere Freude ausbrach. Schon in wenig Tagen zeigte es sich, daß Adelheids auf ein schönes, häusliches Leben ganz allein berechnete Art und Weise, für Ottos gar sehr erweiterte Ansichten nicht recht ausreichen wollte; daß beide hierdurch einander zuweilen völlig unverständlich wurden, und das Fräulein daher nicht selten, gedrückt von dem Gedanken ihrer Unerfahrenheit in so vielen Dingen, welche Otto an einer wohlerzogenen Dame nunmehr vorauszusetzen schien, die Einsamkeit geflissentlich aufsuchte.

Ihre Mutter übersah das jedoch, und hatte selbst dann noch keine Ahnung von dem unbehaglichen Zustande Adelheids, als diese um Beschleunigung der Rückreise dringend bat. Vielmehr galt ihr der Vorwand einiger nötigen Wirtschaftsveranstaltungen, den ihre Tochter brauchte, für einen Beweis, daß diese gewiß auch künftig über dem Bedürfnis ihres Herzens die Pflichten der verständigen Hausfrau niemals vergessen werde.

Graf Joachim schwieg über den wahren Zusammenhang der Sache, den er durchschaute, und Otto wurde durch seine neue Einrichtung sowohl, als durch die Ausführung des Vorsatzes beschäftigt, die ökonomischen Vorteile des Auslandes in seiner Besitzung zu benutzen, und seine Untertanen damit bekanntzumachen.

Zu demselben Behufe bereitete er auch die übrigen Güter seines Vaters.

Über diesen und anderen damit zusammenhängenden Arbeiten waren mehr als drei Vierteljahre verstrichen, in denen er und Adelheid eine ziemliche Anzahl Briefe gewechselt, auch sich mehrere Male gesehen hatten.

Adelheid war inzwischen, zu Ottos großer Zufriedenheit, bemüht gewesen, durch zweckmäßige Lektüre und eigene Lehrer ihre Kenntnisse zu erweitern. Hauptsächlich aber fehlte ihr noch immer die schöne Gewandtheit des geselligen Tons, die sich ausschließend in den feinen Zirkeln der großen Welt erwirbt, und worauf Otto seit seiner Reise nicht wenig zu setzen pflegte. Er hatte dieserhalb schon einmal bei dem Besuch in Erlensee den Vorschlag auf der Zunge, daß doch Frau von Holdenberg mit Adelheid wenigstens eine Zeitlang in der Residenz zubringen möchte. Aber immer wußte er

nicht, wie er seinem Anliegen eine Wendung gäbe, wodurch
die überaus eitle Frau nicht in ihrer Tochter beleidigt würde.

4. Kapitel.

Als eben dieser Gegenstand noch sein Nachdenken
beschäftigte, kam der Verwalter von Breitenfels mit der
Nachricht, daß Fremde dort angekommen wären. Da sie
gehört, daß er den Abend zurückkehren würde, so schienen
sie ihn erwarten zu wollen.

Otto war verdrießlich, daß der Mann nicht einmal ihren
Nahmen hatte erfahren können. Er wußte bloß, daß es ein
junger Herr mit zwei jungen Damen war, und alle drei
Trauerkleidung trugen.

Graf Otto sann vergebens her und hin. Dabei befiel ihn eine
Unruhe, die er sich gar nicht erklären konnte, und die ihn veranlaßte, auf des Verwalters Pferd sogleich fortzureiten, da
sein Vater mit dem Wagen in der Nachbarschaft war.

Noch vor Abend kam er in Breitenfels an. Er erstaunte nicht
wenig, in dem Besuch niemanden anders, als Rosalie, Eugenie
und Wolfgang zu erblicken.

„Sehen Sie wohl, daß Sie uns Ihr Gut nicht umsonst
beschrieben haben," rief Eugenie. „Da sind wir nun, um
Rechenschaft zu fordern, warum Sie uns vor einem Jahre fast
um dieselbe Zeit so unartig verlassen konnten. - Die Entschuldigung mit den Briefen gilt nichts, da kein einziger
angekommen war, daher eine andere Ursache, und schnell."

„Still," sagte Rosalie, „wollen wir uns denn gleich in den ersten Momenten widerwärtig machen, liebe Schwester? Sagen
wir ihm lieber den wahren Zusammenhang. Der plötzliche
Tod unserer guten Mutter hat uns veranlaßt, auf Reisen
einige Zerstreuung zu suchen. Wir kommen zufällig in die
Nähe von Breitenfels. Wir erinnern uns Ihrer, und wünschen, die damalige Bekanntschaft wieder anzuknüpfen."

Otto hielt sich an diese Worte umso lieber, da sie ihm
wirklich die schwere Antwort auf Eugenies Frage ersparten,

die er auch so gänzlich mit Stillschweigen überging, daß man wohl auf eine geheime Ursache raten konnte.

Indessen versäumte er nichts, den Angekommenen den Rest des Tages möglichst angenehm zu machen, wozu die schöne Gegend die Hand bot.

Wolfgang erzählte, daß Simnitz und er das Ziel ihrer Wünsche, die Verheiratung, jener früher, er vor Kurzem erst, erreicht habe.

„Ach," sagte Eugenie, „gar manches Frohe hat sich, seit wir uns kennenlernten, ereignet in unserer Familie, aber auch der harte Schlag, von dem die Farbe unserer Kleider zeugt. O lieber Graf, die würdige Frau sollten Sie näher gekannt haben, die uns in dieser Mutter verloren ging." „Still, still," rief Rosalie, ihrer Tränen nicht Meister werdend. „Schone das gebrochene Herz deiner Schwester, die sich, du weißt es ja, über diesen Tod nicht zu fassen vermag."

„Das weiß ich," sprach Frau von Wenden, „doch erlaube mir, deine sonderbaren Vorstellungen darüber dem Grafen mitzuteilen, dessen Urteil dir etwas zu gelten schien."

„Die gute Schwester," fuhr Eugenie, zu Otto gerichtet, fort, „hegt seit ihrer Kindheit den Vorsatz, ihr Leben, abgeschieden von der Welt, in einem Kloster zuzubringen, so sehr auch hierin die Meinung der Zeit mit der ihrigen im Widerspruch steht. Unsere selige Mutter war in diesem Punkt mehr, wie in den meisten, mit der Zeit einverstanden. Sie äußerte, wo sie konnte, ihre Abneigung vor dem Klosterleben, und brachte dadurch in das Leben meiner teuren Rosalie einen Mißlaut, der nur mit dem Tode der würdigen Frau zu heben war. Aber eben dieser Tod ist es nun, der sie deshalb doppelt betrübt. Ihre herzliche Liebe zu der Verstorbenen will sie anklagen, daß sie einen Wunsch gehabt habe, den nur der Mutter Untergang zu befriedigen im Stande gewesen, und dieser Gedanke benimmt ihr auf's Neue alle Lust am Leben."

Otto tat Rosalie das Nichtige dieser Vorwürfe so einleuchtend dar, daß sie ihm dafür dankbar die Hand drückte, und auch Wendens erst nun die Schönheit des Abends ohne trübe Beimischung genießen konnten.

„Ich habe immer viel auf Sie gerechnet, lieber Graf," sagte Eugenie, als eben Wolfgang mit Rosalie einer Blume zugelaufen war, die aus der Entfernung geleuchtet hatte. „Ich freue mich auch sehr, daß der Ausgang meinen Erwartungen so günstig gewesen ist. Ach, welch eine Wohltat würden Sie uns erzeigen, wenn Sie die kleine Lustreise mit uns machen wollten. Jedem Rückfall Rosalies in ihre düstere Idee würden Sie zu begegnen wissen, so daß sie nach der Trauerzeit die ersehnte Ruhe im Kloster ohne innere Störung genießen könnte."

Otto entschuldigte sich, wegen der Reise, mit mancherlei Geschäften, welche seine Anwesenheit auf Breitenfels notwendig machten. Da ihm indessen viel daran lag, dazu mitzuwirken, daß Rosalies, der Einsamkeit geweihtes Leben von allen Sorgen befreit würde, so tat er einen anderen Vorschlag. Er bot nämlich den Angekommenen eine angenehme Wohnung im Schlosse an, welches, auf allen Seiten mit lieblichen Gegenden umgeben, sich ganz vorzüglich zum Mittelpunkt der Lustwanderungen oder Fahrten eignete.

Eugenie teilte den anderen den Vorschlag mit, die ihn auch, nachdem ihre Besorgnis wegen Beunruhigung und Last von Seiten des Wirtes widerlegt war, sehr gern sich gefallen ließen.

Graf Joachim fand sich bei seiner Rückkehr recht angenehm von den artigen Gästen überrascht. Auch ihn schien die zarte Rosalie vorzüglich anzuziehen, welcher wirklich das Trauerkleid ein recht hohes und herrliches Ansehen erteilte.

5. Kapitel.

Am anderen Morgen, einem Sonntag, wurde die alte Kirche besucht, wo nun wieder Gottesdienst gehalten ward, da sich, seitdem das Gut in des Grafen Händen war, mehrere Familien katholischer Religion wieder hier angekauft hatten.

Rosalie äußerte nach beendigter Messe, daß ihr der Prediger nicht recht gefalle. Zwar habe seine Rede unverkennbar den Zweck gehabt, die kleine Gemeinde zum Guten zu erwecken. „Aber," fügte sie hinzu, „auch lediglich zu irdischem Guten. Der Mann scheint selbst den heiligen Funken nicht zu kennen, den der Priester anzufachen hat, um in dem Menschen das Göttliche zu erwecken."

Otto freute sich sehr, daß Rosalie hierin mit ihm übereinstimmte. „Jawohl," sagte er, „nicht gute, brauchbare Gedanken, sondern die höchsten und innigsten Gefühle hat die Religion zu ihrem Thron erwählt, von welchem aus die besten Gedanken, wie durch göttliche Eingebung, von selbst entstehen."

Graf Joachim merkte wohl, daß die beiden Enthusiasten nicht so leicht zu einer Überzeugung bekehrt werden, und ihre Ansicht für bloße Schwärmerei halten würden, daher suchte er das Gespräch auf andere Gegenstände zu leiten. Er zeigte, was von Merkwürdigkeiten in der Kirche war, von den schönen, bunten Glasscheiben an, die noch hin und wieder sich erhalten, und er in ein Fenster gesammelt hatte, bis zu den Denkmälern der Stammeltern.

Hierhin schien Otto diesmal mit einigem Widerwillen zu folgen. Nichtsdestoweniger betrachtete er das Bild der Stammutter mit der größten Aufmerksamkeit, und sagte dann: „Ist es doch, als ob man in diesem Gesicht immer etwas Neues entdecken könnte. So habe ich zum Beispiel noch niemals die Tränen bemerkt, mit denen die Augen unserer Stammutter so unleugbar angefüllt sind. Und obendrein begreife ich beim näheren Betrachten gar nicht, durch welche unbekannte Mittel es dem Künstler gelungen ist, diese Tränen so täuschend darzustellen."

„Hm," versetzte Graf Joachim, „ich meines Orts sehe heute so wenig von Tränen als von der Ähnlichkeit, die du dem Bilde mit Adelheid nachrühmtest.

„Nicht?" rief Otto. „Nun so sagen Sie mir insgesamt, ob ich meinen Augen in nichts mehr trauen dürfe?"

„Das gerade nicht," erwiderte Eugenie, nachdem sie das Bild lange und von allen Seiten betrachtet hatte. „Aber auch mir scheint keine Spur von Tränen hier sichtbar zu sein."

Wolfgang und Rosalie traten ihr völlig bei, so daß Otto darüber, wie es schien, in ein tiefes Nachdenken, in einen finsteren Zwiespalt mit sich selbst versank.

„Sieh, mein Sohn," sagte der ältere Graf, „dergleichen seltsame Täuschungen treten ein, sobald man seine Phantasie nicht in gewissen Grenzen festhält. Traue uns anderen hierin und unseren gesunden Augen, und laß uns überhaupt die Sache vergessen, weil sie ja ohnehin von keiner Bedeutung ist."

Nicht im mindesten überzeugt oder beruhigt durch diese Worte, folgte doch Otto gern, als sein Vater das Grabgewölbe ganz unbemerkt ließ, und die Gäste wieder aus der Kirche hinausführte, wo ihnen die Natur tausend blühende Liebesarme in frischer Schönheit entgegenstreckte.

„Wir haben nur zu lange in dem kalten, toten Gebäude verweilt!" sagte Graf Joachim zu den Gästen. „Wer einen Schmerz um Abgeschiedene in der Brust trägt, wie Sie, der kann nichts Besseres tun, als sich dem wohltätigen Atem des Frühlings überlassen, zumal, wenn dieser in so köstlichem Feierkleide erscheint, wie heute."

„Sie haben vollkommen Recht, Herr Graf," sagte Rosalie, den dargebotenen Arm annehmend, und ging mit ihm den übrigen voraus, welchen Otto halb sinnend, halb träumend nachfolgte.

Graf Joachim führte sie den Weg in den Buchenwald, der, bestrahlt von der Sonne, wie eine Masse vom schönsten grünen Feuer vor ihnen lag.

Silvesters Häuschen veranlaßte einige Bemerkungen. Eugenie fand es zu versteckt und ohne Aussicht. Wolfgang trat ihr bei, und meinte, daß der Erbauer wohl auch einen besseren Punkt dazu hätte wählen können.

Rosalie sagte hierauf: „So meßt doch nicht alles von euerm Standort aus, sondern bemüht euch zuvor, die Absicht der anderen bei ihren Unternehmungen zu ergründen, ehe ihr diese selbst zu beurteilen wagt. Kann denn der Erbauer nicht, eben um sein Gemüt vor aller Zerstreuung zu hüten, sich in diese Einförmigkeit haben vergraben wollen?"

„Und gerade so ist es auch," fiel Otto ein. „Der Erbauer dieses Hauses lebte hauptsächlich dem Übersinnlichen, und darf durchaus nicht nach dem gewöhnlichen Maßstabe beurteilt werden." „Aber," entgegnete Wolfgang, „wenn dieses der Fall wäre, so hätte er ja wohl viel besser eine Anhöhe mit schöner Aussicht auf einen weiten Horizont gewählt, eine Wahl, die auch die Erbauer von Klöstern für ihren Zweck gemeiniglich am passendsten gefunden haben."

„Warum besser?" fragte Rosalie. „Er, als der Einzige, für den dies Haus bestimmt war, mußte wohl eher wissen, wie wir, was seinem Zweck an zuträglichsten war. Und spricht das nicht ebenfalls für ihn, daß ich diesen Zweck sogleich erraten konnte?"

„Ich mache mir's zur Freude," sagte Otto zu Rosalie, „Ihnen die Eigenheit des abwesenden Besitzers in seinem Hauswesen zu zeigen, wenn anders mehrere Skelette, die Sie darin wahrnehmen werden, nicht allzuheftig auf Ihre Gefühle wirken."

„Seien Sie darüber ganz außer Sorgen," erwiderte Rosalie. „Es liegt in unserer Erziehung, daß wir an dergleichen durchaus nichts Abschreckendes finden können."

Otto schickte indessen den Bedienten nach den Schlüssel des Hauses.

Graf Joachim sagte achselzuckend: „Diesmal, lieber Sohn, kann ich deinen Vorschlag durchaus nicht billigen. Die Trauer, in der wir die Damen sehen, fordert uns ja auf, sie von dem Tode so weit als möglich hinweg zu führen."

„Meines Erachtens!" wendete Otto ein, „gibt es hier auch noch einen und zwar weit sichereren Weg zu dem nämlichen Ziel, die Vertraulichkeit nämlich mit dem Tode. Der Mann, dem das Haus zur Wohnung diente, war auf diesem Wege zu einer so vollkommenen Freundschaft mit dem Tode gelangt, wie sie allen Menschen zu ihrer Ruhe zu wünschen wäre. Mehrere Schriften, welche wir im Hause finden werden, können dieses hinlänglich bezeugen."

„Ich freue mich," sagte Rosalie, „umso mehr darauf, da mich das alles an den Mann erinnert, der unsere Kinderjahre geleitet und meinem Geist seine ganze Richtung gegeben hat."

Graf Joachim fand es befremdend, daß die Jugend so düstere Pfade einschlagen wolle. Aber Rosalie versetzte: „Nur die ersten Schritte des Pfades sind die düsteren. Im Weitergehen verliert sich das, bis man am Ende zur himmlischen Klarheit gelangt."

6. Kapitel.

Man sprach noch manches über den Gegenstand, welches die Gesellschaft bald in zwei Parteien teilte. Eugenie trat zu dem Grafen Joachim, Rosalie zu seinem Sohn über. Dazwischen suchte Wolfgang eine Vermittlung zu treffen. Als jetzt der Schlüssel ankam, entschlossen sich Graf Joachim und Eugenie, im Freien auf der Rasenbank vor dem Haus zu bleiben und da ein Buch zu benutzen, welches der Graf gerade bei sich hatte. Die drei anderen besuchten Silvesters Wohnung.

Schon der heitere Tag allein benahm den Totengerippen darin das Schauerliche ziemlich ganz.

„Mein Himmel, welche Schriftzüge!" sagte Rosalie, als Otto Mehreres vorgezeigt hatte, was der Abwesende über seine Art hier zu leben und zu wirken niedergeschrieben.

„Und der nämliche Mann, der dieses zu Papier brachte," rief sie aus, „der nämliche hat noch vor wenig Jahren hier wirklich gelebt?"

„Vor drei Jahren noch," antwortete Otto.

„Sie haben ihn selbst hier gesehen?"

„Und erinnere mich seiner noch so gut, als ob er eben lebend vor mir stünde."

„Nun dann," erwiderte Rosalie, „dann sagen Sie mir, ob er mit diesem Bild einige Ähnlichkeit hatte?"

Rosalie zog hierbei ein Medaillon aus ihrem Busen und zeigte es vor.

„Zug für Zug der nämliche," antwortete Otto. „Wo sahen Sie diesen Mann, Rosalie, und wer ist er eigentlich?"

„Mein Lehrer gewesen. Weiter weiß ich nichts von seinen Verhältnissen. Auch ist er in meiner Vaterstadt vor nunmehr zehn Jahren schon begraben worden."

„Wie das?" rief Otto, „er der diesem Portrait nach ohne Zweifel derselbe war, der noch vor drei Jahren hier lebte?"

„Seine Schrift," sprach Rosalie, „bekräftigt es auch mir. Vergleichen Sie dieses Blättchen - hierbei zog sie eins aus ihrem Souvenir - und Sie werden gewiß ganz dieselbe seltsame Hand finden. Nicht minder wahr aber ist es, daß der Mann bereits vor zehn Jahren gestorben ist. Sein Tod machte einen sehr tiefen Eindruck auf viele, die ihn kannten und hochschätzten. Ich selbst, damals acht Jahr alt, konnte meinen Tränen darüber kein Ziel setzen. Auch begleiteten ihn die Vornehmsten der Stadt zu Grabe, ob er schon dort ebenfalls unter ganz einfachem Namen bekannt war. Wie hier Silvester, hieß er dort Theodos. Sein ganzes Leben schien guten und wohltätigen Zwecken gewidmet zu sein. Einige Zeit nach seinem Tode wollte man freilich behaupten, er habe in strafbaren, geheimen Verbindungen gelebt, und sich der gesetzlichen Ahndung nur durch einen freiwilligen Tod entzogen. Allein wer seinen ernsten Sinn für alles Reine und Gute kannte, der kann unmöglich diesem Pöbelgerücht auch nur einigen Glauben schenken."

„Aber doch begraben vor zehn Jahren, und sieben Jahre später wieder hier," rief Wolfgang, „wie läßt sich das vereinigen?"

„Das begreife ich freilich nicht," sagte Rosalie, „wie denn überhaupt an dem seltsamen Mann so manches nicht zu enträtseln war."

Otto trat ihr hierin völlig bei, erzählte von dem Kranachschen Bild, das ihm so ähnlich sehe, und beide teilten einander mit, was sie von dem Abwesenden wußten und dachten.

„Erinnern Sie sich meiner auch künftig, Rosalie," sagte nun der Graf, „und daß wir beide, Sie früher, ich später, einen gemeinschaftlichen Lehrer gehabt haben."

„Gewiß, lieber Otto. Der heutige Tag wird mir unvergeßlich sein."

„Rosalie," sprach er, „darf ich Ihnen sagen, daß wir heute eine geistige Verlobung gefeiert haben? Darf ich Ihre Hand darauf küssen?"

Rosalie zuckte. Der Gedanke beunruhigte sie, ob sich auch ein solches Bündnis mit ihrem künftigen Klosterleben vertragen wolle. Indessen gab sie doch Ottos Sehnsuchtsvollem Blick endlich nach, und er drückte einen langen, glühenden Kuß auf die liebliche Hand.

Wolfgang schien die Szene mit Wohlgefallen zu betrachten. Die Ungeduld der anderen über den langen Aufenthalt verlautete schon von außen. Man eilte daher hinunter, und Ottos und Rosalies Gesichter glühten beide wie von einem und demselben Strahl entzündet.

7. Kapitel.

Graf Joachim scherzte über das Verweilen in einer Wohnung, die weder im Innern noch auch nach Außen einiges Interesse bieten könne. „Für mich doch außerordentlich viel!" sagte Rosalie. „Unser Lehrer Theodos, der, wie du weißt, Eugenie, vor zehn Jahren feierlich begraben wurde, hat seit dem hier seine Wohnung gehabt."

„Seitdem er begraben worden ist?" fragte der ältere Graf.

„Nicht anders. Die Identität Theodos' mit Silvester, wie er sich hier genannt hat, kann nicht bezweifelt werden."

Man sprach mehr über den Gegenstand, und fand nach einiger Zeit, daß man im Feuer der Diskussion vom rechten Pfad abgekommen war, als ein kleiner Fluß sich in den Weg warf, der den Gästen umso ungelegener kam, da die schönen Blumen des jenseitigen hohen Grases sie lockten, und eine Reihe lachender Berge heitere Aussichten versprach.

„Daß Sie auch hier keinen Steg anlegen ließen, lieber Graf!" sagte Rosalie zu Otto.

Dieser gestand, daß es allerdings ein Fehler sei, der sich zum Glück aber sogleich verbessern lasse.

„Sogleich?" rief Eugenie, „das würde jetzt ein müssen. Jeder Augenblick wird unser Verlangen nach dem blühenden Jenseits abnutzen, und morgen vielleicht keine Spur davon übrig sein."

„Sehr wahr," sagte der ältere Graf, „und vermutlich ist es gerade der Mangel des Steges, was dieses Verlangen so lebendig macht. Ich wüßte ein Mittel!"

„Vermutlich," versetzte Eugenie, „auf einem weiten Umweg hinüberzukommen, allein auch hierdurch würde unsere Sehnsucht um vieles gemindert werden."

„Allerdings," sprach Graf Joachim, „wäre der dazu erforderliche Umweg zu groß. Wenn aber die Damen uns Männern vertrauen wollen, so bringen wir sie wohl trockenen Fußes durch das seichte Wasser hindurch."

Eugenie sah Rosalie fragend an, und diese schien so wenig abgeneigt, daß Otto auf der Stelle Anstalt machte, mit der reizenden Last voranzugehen.

Doch gerade die Sorge die er trug, sie glücklich hinüberzubringen, machte seinen Gang ungewiß. Ein Stein wendete sich unter einem Tritt, und beide fielen mit den Füßen ziemlich tief ins Wasser.

Graf Joachim sprang sogleich hinzu um Rosalie zu ergreifen, und Otto raffte sich sehr niedergeschlagen auf, und bat nur, vorauslaufend, daß man nach Hause eilen möchte, um das Fräulein so viel als möglich vor den Folgen der Erkältung zu verwahren.

Als sie ankamen, fand Rosalie Kaminfeuer in ihrem Zimmer, auch sagte ihr Otto, daß er bereits nach den Arzt in die Stadt geschickt habe.

Rosalie, seinen unangenehmen Zustand fühlend, dankte ihm umso inniger. Auch versicherte sie, daß sie sich äußerst wohl befinde.

Allein, so wohl sie sich geglaubt hatte, so trat doch am Nachmittag, noch vor Ankunft des Arztes, ein Fieber ein, daher dieser, nachdem er einige Mittel angeordnet hatte, seinen Besuch den folgenden Tag zu wiederhohlen versprach.

War schon die Nacht auf diesen Tag für Otto peinlich gewesen, so war es der nachherige Morgen doppelt. Rosalie konnte das Bett nicht verlassen. Nur Wolfgang und Graf

Joachim machten einige Ausflüge in die Gegend. Eugenie und Otto blieben bei der Kranken, deren Liebenswürdigkeit auch durch diesen Zustand nicht im Mindesten gelitten hatte.

8. Kapitel.

Otto, der sich weit mehr Schuld an dem Übel beimaß, als er daran hatte, suchte alles hervor, um ihre Lage zu erleichtern. Sein ausgezeichnetes Talent für das Vorlesen vergnügte beide Schwestern ungemein. Auch Rosalies Urteilen über das Vorgelesene selbst erhellte immer mehr, wie übereinstimmend beide in ihrem Geschmack waren. Dazu konnte Eugenie bei den zahllosen kleinen Aufmerksamkeiten, welche der junge Mann der Kranken bewies, ein hohes Interesse an ihr nicht verkennen.

Als Otto daher eben hinausgegangen war, um etwas für Rosalie zu veranstalten, sagte Eugenie: „Wie gefällt dir der junge Graf, liebe Schwester?"

„Er ist, ich gestehe es, der einzige Mann, der mir bis jetzt ganz gefallen hat, und wahrlich, wenn mein Vorsatz nicht so fest wäre, er vielleicht allein könnte mich meiner Bestimmung abwendig machen."

„Beste Rosalie, überlege dir alles, ehe du auf jenem festen Vorsatz bestehst. Der schönste Zeitpunkt, von ihm abzugehen, könnte vielleicht bald vorüber sein. Überlege dir, daß der Geist unserer verewigten Mutter dich segnend umschweben würde, wenn eine glückliche Ehe, anstatt..."

Hier kam Otto zurück.

„Was ist Ihnen, Beste?" rief er, als ein Tränenstrom über Rosalies Gesicht lief.

„Wohl ist mir, recht wohl!" antwortete sie, „da ich mich solcher werten Teilnahme erfreuen kann."

Eugenie ging hinaus, ihre ebenfalls nassen Augen zu verbergen.

Otto ergriff hierauf Rosalies Hand mit Feuer.

„Werden Sie sich," sagte er, „immer des gestrigen Augenblickes in Silvesters Wohnung erinnern?"

„Gewiß, bester Otto."

„O meine teuerste Freundin, warum kann nicht der Moment dieser Versicherung auch der letzte meines, im Ganzen so armen, Lebens sein? Warum soll ich künftig von Ihnen getrennt leben, und wie ist es anzufangen, nach der Bekanntschaft mit Ihnen ein solches Dasein zu ertragen?" Otto war dazu vor ihrem Bett niedergesunken.

„Mein Wohlwollen soll es Ihnen ja ertragen helfen."

„In weiter Entfernung aber! – O dies reicht mir wahrlich nicht aus. Zwar begehe ich eine Torheit, wenn ich ein solches Bekenntnis vor Ihnen ablege, da Sie mir kaum die geistige Verlobung zugestehen wollten. Immerhin, ich will ein Tor sein in Ihren Augen, wenn ich nichts anders sein kann. Nicht mit schlechter Hinterlist will ich Ihre Liebe mir nach und nach zu erlauern suchen. Sie sollen mit einem Male wissen, worauf ich ausgehe. Jetzt ist es an Ihnen! Ein einziges Wort kann mich auf immer aus dem Zauberkreis dieser Augen, dieser Stimme, dieser Arme verbannen. Sprechen Sie mein Urteil in diesem Worte aus, oder vermögen Sie es nicht?"

„Nein," rief die Kranke, seine Hand mit Innigkeit ergreifend, „nein, ich vermag es nicht."

„Rosalie!" sprach Otto. Ihre Blicke fragten und antworteten von nun an nur allein, und der Bund für das ganze Leben war, wie beide nicht wußten, sondern glaubten, soeben geschlossen worden.

„Wer rief meinen Namen?" sprach jetzt Otto, nach der Tür des Nebenzimmers heftig aufspringend.

„Was fehlt Ihnen, Lieber? Auch keinen Laut habe ich gehört!" erwiderte Rosalie, und richtete sich in ihrem Bett hoch auf. Otto sah hinaus. Niemand da. Auch war Silvester, dessen Stimme er zu vernehmen geglaubt hatte, wie er nachher auf eine Erkundigung hörte, niemandem im ganzen Schloß vorgekommen.

4. Buch.

1. Kapitel.

Der Namensruf, der sonach ein bloßes Spiel der Phantasie sein konnte, führte den jungen Grafen zuerst wieder zu dem ganzen Bewußtsein seiner Verhältnisse zurück. Seine Leidenschaft, sah er, war plötzlich zum unbezähmbaren Riesen geworden, und der frühere Vertrag mit Adelheid so gut wie vernichtet.

Jetzt mit einem Male stiegen alle Schattenbilder aus seiner ersten Zeit vor seiner Seele empor. Silvester, die Gestalt auf dem Grabmal, und die Umstände, welche seine Verbindung mit Fräulein von Holdenberg so auffallend bezeichnet hatten, alles stand klagend gegen ihn auf, der vergebens vor den vielen verdammenden Stimmen sich erst in sein Gemach, dann in's Freie zu flüchten suchte.

„Auch hierin soll Rosalie über mich und mein Schicksal entscheiden!" so hieß endlich der Rat, den, wer weiß ob Vernunft oder Herz? ihm gegeben hatten. Doch glaubte er die Kranke nicht eher als bis sie sich wieder etwas erholt haben würde, der ganzen Nachricht von seinem Verhältnis mit Adelheid aussetzen zu dürfen.

Leider aber schien die Nachricht von selbst kommen zu wollen. Bei seiner Rückkehr nach Hause nämlich fand Otto die Frau von Holdenberg und deren Tochter, welche den Mittag auf Breitenfels zuzubringen gedachten. Eugeniens Auge verfolgte den jungen Grafen ohne Aufhören. Erst mit Adelheids Ankunft war ihr diese als seine Braut vorgestellt worden. Warum aber hatte er derselben zuvor noch mit keinem Laut, selbst bei solchen Gelegenheiten gedacht, wo ähnliche Verhältnisse berührt worden waren? Warum hatte er sich unter diesen Umständen Rosalie mit einer so ausgezeichneten Teilnahme genähert? Das waren Fragen, welche Eugenie gern zu Ottos Ehre beantwortet gesehen hätte.

Das Gezwungene, was sie in seinem Betragen gegen Adelheid wahrnahm, schien freilich auf kein erwünschtes Band hinzudeuten. Doch wie war die Verlobung zwischen beiden entstanden, und was war Ursache an dem ziemlich vernehmbaren Mißlaute?

Unter dem Vorwand, daß Rosalie schlafe, oder der Arzt bei ihr sei, hielt Frau von Wenden diese ganze Zeit über der Kranken Zimmer vor Otto verschlossen. Der Mittag, wo sie sich seine und Adelheids Beobachtung vorgenommen hatte, gab ihr vielleicht einigen Aufschluß, auf den sie dann eine Unterredung mit dem jungen Grafen zu bauen gedachte.

Während der ganzen Tischzeit hatte Otto wie auf glühender Asche gesessen, und auch Adelheid, seine Nachbarin, schien das Ende des Mahles mit großer Sehnsucht erwartet zu haben. Fast an keinem Gespräch, das von Wolfgang oder Eugenie ausging, wußte sie eine verständige Teilnahme zu zeigen, weil die besprochenen Gegenstände aus einer ihr ganz unbekannten Welt waren, und Kunstkenntnis und manche sonstige Wissenschaft erforderten, welche der bloß in dem häuslich-ökonomischen Kreise Einheimischen völlig abgingen. Vielleicht war es das erste Mal, wo auch die Frau von Holdenberg das Gefühl anwandelte, daß Ottos vormalige, geringere Bildungsstufe weit gedeihlicher für das Leben ihres Kindes, und selbst das ihrige gewesen sein würde. Denn so viel auch Frau von Holdenberg sich noch jetzt auf ihre feine Welterziehung zugutetat, so war doch, wie sie bald merkte, die neueste Manier der feinen Zirkel so himmelweit von der verschieden, in der sie vormals geglänzt hatte, daß auch ihr der Schlüssel dazu fast gänzlich abging, und sie daher, wie Adelheid, von einer unwillkürlichen Stummheit gepeinigt wurde.

Als Adelheid nach aufgehobener Tafel ängstlich an ihre Mutter geschmiegt, und Wolfgang im Gespräch mit dem älteren Grafen in den Garten ging, wo der Kaffee wartete, nahm Eugenie Ottos Arm, um mit diesem den anderen in einiger Entfernung nachzufolgen.

Eugenie sagte: „Die Zeit ist zu kurz zu Einleitungen, daher sogleich zur Sache. Nach dem, was mir meine Schwester vertraut hat, müssen Sie ihr vorhin eine Erklärung getan haben, welche ich nicht zu dem Verhältnisse reimen kann, worin ich Sie jetzt mit dem Fräulein von Holdenberg verwickelt sehe."

„Herzlichen Dank, teure Eugenie," erwiderte Otto, „daß Sie sich mir selbst zur Vertrauten darbieten. Allerdings paßt jene, aus der Fülle meines Herzens hervorgegangene Erklärung nicht zu diesem Verhältnis. Noch weniger aber paßt letzteres zu mir. Es muß daher gelöst werden, wenn nicht die gute Adelheid mit mir zugleich untergehen soll. Auch dann, wenn Rosalie nicht die meinige würde, wäre an kein Glück zwischen mir und Adelheid zu denken."

„Ich verstehe das nicht ganz," sagte Eugenie kalt und ernst. „Es ist doch wohl Ihr freier Wille gewesen, sich mit dem Fräulein von Holdenberg zu verbinden."

„Ja; aber Ihr eigenes Beispiel mit Simnitz, dächte ich, könnte Sie leicht auf das Verständnis hinweisen."

„Was Simnitz und mir zustattenkam, das werden Sie nicht für sich anführen können. Wir setzten bloß ein kindisches Verhältnis als Erwachsene fort, das schon gewissermaßen an sich nichtig war. Nach dem aber, was ich gehört habe, schreibt sich Ihre Bekanntschaft mit Adelheid erst vom reiferen Alter her, und was würde dann aus allen Verträgen werden, wenn der Wankelmut auf diese Weise mit ihnen spielen dürfte."

Otto suchte ihr die Sache in ein besseres Licht zu setzen. Als dieses nicht gelingen wollte, so bat er wenigstens, daß sie seinem Geständnis bei Rosalie durch ihre Erzählung nicht vorgreifen möchte, welches Eugenie ihm auch nach einigem Weigern zugestand.

2. Kapitel.

Frau von Holdenberg, die Ottos langes, tiefes Gespräch mit der Dame zu befremden schien, näherte sich jetzt mit Adelheid. Das ängstliche Wesen der letzteren gab dieser ein so hohes Interesse, daß Eugenie mit einem fast beleidigendem Blick sich von dem Grafen losmachte, und mit Adelheid weiterging.

„Ich weiß nicht," fing Frau von Holdenberg, aber erst nach einer langen Stille zwischen ihr und Otto, an: „ich weiß gar nicht, was meiner armen, Adelheid widerfahren ist. Und das erst seit Ihrer Rückkehr, lieber Graf. Nachdem sie Sie, wahrlich mit der heißesten Sehnsucht, erwartete, scheint, sie sich nun in Ihrer Gegenwart beklommen zu fühlen. Sie wissen, wie redselig sie sonst bisweilen sein konnte. Jetzt nimmt sie sich mit jedem Wort in Acht, und der heutige Mittag und die sonderbare Unterhaltung von Bildern und Pflanzen und Gedichten mag die Sache eher verschlimmert, als gebessert haben. Mein Trost ist noch der, daß der Hochzeittag die Sache wieder in's Gleiche bringen wird. Weil ich aber einmal hierauf gekommen bin, so sagen Sie mir doch, wenn er festgesetzt werden soll. Ich glaube umso eher zu dieser Frage berechtigt zu sein, da Sie mich schon vor Ihrer Ankunft in Briefen baten, daß ich ja recht bald die Veranstaltungen zur Hochzeit treffen möchte. Nun sind Sie seit einem Jahr zurück, und mit Einrichtung des Schlosses völlig zu Stande, daher könnte wohl jetzt davon gesprochen werden."

Otto geriet in sichtbare Verlegenheit und suchte noch eine Ausflucht darin, daß er sich eine ausführliche Erklärung vorbehielt.

Frau von Holdenberg schien ein Wort über seine so sehr verminderte Ungeduld, das sie auf der Lippe hatte, nicht ohne viele Mühe zu unterdrücken, als jetzt, wie sie eben in einen anderen Gang einbogen, auf einmal Rosalie vor ihnen stand.

„Da bin ich!" sagte sie mit einem sehr heiteren Blick, der aber sogleich wieder verschwand, als sie außer Ottos willkommenem Gesicht, noch ein fremdes, staunendes gewahr wurde.

„Ist's möglich!" rief Otto. „Aber doch mit dem Willen des Arztes, Beste?"

„Allerdings. Er selber hat mich in diesen schönen Sonnenschein heruntergeschickt."

Frau von Holdenberg gab zu verstehen, daß sie die Dame kennen möchte. Otto stellte beide einander vor. Doch schienen sie keine der anderen zu gefallen.

„Sie müssen heute wahrlich wieder einmal mein Führer werden!" sagte Rosalie, den Grafen beim Arme nehmend.

Frau von Holdenberg blieb mit großen Augen stehen, und mochte sich ziemlich ärgern, daß ihre Mißbilligung von dem Paar nicht bemerkt wurde, welches, wenig um ihr Zurückbleiben bekümmert, weiterging.

Rosalie und Otto trafen lange nicht mit den übrigen zusammen, weil sie die Schattenpartien vermieden, welche von jenen aufgesucht wurden. Gleichwohl aber glaubte der Graf die Genesende noch nicht stark genug, um sie mit dem wahren Verhältnis der Dinge bekanntzumachen. Er rechnete darauf, daß die zeitherige Absonderung noch eine Weile so fortdauern, und er dann Rosalie wieder auf ihr Zimmer bringen könne. Allein er verrechnete sich. Ottos Spaziergang mit der Fremden mochte der Frau von Holdenberg endlich zu lange dauern. Sie suchte daher ihre Tochter auf und trat gerade mit dieser um eine Ecke, als Otto und dessen Gesellschafterin, in sehr vertrautem Gespräch stehengeblieben, nicht darauf Acht gaben. Adelheid wollte zurück, aber die erhitzte Mutter vergaß alle Delikatesse so sehr, daß sie das Fräulein mit Gewalt beim Arme nahm, und nicht im freundlichsten Ton zu der aufgeschreckten Rosalie sagte: „Meine Tochter, die Braut dieses Herrn!"

Mit einem lauten Atemzug machte sich hierauf Rosalie von Otto los. Sie würde zur Erde gesunken sein, wenn er nicht kräftig an ihr gehalten hätte.

„Was haben sie doch da getan, Frau von Holdenberg?" rief Otto entrüstet.

„Was ich getan habe? Meine Tochter stellte ich dieser Dame vor, weil Sie nicht Zeit dazu hatten." „Der Ton aber, gnädige Frau..."

„Ich glaube, Herr Graf, nicht sowohl der Ton war es, als das Wort, was der Dame so auffiel." „Beste Mutter...!" rief Adelheid, und Otto führte Rosalie in ihr Zimmer.

„Aber nun verlassen sie mich auch!" sprach diese, als sie auf das Bett gesunken war; dazu hüllte sie ihr Gesicht in's Kissen.

Otto wollte reden, doch sie wehrte mit der Hand.

Um ihren Zustand zu schonen, ging Otto hinweg, und kam gerade noch zurecht, Frau von Holdenberg mit ihrer Tochter in den Wagen steigen zu sehen. Was auch daraus werden mochte, er wartete, in eine Ecke gedrückt, bis sie fort waren, und ging dann zu den übrigen, unter denen eine sehr merkbare Verstimmung herrschte.

„Unsere Gäste von Erlensee haben uns schon verlassen, mein Sohn!" sagte Graf Joachim.

Sein sprechender Blick und die forschenden Augen der anderen deuteten auf einen unangenehmen Vorfall hin. Wirklich hatte Frau von Holdenberg, wie Otto späterhin erfuhr, einige beleidigende Worte fallen lassen.

Das Gespräch riß jeden Augenblick ab, so sehr man auch von allen Seiten bemüht war, es immer wieder anzuknüpfen. Eugenie ging, und auch Wolfgang verlor sich, um, wie er sagte, einen Brief nach Hause zu schreiben.

„Bester Vater," sprach Otto, als sie allein waren, „ich bin in einer ganz bedrängten Lage, und habe Ihren Rat nötiger, als jemals."

„Ich glaube die Lage schon seit deiner Rückkehr zu durchschauen, die neuerlich allem Vermuten nach noch schwieriger geworden sein mag," versetzte Graf Joachim. Aber eben darum kann ich dir auch keinen Rat geben. Das drei Jahre früher von mir geahnte Übel ist eingetreten. Doch dafür bist auch du inzwischen Mann worden, und mußt zu handeln wissen. Das bessere Gefühl sei deine Richtschnur."

Hier wurde der Vater abgerufen, und Otto eilte zu Eugenie.

3. Kapitel.

„Was ist das?" rief er, als er Frau von Wenden allein und mit Einpacken beschäftigt sah.

„Wir denken morgen früh abzureisen."

„Eugenie! Nein, das können Sie nicht. Sie können unmöglich Ihre Schwester schon jetzt einer Reise aussetzen."

„Als ob die Arme hier einige Hoffnung auf Gesundheit fassen könnte! Seit dem Schreck vom heutigen Mittag liegt sie in den heftigsten Phantasien, und schwerlich wird in diesen Umgebungen an ihre Genesung zu denken sein. Sie haben die Mitleidswerte schwer beleidigt." „Ein einziges Wort, liebe Wenden," rief Otto, und führte sie, nicht ohne Widerstand, vom Koffer nach einem Stuhle. „Seit meiner Rückkehr hierher ist es mir klargeworden, was ich schon auf der Reise ahnte, mir aber nicht gestehen wollte, daß nämlich Adelheid und ich kein Glück in einer gemeinschaftlichen Ehe suchen dürfen. Jeder Tag überzeugt mich mehr von der Grausamkeit, die ich an ihr begehen würde, wenn ich sie zum Altar führen wollte. Warum zugleich ihr und mein Glück zerstören?" Eugenie wendete ihm ein, daß dies die gewöhnliche Sprache des Überdrusses sei, doch wußte er ihr alles so auseinander-zusetzen, daß sie endlich seiner Meinung beizutreten schien, und gelegentlich selbst äußerte, daß Adelheids Bildung aller-dings mit der seinigen nicht Schritt halte.

Erst nach langem Weigern verstattete Eugenie dem Be-trübten, mit ihr zu Rosalie zu gehen. Er wollte bloß in ihrer Nähe sein, und nicht einmal seine Gegenwart ihr zu erkennen geben.

Bei ihrem Eintreten schlief die Kranke noch. Aber nicht lange mehr, so richtete sie sich auf, und hatte einen sehr heftigen Fieberanfall, in dem sie viel über Otto sprach, sein Betragen mißbilligte, aber demselben solches dennoch aus Liebe verzieh.

„Eugenie," so sprach Otto, von Glück und Schmerz zugleich betäubt, „werden Sie auch meine Schwester, da die Ihrige mir so wohlwill."

Frau von Wenden war tief gerührt. Sie gestand ihm, daß seine Bewerbung um Rosalie, diese, nach ihrem eigenen Geständnis, in dem Entschluß zum Klosterleben ganz wan-kend gemacht habe, und daß dadurch ein sehr sehnlicher Wunsch der Familie begünstigt werde. Sie gab ihm nunmehr auch die Hand darauf, sowohl, daß sie noch auf dem Gute verweilen, als auch Rosalie, sobald die Umstände es erlauben würden, von der Lage der Dinge sagen wolle.

Allein die Umstände wurden immer bedenklicher. In der Ermattung am folgenden Morgen wollte die Kranke schlechterdings nichts von Otto sehen. Indessen glaubte Eugenie hierin keinen Haß gegen diesen, sondern bloß gegen die Verhältnisse zu entdecken, in denen er sich befand; denn Rosalie brachte das Gespräch auf ihn, wenn sie konnte. Sie tadelte ihn mit Heftigkeit, schien aber seiner Verteidigerin wohlgefällig zuzuhören.

Der Arzt begriff die Kranke gar nicht, die er gestern so wohl verlassen hatte. Er schloß indessen, daß eine heftige Gemütsbewegung vorgefallen sein müsse, und äußerte, als Eugenie dieses nicht leugnen konnte, daß dergleichen durchaus zu verhüten sei.

So sorgfältig aber auch Eugenie sich nunmehr in Acht nahm, Ottos gegen ihre Schwester zu gedenken, so fuhr diese doch fort, immer selbst das Gespräch auf ihn zu bringen. Sie wollte von ihr wissen, ob er nicht recht boshaft gegen sie gehandelt habe, und ob er nicht überhaupt ein abscheulicher Charakter sei. Eugenies Ausflucht, sich ein andermal darüber erklären zu wollen, fruchtete nicht. Rosalie drang auf die schwesterliche Meinung, welche dahin ausfiel, daß ja wohl tausend Gründe zu Ottos Entschuldigung denkbar wären. Nun verlangte Rosalie auch nur einen einzigen zu hören, und die Schwester gab ihr nach und nach eine für den Beschuldigten so vorteilhafte Ansicht der Sache, daß die Kranke die Hand ihrer Pflegerin auf's inbrünstigste an Herz und Lippen drückte, und auf einem Gespräch mit Otto bestand.

Eingedenk dessen, was der Arzt geäußert hatte, suchte Eugenie sie zwar hiervon abzuhalten, allein Rosalie sagte: „Glaubst du, ich könnte ruhiger sein, wenn ich das Bekenntnis des Undanks gegen ihn in der Brust behalten müßte? Nein, Eugenie, eile und bringe ihn zu mir, daß ich mich der so überaus drückenden Gefühle entledige."

Eugenie glaubte unter diesen Umständen nachgeben zu müssen, und bat nur, ehe sie ging, daß die Kranke die möglichste Mäßigung beobachten möchte. Aber schon Ottos Eintreten machte einen Strich durch das Versprechen, welches sie

Eugenie hierauf gegeben hatte. „Bester Otto," rief sie ihm entgegen, und wäre in dem Feuer, womit sie ihm die Hand reichte, fast aus dem Bett gefallen. „Verzeihen Sie mir, Otto," sprach sie. „Ich habe Sie entsetzlich verkannt. Es soll nicht wieder geschehen." Eugenie bewegte sich in der größten Unruhe hin und her, und sagte endlich, als sie einander ihre Liebe feierlich gestanden, auch Otto alles zeither Dunkle, von seinem plötzlichen Verschwinden aus dem Gasthof an, aufgehellt hatte: „Nun ist es genug! Es muß Ihnen daran liegen, lieber Otto, daß den Wünschen des Arztes nicht so gerade entgegengehandelt werde. Gehen Sie jetzt, da das Verhältnis, nach dem Sie verlangten, gesichert ist."

Er küßte hierauf Eugenies und Rosalies Hand mit der äußersten Heftigkeit, und entfernte sich.

4. Kapitel.

Draußen wartete etwas sehr herbes auf Otto, ein Brief nämlich von Frau von Holdenberg, worin seine Ehre auf's heftigste gemißhandelt war. Er eilte damit sogleich zu seinem Vater, der das Blatt, nachdem er's überlesen, stillschweigend zurückgab.

„Und was soll ich darauf tun?" fragte Otto.

„Kurz antworten. Ohne über dich in dieser Angelegenheit urteilen zu wollen, verdient doch die Pöbelstimme in dem Brief auf keinen Fall Berücksichtigung. Tue deinem besseren Gefühle genug, das ist alles, was ich dir empfehlen kann." Wolfgang hatte von Eugenie gehört, was zwischen Rosalie und Otto vorgefallen war. Er kam herein, und umarmte diesen, der nun dem Vater die Sache auch nicht weiter geheim hielt.

„Sei glücklich, mein Sohn," sagte Graf Joachim, als sie wieder allein waren. „Ich weiß zwar nicht, ob du zu deiner künftigen Zufriedenheit damit gewählt hast. Doch hätte ich mich in deinen Verhältnissen vermutlich auf dieselbe Seite geschlagen."

Diese Zustimmung seines Vaters gab Ottos jetzt sehr angegriffener Haltung wenigstens einige Sicherheit.

Gegen Abend kam noch ein Bote aus Erlensee. Er brachte dem jungen Grafen einen Brief von Adelheid. Über den Entwurf des mütterlichen Briefes, den sie zufällig gefunden, ganz außer Fassung, hatte sie sich sogleich heimlich zum Schreiben gesetzt. Sie bat Otto um aller Heiligen willen, ihr keine Gesinnung zuzutrauen, wie sie aus dem Brief der Mutter hervorleuchtete. Sie trete ohne allen Groll von der Verbindung mit ihm zurück, wenn er diese seinem Glück nicht zuträglich halten sollte. Er möchte ihr ja keinen Haß, keine Rachsucht unterlegen, sondern immer ihr Andenken aus der früheren Zeit zurückrufen, welcher alle ihre Gedanken und Gefühle treu geblieben wären.

Hatte der Brief der Frau von Holdenberg den jungen Mann empört, so versetzte ihn dieser in die tiefste Trauer. Jedes Wort darin sprach die schöne Gesinnung des Fräuleins aus, dessen Hand er aufzugeben gedachte. Ja, sie war noch ganz das süße, liebe Geschöpf, dem er Herz und Leben auf's Feierlichste zugesagt hatte. Er, er allein hatte sich geändert. Der zweideutige Strom der Welt, der fern von ihrem unschuldigen Frieden und ungekannt von ihr, an ihm vorüberrauschte, hatte ihm eine Bildung zugeführt, der die stille, einfache Schönheit ihres Lebens nicht mehr genügen wollte. Er verurteilte sich, daß er die Welt besucht, seinen Vater, daß dieser es endlich gebilligt hatte. Der Brief warf einen Flammenstrom in sein Gewissen, der ihn fast die ganze Nacht im Walde herumtrieb. Als am Morgen der wieder bestellte Bote seine Antwort holen wollte, war noch an keine zu denken gewesen. Umsonst kam der Mann nach einigen Stunden, umsonst nachmittags wieder. Erst gegen Abend erhielt er ein paar verworrene Zeilen, aus denen aber Adelheid seinen Entschluß allerdings sehen konnte, in denen sie aber auch die Ratlosigkeit seines innersten Herzens und den Kummer entdecken mußte, den er aus dem alten Verhältnis in das neue mit Rosalie unwillkürlich übertrug.

Unter dem Vorwand der heftigsten Kopfschmerzen hatte er sich den ganzen Tag abgesondert gehalten. Rosalie hatte davon gehört, und ließ ihn abends bitten, nur auf einen

Augenblick zu ihr zu kommen. Das konnte denn nicht wohl abgelehnt werden.

Ihr Bedauern und ihre Liebkosungen dienten übrigens dazu, ihm eine bessere Nacht zu verschaffen, als er ohne diese Zusammenkunft gehabt haben würde.

5. Kapitel.

Am anderen Morgen fühlte sich Otto so gefaßt und sicher in dem gewählten Gleise, daß er den Brief an Frau von Holdenberg nun ebenfalls und ohne alle Härte beantworten konnte.

Als es geschehen war, hörte er, daß Rosalie aufgestanden und ihrer Meinung nach für völlig hergestellt zu achten sei. Der Arzt habe freilich dagegen noch einige Zweifel geäußert, doch sei er bei der warmen, milden Luft einem kleinen Spaziergang, auf ihre Anfrage, gar nicht zuwider gewesen.

Graf Joachim bezeigte Rosalie seine Freude über ihr Wohlsein, und hauptsächlich über die Verbindung mit seinem Sohne, auch begleitete er die Gesellschaft in den Wald.

Rosalie war so fröhlich und geistreich, daß Otto allen Kummer der letzten Tage vergaß, und sich in ihrer Liebe sehr glücklich fühlte. Bis zum Abend hielt auch Rosalies Wohlsein unverändert aus, so daß ihr nunmehriger Verlobter, der sich als die Ursache ihrer Krankheit sowohl als des Rückfalls betrachtete, eine Laune zeigte, die ihn seit Jahr und Tag gänzlich gefehlt hatte.

Nach einer nicht ganz ruhigen Nacht befand sich die Wiedergenesende am anderen Morgen bei ziemlicher Gesundheit. Wenigstens sagte der Arzt, er sei damit vollkommen zufrieden, da dergleichen Verminderungen des gänzlichen Wohlseins jeden Gesunden ebenfalls dann und wann beträfen.

Die Stimmung Rosalies war diesmal weit zärtlicher und inniger als gestern. Was Wolfgang von sentimentaler Poesie im Gedächtnis hatte, mußte er zur Gitarre singen, wobei sie fast immer mit stiller Heiterkeit an Ottos Schulter ruhte.

So saßen sie eben im Garten, als ganz unvermutet der Baron Würz mit seiner Gemahlin hinzutrat, welche hauptsächlich gekommen waren, um die Veränderungen zu sehen, die man auf ihrem vormaligen Gute vorgenommen hatte. Am schärfsten schien der Blick der neuen Gäste auf Rosalie und Otto zu haften, welchen letzteren bei ihrer Ankunft eine heftige Beklemmung überfiel.

Nach den ersten Begrüßungen, sagte der Baron: „Hätte ich doch nicht geglaubt, daß so viel Schönes aus dem Hause und allen Umgebungen gemacht werden könnte! Entsinnen Sie sich noch, Graf Otto, wie es hier aussah, als Sie Ihre Adelheid den Flammen entrissen. Das war doch wirklich eine sehr merkwürdige Handlung, und so wenig ich sonst übernatürliche Einwirkungen in's Menschenleben statuiere, so ist mir's doch zuweilen, als ob Sie schwerlich so mit heiler Haut hätten davonkommen können, wenn Ihnen unsere Nichte nicht zur Gattin besonders bestimmt gewesen wäre. Sagen Sie mir, lieber Graf, was macht das gute Kind, und sind Sie beide vielleicht gar schon verheiratet? Denn bis in unsere entfernte, stille Freistätte gelangt durchaus keine Nachricht mehr aus hiesiger Gegend, daher wir denn auch eigens darum uns einmal aufgemacht haben, um uns selbst von Ihrem und unserer Verwandten Wohlsein zu überzeugen.‟

Rosalie hielt sich bei diesen Worten an ihre Schwester an, und Otto, zu heftig getroffen von der Anrede, suchte so lange nach einer Antwort, daß Graf Joachim diese endlich übernahm und sagte, es wären einige Dinge vorgefallen, die eine umständlichere Erläuterung erforderten, als jetzt stattfinden könne.

Unwillkürlich trafen bei dieser Äußerung des Barons und seiner Gemahlin Blicke das Gesicht Rosalies, welche ein so heftiges Zittern anwandelte, daß Eugenie sie in's Zimmer führte.

Diese Umstände und die Unbehaglichkeit, welche alle zu beherrschen schien, mochte wohl Ursache sein, daß die Angekommenen, die erst Miene gemacht hatten, dazubleiben, notwendige Geschäfte vorgaben, welche ihnen nichts weiter als einen kurzen Aufenthalt gestatteten. Wie sie daher das Schloß besehen, und die Erneuungen darin bewundert hatten, setzten sie sich wieder in ihren Reisewagen.

6. Kapitel.

Diese Szene zog Rosalie einen abermaligen Rückfall in ihre Krankheit zu, so daß sie wieder zwei ganze Tage das Bett hüten mußte.

Otto und Eugenie waren ihre steten Gesellschafter. Auf der Kranken wiederholtes Verlangen teilte ihr Otto die Geschichte des Brandes, aus dem er Adelheid gerettet hatte, vollständig mit.

„Ja," sagte sie, als er fertig war, „der Baron mag vielleicht Recht haben. Adelheid kann ihnen von der Vorsehung bestimmt gewesen sein. Prüfen Sie sich daher sorgfältig, ehe wir beide das Bündnis für das ganze Leben bekräftigen lassen. Sehen Sie Adelheid an und mich. Es ist mir in der Tat unbegreiflich wie Ihre Wahl, statt auf jenes Bild der Kraft und Schönheit, auf ein Wesen fallen kann, das jeder Lufthauch niederwirft. Selbst wenn Sie jetzt noch zurücktreten, Otto, werde ich gewiß Ihre Freundin bleiben. Tun Sie es aber auch, wenn Sie nur das mindeste Schwanken in Ihrer Seele wahrnehmen."

„Beste, liebste Rosalie!" rief Frau von Wenden, sich mit Tränen über die Hocherhitzte hinwerfend, und ihr mit dem Munde die Lippen verschließend.

War aber Otto jemals Rosalies gewesen, so war er's jetzt. „Nein!" rief er aus, „Rosalie oder der Tod! So heißt mein Wahlspruch." Er suchte ihr auch zu beweisen, wie die Rettung aus der Feuersgefahr und alles andere nur ganz zufällige Erscheinungen wären. „Übrigens," so schloß er, „hatte der Rausch, in den ich durch das ungefähre Zusammentreffen mancher Umstände geraten war, meine Einbildungskraft erhitzt. Silvester, der in gewisser Hinsicht wohl auch etwas überspannte Mann, hatte meine Hitze noch mehr angefacht, und so gelang es mir in der Beredsamkeit dieses Rausches selbst, dem sonst ungläubigen Baron meinen Glauben an das Notwendige der Liebe zu Adelheid mitzuteilen."

Eugenie drückte Otto dankbar die Hand, und sagte dann: „Ihr Urteil über Silvester ist aus meiner Seele genommen. Es ist übrigens der Punkt, wo ich und meine Schwester niemals zusammentrafen."

„Und so leicht auch nie zusammen treffen werden!" versetzte Rosalie. „Theodos hatte in allem Recht. Gewiß auch darin, daß er mich dem Kloster bestimmt glaubte. Wenn es aber anders gekommen ist, wenn ich einsehe, daß die Liebe meine ganze Bestimmung verrückt hat, so muß ich doch Theodos' Urteil noch anerkennen. – Aber," fügte sie, an Otto geschmiegt, hinzu, „ich muß ihm auch abtrünnig werden, der Liebe zu Gefallen, die, jetzt darf ich's gestehen, Otto, ihrer grenzenlosen Gewalt meinen ganzen Willen unterworfen hat."

„Glaubt mir," sagte Eugenie, „ihr werdet glücklich sein, und laßt uns auf euer künftiges Glück einen fröhlichen Ton anstimmen."

Sie setzte sich zum Pianoforte und spielte und sang ein munteres Liebeslied, das seinen Zweck auf das Pärchen nicht verfehlen konnte.

Als bald darauf Rosalie in Schlaf verfiel, knüpfte Frau von Wenden das vorige Gespräch über das abgebrochene Verhältnis mit Adelheid wieder an, und meinte, daß so gut, wie ihre Schwester in ähnlichen Dingen, auch er der Einbildungskraft zu große Rechte einräume. Otto gab das zu, und glaubte den besten Beweis davon an dem Bild der Stammutter in der Kirche zu haben, deren Ähnlichkeit mit Adelheid kein Mensch gefunden, als er.

Seit dem ersten Mal, daß Rosalie mit in der Kirche war, hatte er das Bild gänzlich aus dem Gesicht verloren. Um sich indessen vollkommen zu überzeugen, daß es schon jetzt, bei dem so ganz veränderten Gemütszustande, um jene Ähnlichkeit auch getan sein werde, ging er noch an demselben Tag heimlich in die Kirche. Wie erschrak er hier, als schon beim ersten Blick auf das Bild eine ganze neuere Erklärung der

Liebe zu Adelheid über den Haufen fiel! Er glaubte diesmal in dem toten Stein die lebende Adelheid selbst zu sehen, deren Auge ihm noch viel mehr als das letzte Mal in Tränen zu schwimmen schien.

Düster kehrte er von dem Bild zurück nach Hause, wo ihn jedoch Rosalies Liebkosungen gar bald mit seinem neuen Bündnis wieder völlig aussöhnten

7. Kapitel.

Die Kranke genas abermals vollkommen, wie es schien. Allein man hatte sich doch sehr in Acht zu nehmen, um ihrer noch gar nicht zur Festigkeit gediehenen Gesundheit keine neue Störung zu verursachen.

Sie wünschte, einen Spaziergang zu machen. Aber der unangenehmen Erinnerungen halber mußte hierzu der Garten so gut, wie der Wald, vermieden werden.

Otto schlug daher den Weg in ein benachbartes Dorf vor, der sich zwischen blumenreichen Wiesen und freundlichen Häusern hinzog. Man wollte dort ein junges, freundliches Landmädchen, namens Röschen, besuchen, das gewöhnlich vortreffliche Rosen auf's Schloß gebracht hatte, seit mehreren Tagen aber, man wußte nicht, ob aus Mangel an Rosen oder weshalb sonst, nicht gekommen, und von Rosalie vermißt worden war, die dem Mädchen besonders wohlwollte, und solches in ihre Dienste zu nehmen wünschte. Otto hatte sich vorgenommen, hierüber mit Röschen zu sprechen. Bei den annehmlichen Bedingungen, die er ihr vorzuschlagen dachte, glaubte er, daß es nicht schwer halten würde, das Mädchen dazu zu disponieren.

Doch die Fröhlichkeit, mit welcher Rosalie auf das Haus der Kleinen zugeeilt war, wurde gar hart gestört, als man bemerkte, daß den ganzen inneren Raum desselben Trauerleute einnahmen.

„Wer ist denn hier gestorben?" fragte sie zitternd.

„Ach Gott, unsere liebe Rosa!" antwortete der Wirt in tiefem Schmerz, und seine zuvor in stumme Trauer zusammengesunkene Gattin brach bei diesen Worten in das heftigste Schluchzen aus.

Rosalie erbleichte. Auch die übrigen waren äußerst betroffen. Rosalie erkundigte sich nach den näheren Umständen, und kein Mensch wußte die Ursache des Todes anzugeben. Rosa war eine glückliche Braut gewesen. Ihr Bräutigam, ein junger, blühender Mann, lehnte erstarrt in einer Ecke, erhielt aber mit einem Mal wieder das peinlichste Leben, als jetzt der Sarg aufgehoben und nach dem Gottesacker getragen wurde.

Rosalie drang bei der Gesellschaft darauf, dem düsteren Zuge zu folgen. Am Grab wurde der Sarg geöffnet. Die Leiche hatte alle ihre Züge noch, nur erbleicht.

„Wir haben Schmerzen gefunden, wo wir auf Freude hofften!" sagte Rosalie, als Rosas Reste hinabgesenkt waren; doch hatte der Vorfall sie nur traurig und stumm, nicht aber schwächer gemacht, als sie zuvor gewesen.

Man ging nach Hause, fast ohne Laut, weil Rosalie schwieg, und die übrigen sich scheuten, die so Reizbare durch irgendeine, auch anscheinend unbedeutende, Bemerkung in eine noch unglücklichere Stimmung zu versetzen.

Wie sehr man Ursache hatte zu dieser Besorgnis, das zeigte sich nach Mittag, wo sie selbst, und zwar ziemlich gefaßt, das Gespräch auf die Entschlafene brachte.

Um die Rede, wo möglich, von der Wirklichkeit weg, auf die Poesie überzuführen, entdeckte Wolfgang, daß er durch den Todesfall sogleich nach der Rückkehr zu ein paar Sonetten bewogen worden sei, die gewisser Maßen Gegenstücke abgeben sollten.

„Lesen Sie uns doch die Gedichte," bat Rosalie dringend, und Wolfgang laß:

Die Blumen.

Der Liebe trauend in des Lenzes Blicken,
Verlassen Blumen, die in dumpfen Schalen
Ihr Nichts verschliefen und des Lebens Qualen,
Die Erde sich am Lichte zu erquicken.

Vom Glanze trunken, faßt sie neu Entzücken,
Fort steigen sie aus ihren stillen Talen,
Als Sterne hoch am Himmel bald zu strahlen
Und ewig sich der Heimat zu entrücken.

Da flieht der Lenz und ihre süßen Träume,
Verzweiflung naget an dem zarten Leben,
Seit ihrem Schoß der Falsche sich entwunden.

Ihr kranker Blick verläßt die Sternenräume,
Vergessen ist zum Licht das eitle Streben,
Denn nur im Dunkel können sie gesunden.

Rosas Tod.

Aus goldnen Saiten tönten hohe Lieder
Um Rosas Ohr im leisen Klang der Wellen,
Und Liebe stieg durch ihre sonnenhellen
Entzückten Augen ihr in's Herz darnieder;

Doch bald erlöscht die Glut der Wange wieder
Von Tränen, die dem Auge heiß entquellen,
Kein Erdenglück kann mehr den Busen schwellen,
Nur Himmelssehnsucht hebt die feinen Glieder.

Drauf schwindet sie mit ihrer Schönheit Fülle,
Wie Mondlicht, wenn der Sonne Glanz erschienen,
Versinkt der Leib, da Schön'res ihr beschieden:

Die Liebe haßt des Staubes giftige Hülle,
Und nimmt, die ihre Liebe treu verdienen,
Hinauf in ihres Landes reinen Frieden.

„Lieber, guter Wolfgang," rief hier Rosalie, „gestehen Sie nur, daß sie bei dem letzten Sonette mehr an mich, als an Röschen gedacht haben; daß ein prophetischer Geist von meiner Zukunft Ihre Feder ergriffen, und das Ganze, so wie es ist, geendet hat."

„Behüte," rief jener, erschrocken über ihre heftige Bewegung. „Wenn ich auch die Ursache des Todes hier, meiner Idee zu Liebe, habe erfinden müssen, so kann ich doch schwören, daß Sie teure Schwester, mir dabei nicht vorgeschwebt haben."

„Nein, Wenden, das können Sie nicht schwören. Zwar mag Ihnen das Bewußtsein davon abgegangen sein, aber der Prophet wird auch zuweilen unbewußt von seinem Geiste getrieben. Das ist hier der Fall gewesen. Ich fühle es, und Ihr werdet die Wahrheit des Gefühls künftig entdecken. Jetzt, gute Eugenie, führe mich auf mein Zimmer."

Ehe sie ging, hielt sie zuvor Ottos Hand noch lange in der Ihrigen, und ließ sie dann nur mit sichtbarem Schmerze los. „Die Trennung tut weh!" rief sie aus.

Otto wollte ihr folgen, aber sie wies ihn freundlich zurück, und sagte: „Ich sprach nicht von dieser vorübergehenden Trennung. Ich meinte eine, die ich künftig, o Gott, vielleicht wünschen werde, und verwünsche den Wunsch, der alle meine jetzigen Wünsche zu vernichten strebt!"

Rosalies Auge flammte hoch auf bei diesen Worten, deren Sinn niemand begreifen konnte.

Wolfgang war sehr verlegen, daß er die Veranlassung zu dieser abermaligen schlimmen Wendung gegeben hatte. Aber Graf Joachim und selbst Otto sprachen ihn von aller Schuld los.

8. Kapitel.

Der Arzt fand am folgenden Tag Rosalies stete, und auf den geringsten Anlaß erfolgende Rückfälle in die Krankheit sehr bedenklich.

Mit einem Mal entsann sich jetzt Otto wieder des Magnetismus und des Wortes, daß derselbe Einfluß auf sein Schicksal haben werde. Es war ihm so rätselhaft, daß dieses in der letzten Zeit ganz aus seinem Gedächtnis verschwunden zu sein schien, als daß es nunmehr plötzlich klar wie niemals vor seiner tiefbewegten Seele stand. Er fragte den Arzt, der seine Unruhe über den Zustand der Kranken zu erkennen gab, ob nicht diese vielleicht mit Glück zu magnetisieren sein möchte.

„Sie nehmen mir das Wort aus dem Munde," erwiderte der Doktor. „Mir selbst sind vor kurzem durch den Magnetismus einige Kuren gelungen, die man zu den Wundern rechnen könnte. Ich würde auch in gegenwärtigem Falle unbedingt dazu raten, wenn das Fräulein nicht abgeneigt sein sollte. Zwar müßte ich für meine Person auf das Glück Verzicht tun, mich der Sache zu unterziehen, weil meine Geschäfte mir nicht erlauben, in der bestimmten Stunde alle Tage hier einzutreffen. Allein nichts ist leichter, als jemanden die nötigen Handgriffe beizubringen. Dieser berichtet mir dann alles, was er beim Magnetisieren und sonst an der Kranken beobachtet hat, sorgfältig, und so wenig man auch dergleichen Erfolge verbürgen kann, so darf ich doch sagen, daß ich mir bei dem Fräulein sehr viel von der magnetischen Kur verspreche."

Jetzt entdeckte Otto, daß er schon selbst einmal eine ähnliche Kur verrichtet habe.

„Recht schön," erwiderte der Arzt, „so sind Sie umso besser im Stande, mein Verfahren dabei zu beurteilen. Indessen wünschte ich doch aus mehreren Gründen, daß Sie sich der Kur nicht selbst unterziehen, sondern sie einem Manne überlassen möchten, der kein so hohes persönliches Interesse an der Kranken nimmt."

Wolfgang erbot sich dazu, und der Arzt war sehr damit zufrieden. Nur ist die Hauptfrage noch übrig, sagte er: „Wird auch das Fräulein sich zu dieser Art von Heilung entschließen können? Unwissenheit und Mißtrauen, verbunden mit der sehr lächerlichen Sucht, alles zu verwerfen, was sich nicht erklären läßt, haben dem *Tierischen Magnetismus* großen Schaden in der allgemeinen Meinung getan. Mit kecker Stirne hat man seine Wunder, von den glaubwürdigsten, einsichtsvollsten Ärzten berichtet, weggeleugnet, und überall grobe Täuschung sehen wollen, die allerdings hier und da, zum Nachteil der guten Sache, mehr als zu sehr stattgefunden hat;

was mich auch immer schüchtern macht, den Magnetismus den Kranken selbst vorzuschlagen. Aber die Zeit scheint ihn wieder zu Ehren zu bringen. Vor zwanzig Jahren, wo der fälschlich sogenannte gesunde Menschenverstand ihn unter die Füße getreten zu haben wähnte, wäre seine Anwendung kaum zu wagen gewesen, auch wenn ein Kranker sie ausdrücklich verlangt hätte." „Ich denke doch, daß Rosalie sich der Kur unterwerfen wird," sagte Wolfgang, und der Doktor begleitete ihn zu ihr.

Aber sie wollte lange kein Ohr dafür haben, und selbst gegen Ottos Zureden hatte sie viel Einwendungen.

Der Arzt fragte, ob ihr das Zutrauen zu der Heilkraft des *Tierischen Magnetismus* abgehe.

„Das nicht," antwortete Rosalie. „Nur ist es mir, als ob – Sie werden lachen – als ob meine ganze, jetzige Denkweise durch die Kur verlorengehen könne."

„Lediglich insofern, als sie mit Ihrer Krankheit zusammenhängt," sagte der Doktor lächelnd, und der Verlobte bestürmte sie dermaßen, daß sie endlich nachgeben zu müssen glaubte.

Der neue Plan machte, weil sich das Auge des geschickten Arztes wenigstens im Anfang der Kur dabei nicht entraten ließ, einen längeren Aufenthalt auf Breitenfels notwendig, als man beabsichtigt gehabt hatte. Um daher die Einförmigkeit des Lebens seiner Gäste möglichst zu verhindern, veranstaltete Otto recht oft Gesellschaften, und lud auch Simnitzens zu sich auf das Gut. Letztere waren wirklich umso nötiger, da Graf Joachim die Bereisung seiner Güter nicht länger aufschieben konnte, und sein munteres, belebendes Wesen außerdem schwerlich zu ersetzen gewesen wäre.

5. Buch.

1. Kapitel.

Der Abend, wo Simnitzens anlangten, ließ sogleich eine gänzliche Umänderung des Tones auf Breitenfels erwarten, welche dessen Besitzer nicht unwillkommen war. Auf Minettes Anstellung hatten die Bedienten im Dorf ihre Herrschaft für hohe Personen ausgeben sollen, welche das Land incognito durchreisten. Die Bedienten waren aber noch weitergegangen, und hatten bestimmt den König und die Königin daraus gemacht. Daher kam denn beinahe das ganze Dorf hinter dem Wagen her in den Schloßhof gelaufen. Der dicke Verwalter keuchte atemlos voraus, um den Gutsbesitzer auf die Ehre vorzubereiten.

Minette wendete sich, als der Wagen hielt, mit affektierter Hoheit an das Volk und sagte: „Es ist uns recht lieb, gute Kinder, daß ihr uns in solcher Menge begleitet habt, nur jetzt aber laßt uns hübsch ungeschoren; dafür wollen wir euch auch gewogen verbleiben."

Das Paar stieg hierauf schleunig aus, und Otto war in der größten Verlegenheit, daß er des Verwalters Nachricht von der königlichen Ankunft nicht früher erfahren hatte. Er hörte die Ankommenden schon auf der Treppe, als ihm der Bediente eben erst den Rock nachbrachte, so daß sie auch wirklich seinen linken Hemdärmel noch ansichtig wurden.

Minettes lautes Lachen half ihm jedoch gar bald das verlorene Gleichgewicht wiedergewinnen. Er rief die anderen auch herbei, so daß die Lust allgemein wurde.

„Nun aber," sagte Frau von Simnitz, als man ihr und ihrem Gatten die Wohnung angewiesen hatte, „nun sehe ich voraus, was die Schwatzhaftigkeit unserer Leute uns zugezogen haben wird. Darum bitte ich, laßt meiner hohen Person nicht allzuviel Supplikanten zur Last fallen. Wenigstens verbitte ich mir alle Häßlichen ernstlichst. Meine schwachen Nerven" - hier blickte sie hustend auf Rosalie - „können nur den Anblick von hübschen Männern vertragen. Und was meinen Gemahl anlangt, so dürfen schlechterdings keine artigen Frauen vor ihn. Denn seit er mit mir verheiratet ist, mache ich mir's zur Pflicht, ihn zu überreden, daß diese Art ganz ausgestorben sei. Zwar habe ich dadurch, daß ich ihn hierher unter euch brachte, mich gewissermaßen selbst widerlegt. Allein erstens hatte er euch ohnehin schon zu gut im Gedächtnis, und zweitens seid ihr zwei Pärchen Sympathievögel und so inseparabel, daß ihm das Kurmachen von selbst vergehen wird. - Hört ihr wohl, es pocht schon. Nun, was ich angeordnet habe, dabei bleibt es. Ich ziehe mich zurück."

Wirklich war der Schulmeister schon da um seine Aufwartung zu machen, auch die Gerichtspersonen, alle im völligen Glanze. Obgleich nun Otto versicherte, daß sie sich irrten, so ließen sich die Leute die Königschaft der Angekommenen doch nicht ausreden. Simnitzens widersprachen natürlich selbst, aber ebenso vergebens. Die Vorschläge und Bitten, die mitunter gar lächerlich ausfielen, häuften sich daher immer mehr, und so, daß sie zuletzt ihre Bedienten um Gotteswillen baten, das Dorf nur wieder zur Raison zu bringen.

Es hielt nicht wenig schwer, ehe ihnen die Sache gelang.

War aber dem Dorfe durch die Aufklärung hierüber eine große Freude verlorengegangen, so gewann es auf der anderen Seite wieder an dem Frohsinn, den die Neuangekommenen überall verbreiteten. Schon am folgenden Abend wurde die ganze Dorfjugend auf diese Wiese vor dem Schloßgarten zusammengetrommelt, wo Simnitzens nacheinander allerlei närrische Spiele angaben. Bald ward nach blanken Geldstücken in Säcken um die Wette gehüpft, bald ein Hahnenschlag veranstaltet, und dergleichen mehr. Überhaupt brachten Simnitzens ein ganz neues Leben in's Dorf, und kehrten auch fast, im eigentlichsten Verstande, das Haus um. Alles darin bekam andere Plätze und Richtungen. Die Schlafzeit, zum Beispiel, wurde viel weiter hinausgerückt, was man übrigens kaum merkte, da Simnitz immer eine neue Unterhaltung bei der Hand hatte, wenn die alte schleppend zu werden anfing.

Diese Veränderung äußerte auf Rosalies Gesundheit einen so wohltätigen Einfluß, daß sie nun ihren Körper gegen die Rückfälle in den kranken Zustand sicher genug glaubte, um den Magnetismus ganz vermeiden zu können. Allein der Arzt sagte, er sähe an allem, daß auch ihre jetzige scheinbare Festigkeit des Körpers schwerlich von Dauer sein werde, und daß wohl immer noch das beste sei, nach den bereits getroffenen Vorkehrungen und Einleitungen die magnetische Kur mit ihr vorzunehmen.

„Geht mir mit euerm Doktor," sagte Simnitz, als jener kaum den Rücken gewandt hatte, und laßt euch nicht das alte Märchen vom Magnetismus wieder aufwärmen.

Otto entgegnete, daß man sehr fälschlich den Magnetismus vor einiger Zeit ganz verworfen habe, und führte an, was er in B... teils gesehen, teils selbst bewirkt hatte.

„Meinetwegen!" sagte Simnitz. „So viel aber weiß ich, die beste Kur für unsere liebe Rosalie würde der Ehestand sein. In diesem würde sie eine Menge empfindsamer Träume, welche sie abängstigen, loswerden, statt der poetischen Leckereien würde sie sich an eine schlichte, prosaische Kost gewöhnen, und sich dann und wann zur Abwechslung ein wenig herumzanken lernen. Das Letztere, Freunde, ist ein ganz köstliches Erquickungsmittel. Fragt nur meine Kleine da, die das Zanken recht aus dem Grunde versteht, und nach jeder Versöhnung immer wie neu geboren ist."

„Herr von Simnitz!" rief Minette, den Finger aufhebend. „Hüten Sie sich, mich herauszufordern. Das könnte Geschichten geben, vor denen Ihrer Herzhaftigkeit die Haare zu Berge steigen würden."

„Seht ihr wohl," rief Simnitz, „ihre Einleitungen zur künftigen Versöhnung!"

Die Sache ging auf diese Weise völlig in Scherz über, doch sagte Simnitz einige Male im ganzen Ernst dazwischen, daß Rosalie durchaus nächstens heiraten müsse.

2. Kapitel.

Man schlüpfte über Simnitz' Ansichten hin, und Wolfgang, dem der Arzt das Erforderliche gelehrt hatte, fing die magnetische Kur in den ersten Stunden des Vormittags mit Rosalie an, wiederholte solche auch täglich, der ärztlichen Vorschrift gemäß, zu derselben Zeit.

Nach einigen ziemlich schmerzhaften Erschütterungen, zeigte sich mit der vierten Woche, daß die Kur einen vortrefflichen Gang nahm. Der natürliche, zuvor sehr unruhvolle Schlaf der Kranken wurde fester und erquickender, und schon im Lauf der sechsten Woche stellte sich ein vollständiger Somnambulismus ein. In diesem verordnete sich die Kranke auf Wolfgangs Fragen die Heilmittel selbst, bestimmte auch gewöhnlich die Dauer ihres Schlafes, und sagte dabei einige zufällige Begegnisse so richtig vorher, das Simnitz selbst seinen Unglauben an die magnetische Wirksamkeit aufgeben mußte.

Er bemerkte, gleich den übrigen, daß Rosalie im künstlich erregten Schlaf weit reizender sei, als gewöhnlich, und daß man sich das Lächeln eines Engels schwerlich schöner vorstellen könne. Der Arzt behauptete, daß dieses bei allen Somnambulen sich finde, und von einer äußerst merkwürdigen Erhöhung ihres geistigen Lebens zeuge. Weil Rosalie, wie viele Somnambulen, nicht bloß ihrem Magnetiseur, sondern auch anderen, mit denen sie nicht in Rapport stand, in ihrem künstlichen Schlaf zu antworten pflegte, so bat der Arzt, daß man sie mit Fragen verschonen möchte, welche keinen unmittelbaren Bezug auf ihre, Krankheit hätten. Allein es ging dessen ungeachtet nicht immer so genau damit ab. In einem neuntägigen magnetischen Schlaf, dessen Anfang und Dauer sie vorher verkündet hatte, und während desselben sie durchaus nichts, als etwas Zucker und magnetisiertes Wasser zu sich nahm, fielen eine Menge Fragen dieser Art vor. Unter anderen fragte Simnitz, der sehr neugierig war, ob sein früher geäußerter Rat sich bewähren würde! „Glauben Sie, Rosalie, daß eine baldige Heirat Ihnen zuträglich sein werde?" „Keineswegs," ant-wortete die Schlafende, „weder eine baldige noch irgendeine Heirat."

Otto, der neben ihm stand, erbleichte zusehends bei dieser Rede, und die Schlafende sagte: „Es schmerzt mich, lieber Otto, daß ich gezwungen bin, diese Wahrheit auszusprechen in Ihrer Nähe. Ich sehe es Ihnen an, wie tief Sie dadurch verwundet werden. Aber ich darf nicht anders."

„Sehen Sie denn mit Ihren festverschlossenen Augen?"
fragte Simnitz weiter.

„Das weiß ich nicht, glaube auch kaum, daß so etwas möglich
wäre. Es ist mir vielmehr, als ob mir alles von jemandem
gesagt würde," dazu wendete sie sich nach der Seite, wo
Wolfgang stand, der jetzt bat, daß man mit Fragen inne-
halten möchte.

Otto war äußerst unruhig über Rosalies ihm so sehr
unwillkommene Äußerung. Er konnte den Gedanken nicht
ausdenken, dieses himmlischmilde Leben künftig nicht sein
nennen zu dürfen. Zu großem Glück tröstete ihn der Arzt auf
seine Frage damit, daß der Fall dagewesen sei, wo Som-
nambule sich in Dingen geirrt, die nicht unmittelbaren Bezug
auf ihre Krankheit gehabt hätten. In solchen Fällen sei auch
schon zuweilen ein Widerspruch erfolgt.

Otto hätte sein ganzes Leben für einen solchen Widerspruch
geopfert.

Immer hatte er daher auch Simnitz' Frage auf der Zunge,
aber immer war es dann, als ob eine unsichtbare Gewalt, oder
vielmehr die Furcht, daß statt des Widerspruches eine Be-
stätigung der früheren Antwort erfolgen könnte, diese gefesselt hielte.

Endlich, am letzten Tage von Rosalies fortgesetztem Schlaf,
glaubte er doch, es wagen zu müssen. Mit zitternder Stimme fing
er daher also an: „Wann, liebste Rosalie, wann denken Sie, daß
wir unsere Hochzeit werden feiern können?"

„Niemals, bester Otto. Nur ungern tue ich Ihnen dies Geständnis. Aber mein jetziger Zustand ist der Zustand der
Offenheit und Wahrhaftigkeit, der nicht einmal einen Umweg
in der Antwort verstattet." Otto entfernte sich über die Maßen
betrübt, und blieb sechs Stunden auf seinem verschlossenen
Zimmer.

3. Kapitel.

Als Rosalie erwachte, war ihr erstes Wort Ottos Name, ihr
erster Wunsch, ihn zu sehen. Auf ihr Schicken erschien er
daher auch nach einigem Zögern.

„Mein Gott, Otto," rief ihm Rosalie entgegen, „neun Tage sind es nun, daß ich Sie gar nicht gesehen habe, und doch lassen Sie mich so auf Ihr Kommen warten?"

Der Graf, auf dem noch immer die Rede der Schlafenden mit Zentnerschwere lastete, staunte über die Zärtlichkeit in ihren Blicken.

„Wie hätte ich," rief er, „nach dem, was ich vor Kurzem von Ihnen hören mußte, auf eine so liebe Aufnahme rechnen mögen!"

„Von mir? Was haben Sie denn von mir gehört?"

Er erzählte, und sie sagte: „Ich und mein Herz, wir wissen kein Wort davon, und das Bewußtlose dürfen Sie mir nicht anrechnen. Mein Schlaf ist ein häßlicher Lügner gewesen. Nein, Otto, ich bin die Ihrige."

Sie vernahm hierauf, daß sie zu zwei verschiedenen Malen der Verbindung mit dem Grafen sich abgeneigt gezeigt hatte, und war so erbittert darüber, daß sie durchaus nicht mehr magnetisiert sein wollte, möchte auch das Schlimmste daraus entstehen.

Nur die anhaltendsten, nachdrücklichsten Vorstellungen des Arztes brachten sie endlich wieder von diesem Vorsatz zurück.

Die Kur war, nach des Arztes Meinung, fortdauernd von den besten Folgen. Die anfänglichen starken Erschütterungen, und eine große Unbehaglichkeit, welche Rosalie beim Magnetisieren gehabt hatte, verloren sich allmählich, und der Arzt wünschte der Genesenden schon Glück zu den, allem Vermuten nach, bald gänzlich überstandenen Übeln.

Dies war besonders Eugenie lieb, deren schon weit vorgerückte Schwangerschaft ihr eine baldige Reise in die Heimat anriet. Allein, als man jetzt die Kranke während ihres magnetischen Schlafes einmal um das Ende der Kur befragte, gab sie die bestimmte Antwort, daß die Kur noch neunundvierzig Tage unausgesetzt fortdauern müsse.

Dieses war Eugenie zu lange, und bewog sie, ihre Abreise für den nächsten Monat festzusetzen, wo Simnitzens sie zu begleiten gedachten.

4. Kapitel.

Am Tage vor der gemeinschaftlichen Reise fand Otto Wolfgang und Simnitz äußerst bewegt im Zimmer der eben somnambulen Rosalie. Sie reichten ihm beide liebreich die Hand, als er hereintrat.

An dem sonst ewig heiteren, aller Empfindung scheinbar spottenden Simnitz war diese Stimmung am meisten auffallend.

Otto erwartete, daß sie sich näher erklären würden, und schloß, als es nicht geschah, auf etwas, das er tagtäglich mehr zu besorgen anfing. Es kam ihm nämlich vor, als ob Rosalie wirklich ihn jetzt zuweilen zu vermeiden suche, und er glaubte, daß sie hierüber etwas gegen seine Freunde geäußert habe. Gleichwohl fehlte ihm mehr als jemals der Mut, sie selber deshalb mit einer Frage anzugehen.

Gegen Ende des Tages kam eine Karte an, welche von Adelheids Hochzeit mit dem Sohn eines Gutsnachbarn Notiz gab. Ein sehr freundlicher Brief von Adelheid selbst begleitete die Karte. „Armer Otto," rief Rosalie, als sie einen Augenblick mit ihm allein war und sah, wie sein Auge so verwundert auf den beiden engverbundenen Namen der Karte verweilte. „Ach Gott, Otto, daß Sie durch mich um das liebe Geschöpf gebracht werden mußten!"

„Nicht durch Sie, Liebste. Auch werde ich nie bedauern, die treffliche Adelheid aufgegeben zu haben, wenn Sie mich mit Ihrer Hand beglücken."

Rosalie wendete sich ab, eine Träne aus dem Auge wischend.

So gut, sonst gemeiniglich alles gelang, was die Gesellschaft zu ihrem Vergnügen anstellte, so verunglückte diesen Abend doch das Meiste. Simnitz hatte den Landleuten auf der Schloßwiese eine Erleuchtung und allerlei lustige Spiele zugedacht, die mit recht artigen Gewinnen verknüpft waren. Allein das plötzlich einfallende Regenwetter zerstört die Hauptsache. Der größtenteils papierne, aber durch ein gutes Arrangement einen schönen Effekt versprechende Flitterstaat dieser Anstalten ging im ersten Guß völlig zu Grunde. Zwar wurde nun die Musik in die Zimmer beschieden, und der Tanz, der auf der Wiese hatte sein sollen, fand ebenfalls hier statt. Aber die falschen Töne der Dorfvirtuosen, welche man im Freien leicht ertragen konnte, beleidigten hier die Ohren der Gesellschaft dergestalt, daß man die Landleute allein ließ, wenn es nur einigermaßen angehen wollte.

Simnitz selbst, der sonst von einer unerschütterlichen Laune war, dehnte sich schläfrig von einem Stuhl zum anderen, so daß auch Minette ausrief: „Wenn Sie morgen wieder von so allerliebster Stimmung sein sollten, Herr von Simnitz so lasse ich mich übermorgen unfehlbar scheiden; denn so was ist ganz wider unseren Accord."

Aber selbst auf diesen Scherz konnte er ihr bloß mit empfindsamem Lächeln die Hand reichen welche daher auch von Minette förmlich zurückgestoßen wurde.

Der Unbehaglichkeit dieses Abends ward die Krone aufgesetzt, als durch die unvorsichtigen Musikanten die Gardinen rings umher im Saal in Brand gerieten, und alles schreiend durcheinander lief.

Während man zu retten suchte, was zu retten war, stand Otto versteinert da. Der Brand rief ihm die wunderbare Rettung des Fräuleins zurück, die ihm heute ihre Hochzeit notifiziert hatte. Ein verscherzter Himmel tat sich ihm auf, und die Haut schauerte ihm, als Rosalie jetzt zu ihm trat, und ihn abermals mitleidig: *Armer Otto*, nannte.

Auch am anderen Morgen beim Abschied von Rosalie und Otto benahm sich Simnitz wieder mit einer Feierlichkeit, die sonst gar nicht in seinem Charakter lag.

5. Kapitel.

Das vielfarbige Herbstlaub lag schon überall umher, als die Kur endlich mit dem neunundvierzigsten Tag vorüber war. Rosalie fühlte sich, wie sie sagte, so gesund als jemals. Aber was sie schon bei Wolfgangs Gedichte auf Rosas Tod gefürchtet, und wovor Otto ebenfalls seit ihren magnetischen

Voraussagungen gezittert hatte, das ging auch nunmehr in Erfüllung.

„Lassen Sie uns," sprach sie am Abend der beendigten Kur, „lassen Sie uns Theodos' Wohnung besuchen, ich habe zu dem, was mir zu tun gebührt, die Umgebungen nötig, die mich an sein ganzes Wesen und Wirken erinnern."

Otto bat ihr in banger Ahnung den Arm, und sie gingen. Wolfgangs Begleitung hatte Rosalie abgelehnt.

Das Geräusch beim Aufschließen der Tür des Waldhauses kam Otto wie dasjenige vor, wenn Särge in's Grab hinabgelassen werden. Er äußerte dies auch, und Rosalie sagte: „Diese Vorbedeutung kann wohl einige Wahrheit mit sich führen."

„Bester Otto," sprach sie darauf in des Klausners Behausung, „Sie achten den Mann, der hier wohnte, wie ich, und bei dieser Achtung beschwöre ich Sie, auch auf meine Worte zu achten, da ich sie in seinem Sinne zu sagen glaube. Unser Bündnis fing sich in dieser Klause an. Ein fremder Schleier entzog uns noch sein eigentliches Wesen, das sich aber nur allzubald zu erkennen gab. Lassen Sie uns hier voneinander Abschied nehmen. Krankheit muß es gewesen sein, was mich auf einige Zeit die Bestimmung vergessen hieß, welche Theodos billigte, und der ich nun nach meiner Herstellung wieder mit Freuden zueile. Nur Ihre Betrübnis über diese Entwicklung ängstigt mich noch. Aber mein Trost ist das Gefühl, daß nichts als Unheil aus unserer Verbindung hätte entstehen können. Leben Sie wohl, Otto. Ich danke Ihnen tausendmal für Ihre Liebe, Sorge und Freundschaft. Dort gibt es vielleicht ein schöneres Wiedersehen!" Sie zeigte auf den Himmel, wo eben die Sonne in feierlicher, blutiger Pracht unterging.

Rosalie eilte hinweg. Otto schwankte erst in einigen Minuten nach, und dann noch gar lange im Walde herum.

Als er bei dunkler Nacht nach Hause kam, erstaunte Wolfgang, daß er Rosalie nicht mit zurückbrachte. Otto erzählte hierauf mit kurzen Worten, was vorgegangen war.

„Gott," rief Wenden aus, „dann werden wir sie schwerlich lebend wiedersehen; morgen um diese Zeit ist ihre Todesstunde."

„Ihre Todesstunde?" sprach Otto wild, „wer hat Ihnen das sagen können?"

„Rosalie selbst. Jetzt kann ich Sie davon unterrichten, da es Ihnen unter solchen Umständen gewissermaßen tröstlich sein muß. Simnitz und ich fragten sie gerade am Tage vor des ersteren Abreise, wann sie sterben würde, und so gab sie die achte Stunde des morgenden Abends an." „Aber," fragte ich sie damals weiter, „wie können sie denn noch behaupten (was sie, wie Sie wissen, immer im Somnambulismus tat), daß der Magnetismus ihnen heilsam sein werde?"

„Weil er," antwortete sie, „meine geistigen und körperlichen Kräfte wieder in das verlorene Gleichgewicht bringen wird. Nur dieses konnte ich von ihm erwarten; kein Wunder, keine Lebensverlängerung, da mein Ziel festgesetzt ist."

„Hierdurch, lieber Graf, wird Ihnen die auffallende Veränderung Simnitz' am Tage vor der Abreise, so wie auch meine Unruhe seit dieser Zeit, erklärlich werden. Sie sind indessen die erste Person, der ich davon sage. Übrigens darf ich mir das Zeugnis geben, mein Geschäft als Magnetiseur so gewissenhaft ausgeführt zu haben, als ob ihre Herstellung die Einleitung zu einem noch recht langen Leben abgeben könne. Auch wäre es ja wohl möglich, daß sie sich mit dieser Weissagung geirrt hätte. Doch fürchte ich das Gegenteil, weil alles, was sie im magnetischen Schlaf voraussagte, bis jetzt wirklich eingetroffen ist."

6. Kapitel.

Otto gab, während dieses Berichts, wenig Lebenszeichen von sich, und Wolfgang bat, als er fertig war, daß so viel als möglich. Erkundigungen wegen der Abwesenden eingezogen werden möchten.

Ein Brief, der jetzt an den Herrn von Wenden ankam, erteilte endlich Auskunft. Rosalie war in ein ungefähr eine

Stunde entferntes Kloster gegangen, wo sie Morgen Wolfgang erwarten wollte, um mit ihm zurück nach Hause zu
reisen.

Auf des letzteren Veranlassung begleitete ihn der Graf am
folgenden Morgen bis in den Gasthof des benachbarten
Dorfes, wo er zurückblieb, während Wolfgang den Weg
nach dem Kloster einschlug. Nach einer Anfrage von der
Pförtnerin wurde er vorgelassen. Er staunte, als er Rosalie
sah. Aus ihrem Gesicht leuchtete dieselbe Fröhlichkeit, welche
er so oft im magnetischen Schlaf an ihr bewundert hatte, nur
gab ihr das schöne strahlende Auge ein noch höheres, überirdisches Ansehen.

Rosalie äußerte den Wunsch, den Tag bei der Äbtissin,
einer frommen, herrlichen Frau, in Betübungen zubringen zu
dürfen, und verlangte ihn Abends gegen acht Uhr noch einmal zu sehen.

Wolfgang fuhr sichtbar zusammen, als sie ihm diese Stunde
nannte. Übrigens schien sie, nach allen Äußerungen, noch
immer nicht das mindeste von dem zu wissen, was sie vor
kurzem im Schlaf prophezeit hatte.

Er fragte, ob er Otto mitbringen solle, welches sie jedoch mit
einiger Heftigkeit verbat.

Es gab keine traurigere Nachricht als diese für Otto, aber
Wolfgang konnte sie ihm nicht vorenthalten, worauf der Graf
auch sogleich von seinem Freunde, der den Tag über in
Rosalies Nähe bleiben wollte, Abschied nahm, und zurück
nach Breitenfels wanderte.

Er brachte den Tag bald hier bald dazu, überall von der
peinlichsten Unruhe verfolgt.

Abends um sieben Uhr drängte es ihn mit Macht gegen das
Kloster hin. Von einem Hügel sah er unverwandt hinüber,
obschon die eingetretene Finsternis selbst die nahen Gegenstände verschleierte. Er verweilte bis zur achten Stunde, wo
der Sturm in seiner Seele am heftigsten wurde.

Bei der Glocke, welche jetzt vom Klosterturm tönte, ging er
diesem unwillkürlich näher, und war, ehe er daran dachte, im

Gasthof, wohin eben Wolfgang in tiefer Betrübnis zurückkam.

„Galt ihr die Totenglocke?" fragte Otto leise.

Wolfgang machte eine bejahende Bewegung, drückte ihn
darauf fest an sein Herz, und eilte in den Wagen, der schon
zu seiner Abreise bereitstand. Er schien Ottos Frage vermeiden zu wollen, ob die Verschiedene ihm kein Abschieds-
wort hinterlassen, da er sie doch hätte verneinen müssen.
Denn ihre letzten Momente waren einzig dem Himmel
gewidmet gewesen. Doch hatte ein Licht aus den brechenden
Augen geleuchtet, worin das allgemeine Wohlwollen eines
Engels gar nicht verkannt werden konnte.

Der Graf machte schon darum keinen Versuch die Tote zu
sehen, weil er damit ihrem Willen zuwiderzuhandeln fürchtete. Als sie aber, ihrer letzten Bitte gemäß, auf dem Kloster-
kirchhof beerdigt war, da setzte er sich zuweilen neben den
neuen Hügel, und starrte die welken Blätter an, welche der
eisige Wind umherjagte.

Der Graf hatte jetzt nirgends ein Bleiben mehr, am wenigsten auf Breitenfels. Das Gefühl, den anfangs so wohler-
kannten Zweck gänzlich verfehlt zu haben, trieb ihn selbst aus
dem dortigen Gotteshaus, wo die Gestalt der Stammutter
ihm immer schon von weitem einen heftigen Schauer durch
die Glieder führte.

Ein Brief von seines Vaters Gut rief ihn zu diesem, der auf
dem Krankenbett liegend, den Sohn noch einmal zu sprechen
wünschte. Vergebens. Als Otto ankam, war Graf Joachim
schon verschieden.

Kaum war der Leichnam nach Breitenfels abgeführt, so eilte
auch der trauernde Erbe wieder von dem Gut hinweg,
unbekümmert darum, daß seine Anwesenheit jetzt am
nötigsten sein könne. Sein Zweck war zu reisen, aber auf ganz
andere Art als vormals, wo er Menschen und Länder hatte
kennenlernen wollen. Jetzt suchte er bloß möglichst einsame
Gegenden mit schönen Aussichten auf, und verweilte in
solchen hier und da. Aber jedes Madonnenbild am Wege

leitete seine Gedanken zu der Gestalt des Grabmals hin, und regte die alte Traurigkeit in seinem zerrütteten Gemüte auf.

7. Kapitel.

Zwei Winter und ein Sommer waren ihm also verstrichen. Kein Bekannter wußte um seinen Aufenthalt, den er bald hier bald da, in waldigen, von der Landstraße abliegenden Dörfern, meist unter fremden Namen, aufschlug, wohin er die von Zeit zu Zeit nötigen Berdürfnisse durch einen seiner Rechnungsführer geschickt erhielt.

Einst, als er eben wieder eine Gegend bloß darum, weil die Menschen darin zu bekannt mit ihm geworden waren, mit einer anderen zu vertauschen dachte, gelangte er beim Sonnenuntergang an eine Anhöhe, von der er sich eine schöne Aussicht versprach. Im Begriff sie zu ersteigen, mochte er etwa bis zur Hälfte des Berges gekommen sein, als er auf dessen Gipfel eine weiße Gestalt mit einem Kind auf dem Arm erblickte: Die Gestalt des Grabmals im Leben, das Haupt von Strahlen umflossen.

Seine Knie sanken sogleich zusammen, und alle Besinnung ging ihm verloren.

Als er wieder zu sich kam, befand er sich in einem einfachen Zimmer, und sprang mit dem unverkennbaren Ausdruck der Scheu vor dem Mann zurück, der neben ihm saß, in dem er sogleich Silvester erkannte, obschon dieser seine vormals ganz einfache Kleidung mit dem Anzug eines Weltmannes vertauscht hatte.

Silvester aber ging ihm nach, und drückte ihn liebreich an seine Brust.

„Armer Otto!" rief er, „nicht weniger bin ich ja dein Freund, jetzt, da du Not leidest, als damals, wie du in den schönsten Aussichten des baldigen Überflusses von Leben und Liebe schwelgen konntest."

„Sie wissen schon?" fragte Otto getröstet, daß er so wenigstens das schwere Bekenntnis würde ersparen können.

„Ich weiß es. Die Eitelkeit eines törichten Weibes hat dich in die Welt getrieben, wohin du nicht taugtest. Ihr falscher Glanz hat dich blind gemacht für die zuvor erkannte seltene Schönheit. Einmal auf irrigem Wege, warst du nahe daran, die Bestimmung der von ihrer Kindheit dem Himmel allein geweihten Rosalie zu zerstören, die durch Erweckung ihrer in Ohnmacht versunkenen Naturkräfte ihm wieder gegeben wurde. – O hätte ich den Untergang so vieler schönen Hoffnungen ahnen können, so würde ich dir wenigstens einen Boten gesendet haben, wenn ich auch selber meinen größeren Plan nicht aufgeben durfte, um hier das Glück eines einzelnen Stammes aufrechtzuerhalten."

„Wer bist du?" fragte der Graf, im Anblick seines hohen Auges verloren.

„Was könnte dir der Aufschluß nützen?" erwiderte Silvester.

„Wie bist du, nachdem du schon begraben warst, wieder auf die Erde zurückgekommen?"

„Nicht durch ein Wunder. Die Verfolgung, welche mich, den ganz Schuldlosen, bedrohte, machte meinen scheinbaren Tod notwendig. Meine Freunde unterstützten den Schein. Doch wozu diese Nebendinge? Deine Augen, so hell sie auch dastehen, kommen mir schon gebrochen vor, wie dein Herz, wie dein zeitliches Glück. Indessen gibt es dir vielleicht Beruhigung, Adelheid vor deinem Ende noch einmal zu sehen."

Mit diesen Worten öffnete Silvester die Tür des Nebenzimmers, und dieselbe Gestalt nebst dem Kind, welche er auf dem Berg von der Abendsonne umstrahlt gesehen hatte, trat mit der freundlichsten Miene auf ihn zu.

Otto drückte Augen und Lippen auf ihre Hand und sagte, daß er in ihr seine Stammutter zu sehen geglaubt habe.

„So hat dich in dieser Täuschung die Gewalt der Wahrheit selbst zu Boden geworfen!" sprach Silvester. – „Jetzt gehen sie, Gräfin, fügte er hinzu, da Sie dem Sterbenden doch gewiß Ihre Verzeihung hinterlassen."

„Von Herzen!" erwiderte sie, und verließ in tiefer Rührung das Gemach. Otto erfuhr nun, daß er auf einem Gut ihres Gemahls sich befand. Seine Kräfte wurden mit Adelheids Verschwinden auf einmal so schwach, daß die geistliche Hilfe, die er sehnlich herbeiwünschte, zu spät gekommen sein würde, wenn Silvester, als Priester, sie nicht selbst hätte reichen können.

Blendwerke.

Sechzig ober achtzig Jahre, nachdem Papst Bonifacius der neunte die hohe Schule zu Erfurt mit neuen Freiheiten begnadet hatte, gingen eines Sonntags allda zwei Studenten über die Straße, noch unschlüssig, in welcher Kirche sie ihre Vesper halten wollten. Da kam um eine Ecke herum eine Jungfrau, deren Schleier wie frisch gefallener Schnee durch die allmählich überhandnehmende Dämmerung leuchtete, und der dabei so fein und zart schien, daß den beiden Gesellen weder ihre Schönheit, noch ihre gute Abkunft entgehen konnte.

Als sie bescheiden einen Schritt zurücktraten, ging die Jungfrau mit sittsam zur Erde gesenktem Blick bei ihnen vorüber, und nun sahen sie erst recht den schlanken, köstlichen Wuchs derselben, so daß ihr Auge wie angefesselt hing an der wundervollen Gestalt. Besonders warm ward dem einen ums Herz, welcher Siegmund Warsberg hieß, und er sagte zu Gotthard Heßler, seinen Gefährten: „Lieber, wir können nicht besser tun, denn den Schritten des Fräuleins folgen, das unfehlbar auch geht, ihre Andacht in christlicher Gemeinde zu verrichten. Denn das muß wohl das heiligste Gotteshaus sein, wo die Engel in sichtbarer Gestalt einkehren."

So sehr aber Gotthard selbst von des Mägdleins Schönheit eingenommen war, so mißfiel ihm dennoch diese Rede über die Maße, auch verwies er Warsberg solche mit herben Worten. Übrigens ging er mit ihm nach der Kirche *Unserer lieben Frauen*, zu welcher die Jungfrau eben hinanstieg.

Neben oder hinter derselben aber konnten sie nicht, wie Siegmund gehofft hatte, Platz in der Kirche erhalten, weil die Schöne an einem abgesonderten Ort bei dem Ratsmeister Zeideler saß, welcher - so hörte Warsberg von einem darum Befragten - ihr Vater war. Als nun das Mägdlein hier an ihrem hellerleuchteten Sitz den Schleier zurücktat, da schien es Siegmund, als wollte mit ihrem frommen, holdseligen Gesicht eine neue Sonne über seinem Leben aufgehen, und all sein Sinnen und Denken war dergestalt bloß auf das liebliche

Antlitz der Jungfrau gerichtet, daß für die Andacht kein Raum darin blieb.

Aber Gotthard, welcher ihm zur Rechten saß, blickte eine Weile bleich und starr nach dessen anderer Seite, und sprach dann mit tiefen Atemzügen leise ins Ohr des Freundes: „Siegmund, welch ein Schreckensnachbar ist der zu deiner Linken?"

Darauf warf Warsberg einen scheuen Blick dahin und machte dann Heßler, vermeinend, dieser habe ihn nur im Anschauen der schönen Jungfrau stören wollen, ein gar böses finsteres Gesicht.

Doch Gotthard fuhr fort: „Laß uns lieber einen anderen Sitz wählen; denn wahrlich, dein Nachbar kommt mir vor in der andächtigen Gemeinde wie der Ischariot unter den Aposteln. Es ist als zerrisse mir sein Anblick jeden frommen Seufzer auf der Lippe, als wollte sein gieriges Auge mein Herz austrocknen und meine Seele in sich saugen!"

Nun betrachtete Siegmund seinen Freund mit bedenklichem Auge und sagte: „Was schaut doch dein betörter Blick, da mir ja zur Linken niemand sitzt?"

Aber gerade um desto schauerlicher ward es jetzt dem anderen, daher antwortete er: „Dann laß uns im Namen Gottes und aller Heiligen von dieser Stelle. Doch schaue nur, schau, wie es jetzt mich anstarrt! Komm, Lieber, komm!"

Allein Siegmund bemerkte abermals nichts, und weil es keinen besseren Platz mehr gab in der Kirche zum Betrachten her Jungfrau, so blieb er, während Gotthard auf die entgegengesetzte Seite eilte.

Wirklich fühlte Warsberg, wie mit jedem Augenblick die reinen, lieblichen Züge der Ratsmeisterstochter tiefer einwurzelten in seinem Herzen.

Als nun die Vesper zu Ende war, so dachte er nur darauf, der Jungfrau nachzuschleichen, und ihr, sollte sie auch, wie er fürchtete, mit ihrem Vater sein, begünstigt von der inzwischen eingetretenen Dunkelheit, gelegentlich ein süßes Wort zuzuraunen. Denn die sinnreiche Liebe weiß, wo es nur möglich ist, Mittel und Wege für ihren Zweck auszufinden.

Aber die Leuchte, des Dieners, welcher dem Ratsmeister vorausschritt, hinderte Warsberg so lange an Ausführung seines Vorhabens, bis jetzt, wunderbarer Weise, mitten durch die ruhige Luft ein heftiger Windzug strich, die Leuchte verlöschend. Wie nun der Alte sich mit dem Diener darüber verwunderte, ging Siegmund so nahe bei der Tochter vorbei, daß er an ihren Schleier streifte; dazu flüsterte er die Worte: „Den süßesten Schlaf der süßesten Jungfrau!"

Als sie wirklich seinen Wunsch vernommen zu haben schien, eilte er, ganz trunken vor Freude darüber, hinweg, um zu Hause Gotthard, der bei ihm wohnte, die Sache mitzuteilen.

Allein Gotthard hatte den Namen mit der Tat. Denn er war gar gottesfürchtig und sagte auf Siegmunds Bericht des Vorgefallenen: „Unglückskind, kehre um von deinem Pfade! Das größte Zeichen deiner Verblendung ist, daß du nicht sehen konntest die furchtbare Gestalt in der Kirche neben dir, welche deinen Sinn auf's Böse leitete, und deren Blick mir noch jetzt das Haar emporsträubt. Der Windstoß, welcher des Ratsmeisters Leuchte verlöschte, war unstreitig nichts weiter als ein Hauch seines heillosen Mundes!"

„Wessen?" fragte Siegmund, erschüttert von dem kräftigen Ton des Freundes.

„Seiner" - erwiderte Gotthard - „den ich nicht nennen mag, den du aber an seinen Werken erkennen solltest!"

Das griff Warsberg vollends ans Herz und Heßler fuhr fort: „Es ist Zeit, hohe Zeit, daß du dich losmachst von den Eingebungen der bösen Gewalt. Denk an Dorchen und die Tränen der Verführten durch dich! Ja, Siegmund, anstatt dich tiefer in der Hölle Netze zu verstricken, tritt vielmehr kräftig aus ihnen heraus."

„O sprich, guter Gotthard, was soll ich tun?" fragte der andere,

„Deinen Eltern den Fehler entdecken und mit ihrer Beistimmung Dorchen ehelichen, bevor sie für immer der Schande anheimfällt."

„Aber" - versetzte Siegmund - „die Eltern werden mir darob gewaltig zürnen."

„Und mit Recht!" antwortete Gotthard. „Doch gibt es keinen anderen Ausweg zur Ehrenrettung des vorhin so schuldlosen Mägdleins. Sind doch deine Eltern reiche Leute, welche die Kosten des neuen Haushalts nicht zu scheuen brauchen, den lediglich deine Schuld herbeigelockt. Auch ist Dorchen die Tochter eines weitberühmten, kunstreichen Goldschmieds , und eine gar feine Dirne."

Siegmund reichte dem Freund hierauf die Hand und versprach zu tun, wie er geraten hatte.

In der Nacht aber träumte ihm von des Ratsmeisters Tochter. Da war es, als trete sie aus ihrem Haus und als falle mit ihr ein Strahl in seine Seele, jede andere Erinnerung daraus verdrängend. Wie sie ihn nun erblickte, so schien sie in ihm denselben, den sie Tages zuvor auf dem Weg in die Vesper sowohl als nachher, wie er ihr das Wort zuflüsterte, bemerkt hatte, wiederzuerkennen. Denn ihr zartes, weißes Gesicht erglänzte plötzlich, wie der Himmel vom Strahl des Morgens; ihr Blick sank zur Erde und der Fuß tat einen unsicheren Tritt zurück. Gleichwohl fehlte Siegmund das Herz, sie anzureden. Doch schlich er von weitem nach, abermals nach der Marienkirche, wo sie die Frühmesse abzuwarten gedachte. Bevor sie aber zur Kirche gelangte, ließ es ihm doch keine Ruhe: er mußte ihr Rede abgewinnen. Es gingen ihm auch die feinen, zierlichen Worte und Entschuldigungen seiner Dreistigkeit so wundersam vom Munde, daß er selbst darüber erstaunte, und die Jungfrau, Barbara mit Namen, ihm nicht zürnen mochte; daher er sie denn auch zur Kirche hinaufgeleitete, und ihr dort das geweihte Wasser reichte.

Darauf setzte sie sich zwar wieder an den Platz, den sie in der Vesper eingenommen; doch war diesmal der Vater nicht mit da; auch richtete sich ihr Auge zu wiederholten Malen auf den neuen Bekannten, der solches nicht zu scheuen brauchte, weil er an Gestalt und übrigem Wesen wohl gemacht war, einer schönen Jungfrau zu gefallen.

Die Tageshelle aber zeigte Barbara nur in noch vorteil-
hafterem Licht, weil sie die großen, blauen Augen und das
goldene Haar mehr heraushob.

Auf dem Heimweg säumte daher Siegmund nicht, sie abermals zu geleiten und dabei seine Liebesworte sogleich anzu-
bringen. Doch zu seinem größten Erschrecken sagte ihm die
Jungfrau, daß ihr Vater sie bereits einem anderen verlobt
habe, und in wenig Wochen die Trauung sein solle.

Über diesen Schreck wachte Siegmund auf und merkte, daß
alles nur ein Traum gewesen sei. Darauf entschlief er wieder
und geriet abermals im Traum vor des Ratsmeisters Zeideler
Haus. Es war schon dunkler Abend, aber die Tür noch offen.
Da ging er hinein und gelangte in den Hof, wo er eine kleine
Seitentreppe vorfand. Die erstieg er und traf oben sogleich
Batbaras Kämmerlein und Barbara darin. Und er bemächtigte
sich der schönen Gestalt und bat so rührend, daß ihr davon
alle Kraft zum Hilferufen benommen ward. So trug er sie aus
dem Haus und Gotthard selbst stand hier, sie zu empfangen
und die Jungfrau mit schönen Reden zu betäuben. Sie führten
solche hierauf aus der Stadt, immer weiter und weiter.
Endlich kamen sie mit ihr in ein Dorf, nahe bei Eisleben, da
fand sich ein Pfaffe der sie traute, worauf ein großes Fest
erfolgte.

Als ob er von den hellen Pfeifen des Festes selbst erweckt
worden, so fuhr jetzt Siegmund plötzlich aus dem Schlaf empor und sah, daß alles wiederum bloßer Traum gewesen und
er, statt sein Hochzeitfest mit der schönen Ratsmeisterstochter zu feiern, einsam in gewohnter Zelle zu Erfurt liege.
Gleichwohl kam ihm der Traum gar nicht aus dem Sinn und er
fühlte einen Drang in sich, sogleich Kleid und Mantel umzu-
werfen und auszugehen.

Da sagte noch Gotthard, bereits bei den Büchern sitzend:
„Traun, es muß dir viel Muße sein, oder Unruhe, daß du
schon zu so früher Tageszeit Zerstreuung suchst in der Stadt,
denn der Kirche wegen gehest du doch wohl so frühe nicht
aus?"

Und Siegmund schlug das Gewissen mächtig. Denn er gedachte, was er dem Freund am Abend zugesagt. Dennoch konnte er sich nicht lösen von dem gewaltigen Antrieb des Traumes und er sprach: „Vielleicht geht doch mein Weg zur Kirche."

„Dann" - versetzte Gotthard - „dann ziehe in Frieden. Denn es ist gut und löblich, alle Dinge mit Gott anzufangen!"

Das Zutrauen aber, womit sein frommer Freund ihm die Hand reichte, verwundete Siegmund stärker denn der frühere Argwohn, und schon stand er im Begriff, ihm den Traum zu entdecken, als es ihn wie mit Gewalt zur Tür hinausdrängte.

Er stürmte die Treppe hinab über die Straße, bis vor des Ratsmeisters Zeideler Haus. Und siehe, alles wie in seinem Traum. Barbara trat aus der Tür und die Unschuld ihrer Miene im Verein mit dem Wort seines Gewissens, fesselte ihm Schritt und Zunge. Doch nur auf Augenblicke. Auch was nunmehr erfolgte, bildete nur seinen Traum im Wachen aus, so daß in kurzem dessen erste Hälfte bis auf die kleinsten Umstände vollendet war.

Als er nun aus Barbaras Munde vernommen hatte, ihr Vater habe sie bereits einem anderen zugesprochen, da verfiel er in so große Betrübnis, daß nur die Hoffnung auf des Traumes zweiten Teil ihm einen schwachen Trost geben konnte.

Zu Hause aber suchte er Gotthard auszuweichen, der noch fest über seinen Büchern saß. Es ging indessen nicht immer, denn sein Freund fragte endlich geradehin: „Bist du wirklich in der Kirche gewesen?" Siegmund bejahte.

„Nun, dann" - versetzte der andere - „dann wundert's mich, daß du nicht mehr Kraft und Freudigkeit daher zurückbringst. Bist du vielleicht auch bei dem armen Dorchen gewesen, so daß dich ihre gerechte Klage seitdem wieder niederbeugte? Getrost, Lieber, auch sie wird es werden, da dein guter Wille alles zum Besten zu kehren denkt!"

Solche Trostesworte konnten natürlich nichts, als nur tiefer einschneiden in Siegmunds verwundetes Herz. Gotthard schrieb indes die Fortdauer seines Trübsinns dem Gedanken

an die Trauer seiner Eltern bei der unerwarteten Nachricht
zu, und ließ ab, ihn mit weiteren Fragen zu belästigen, da er
meinte, daß durch das Vorhaben, welches er dem Freund zu-
traute, alles von selbst einen guten Ausgang gewinnen müsse. -
Daher machte er auch keine einzige Bemerkung darüber, daß
Siegmund den ganzen Tag nicht Speise noch Trank zu sich
nahm.

Als nun die Dämmerung hereinbrach, da ließ es Siegmund
keine Ruhe mehr zu Hause. Er dachte nur darauf, ob ihm der
zweite Traum gleichfalls ausgehen werde, wie der erste. Es
war aber noch nicht finster genug, daher trat er einstweilen in
ein Wirtshaus. Hier standen mehrere Bürger zusammen bei
der Kanne, und er horchte hoch auf, als er vernahm, daß der
Gegenstand ihrer Rede der Ratsmeister Zeideler war. Einer
der Bürger, seines Gewerbes ein Pfeifer, erzählte von einem
anderen Kunstpfeifer, namens Henrich zu Eisleben, welcher
sich vor kurzem nach Erfurt wenden und hieselbst das Bür-
gerrecht gewinnen wollen, von dem Ratsmeister Zeideler
aber sehr hart angelassen und hinweggewiesen worden. Es sei,
habe ernannter Ratsmeister gesagt, des luftigen Gesindels
schon zuviel in der Stadt, als daß man die Mehrung desselben
gestatten dürfte, da das Gewerbe eines Pfeifers doch nur auf
Torheit und Hoffart und Eitelkeit ausgehe. Solche Rede aber
hätte Henrich von Eisleben sehr erzürnt, da sein Gewerbe eine
feine Kunst sei, von Groß und Klein in Ehren gehalten
überall. Er habe auch im Weggehen vom Rathaus laut gesagt,
daß er nicht ruhen wolle, bis er an dem Ratsmeister Zeideler
Rache genommen, und gewiß jede Gelegenheit dazu ergreifen werde.

„Und er hält euch Wort" - so fügte der Erzähler hinzu -
„darauf kenne ich den Henrich."

Immittelst war es finsterer Abend geworden und Siegmund
setzte seinen Fuß weiter. Abermals alles, wie in seinem
Traum: die Haustür offen, die Seitentreppe im Hof zu sehen.
Nichts hätte bei solchem Anschein seinen wilden Mut bän-
digen können. Barbara bald in seinen Armen! Dieser Gedanke

trieb ihn wie der Meersturm das schwache Fahrzeug. - Auch sie fand er droben und ihr ohnmächtiges Sträuben.

Als er nun mit ihr aus dem Hause trat und wirklich Gotthard seiner harren sah, da verschwand ihm sogar das letzte Bedenken. Gotthard sagte, daß er ihm nachgegangen und selbst zur Ausführung seines Vorhabens behilflich sein wolle, weil er ja doch davon nicht abzubringen scheine.

Die Jungfrau aber, als sie mit ihr zum Tore hinaus waren, erholte sich endlich aus der Betäubung, worin das süße Schmeicheln und die zarten Liebesworte Siegmunds sie gelispelt hatten, und sie rief: „O sprecht, Leute, was ist das, und was begehrt ihr von mir, die ich doch eines anderen werden soll? Laßt mich lieber zurück in das Haus meines Vaters, wohin ich allein gehöre.“

Hierauf erwiderte Warsberg: „So haßt du mich, Holdseligste, mit solcher Grausamkeit, daß du gar mein Verderben verlangst?“

„Nicht dein Verderben!“ sprach sie. „Auch hasse ich nicht dich, sondern nur deine gottlose Untreu an der Sittsamkeit, und daß du eine unbescholtene Jungfrau also entzweien willst mit ihren Verwandten und in Schimpf und Schande bringen!“

„Und gleichwohl“ - versetzte Siegmund - „zwang ich dich nicht, mit hierherzugehen; vielmehr gewann nur meine Liebe so viel über dein Herz!“

Darauf schalt die Jungfrau: „Sprich nicht also, böser Gesell, der du wohl mit argen Zauberkünsten umgehen magst. Denn anders konnte es dir schwerlich gelingen, mich dergestalt zu verblenden!“

„Jungfrau“ - entgegnete Sigmund - „laßt uns beide die Schuld gemeinschaftlich tragen, da Ihr doch nun nicht unbemerkt in Eures Vaters Haus zurückkehren werdet, dort aber jedermann, selbst Euer Bräutigam, die Zauberkünste, so Ihr mir gern zur Last legtet, in Euern, Willen zum Mitgehen finden wird.“

Barbara aber, welcher das einleuchtete, jammerte gar sehr, und sie glaubte die Schmach nicht erdulden zu können, welche ihrer im väterlichen Hause wartete, daher wendete sie sich an

Gotthard, der seit der ersten Begrüßung wenig von sich hören lassen. Er beantwortete jedoch ihre Frage mit bloßem Achselzucken. Darauf betäubte Siegmund sie auf's Neue mit Liebesworten, so daß bald vom Zurückkehren nicht mehr die Rede war.

Der zu befürchtenden Nachforschungen halber hielt man sich unterwegs nur so viel auf, um das Notdürftige an Essen und Trinken einzunehmen und zuweilen im Waldesschatten ein wenig auszuruhen. Endlich lagen die Türme der Stadt Eisleben vor ihnen im grauen Nebel. Sogleich fiel Siegmund, da er allda keine Bekanntschaft hatte, der Kunstpfeifer Henrich ein, welchem, nach dem was er im Wirtshaus zu Erfurt vernommen, die Gelegenheit sich dadurch, daß er Barbaras Verbindung mit ihrem Entführer begünstigt, an dem Ratsmeister Zeideler zu rächen, willkommen sein mußte. Als sie nun in Eisleben anlangten, so fragte er sogleich nach dem Pfeifer und ward auch alsbald zu ihm gewiesen.

Henrich schlug jauchzend in die Hände, als Siegmund ihm heimlich sein Anliegen eröffnete. Bald war auch mit des Pfeifers Beistand auf einem benachbarten Dorf ein Pfaffe aufgefunden, der die Trauung ohne Anstand besorgte. Der Pfeifer aber, hocherfreut über die Rache, welche er also an seinem Beleidiger nehmen konnte, berief noch mehrere seiner Kunstgesellen herzu, so daß die Hochzeit gar festlich gehalten, auch viel dabei getanzt und gesprungen wurde; denn Henrich hatte eine starke Bekanntschaft in der Gegend, meist junges Volk, und solches in Siegmunds Namen dazu geladen.

Doch am Abend, wie der Lärm eben gar groß geworden, kam Heßler plötzlich zu Warsberg und rief Henrich, den Pfeifer, auch dazu.

„Ich war" – so sagte er hier zu ihnen – „eben drunten im Dorfe. Da hörte ich, leider! daß euch ein Überfall drohe. Der Ratsmeister Zeideler von Erfurt hat uns nämlich nachgespürt und ist schon mit Gefolge hier, um seine Tochter und uns drei in Empfang zu nehmen. Das könnte ein böses Halsgericht geben; drum laßt euch beide raten und geht flugs mit mir davon!"

Siegmund wollte nun zwar durchaus nicht fort ohne die Braut; doch da der Pfeifer den Kopf schüttelte und ebenfalls meinte, daß das Leben davonzubringen jetzt die Hauptsache sei, indem alles andere in Zukunft eher wieder zu erlangen stehe, als dieses, so ließ er sich's auch gefallen und entkam mit den beiden anderen durch die Gartentür, während der Ratsmeister und die seinigen schon ins Haus drangen.

Aber der Pfeifer konnte nicht zurück nach Eisleben und Siegmund weder nach Erfurt noch in seine Heimat, weil wohl zu fürchten stand, daß man auch dorthin nach ihnen senden werde. Sie entkamen jedoch insgesamt bis nach Franken, wo niemand um die Sache Wissenschaft hatte.

Siegmund gebrach es indessen an aller Ruhe. Das Leben war ihm eine traurige Last, nun er die entbehren mußte, die in der letzten Zeit sein einziges Dichten und Trachten gewesen. Daher machte er auch allerlei Anschläge, wie der geliebten Barbara beizukommen sein dürfte. Doch der Pfeifer ging in sich und es reute ihn der bösen Tat, welche er aus Rache unternommen, gar sehr. Das sagte er auch Warsberg. Der aber hatte in seiner Befangenheit keinen Sinn mehr für das Rechte. Darum nahm Henrich eines Morgens, als Heßler eben ausgegangen war, seinen Wanderstab und sagte zu Siegmund: „Gehab dich wohl! Denn seit ich mein Vergehen einsehe, stimmen wir nicht mehr zusammen. Ich will zuschauen, wo meine Kunst anderwärts Unterkommen findet; ist ihr doch allenthalben gedeckter Tisch gewiß. - Und noch eins, Gesell! Was Du auch tun mögest, so fliehe deinen Gefährten! Dein junges Blut könnte in seiner Gesellschaft leicht zu ewigem Schaden kommen. Glaube das meiner Erfahrung. Ich habe Acht auf ihn gegeben und ist er kein Zauberer, oh so kann er nur der Satan selber sein."

Aber die Rede machte wenig Eindruck auf Siegmund, welcher Gotthard von Grund aus zu kennen glaubte. Als er indessen nun stets allein war mit ihm und Zeit genug zum Nachdenken behielt, da nahm es Warsberg immer mehr Wunder, welch große Veränderung in der Tat mit Heßler vorgegangen. Denn er, der sonst seine geistlichen Bücher gar nicht missen konnte, lebte jetzt, ohne auch nur nach ihnen zu fragen. – Zudem schien er oft in ein düsteres Brüten verloren, was dem so heiteren Menschen sonst niemals begegnete.

Als endlich einmal Siegmund beim Aufstehen vom Lager also zu ihm anhob: „Weißt du noch, Gotthard, wie du in der Vesper zu Erfurt mir einreden wolltest, es sitze, ein schlimmer Nachbar an meiner Seite, den ich nicht gewahrte?"

„O ja" – antwortete der andere lachend – „ich habe in meinem Leben manch Hirngespinst dieser Art erschaut."

„Jetzt also, Gotthard, meinst du selber, daß es bloßes Hirngespinst gewesen?"

„Allerdings! Die Einbildung treibt bisweilen wunderliche Wirtschaft im Gehirn junger Gesellen!"

„Und doch" – sprach Siegmund nach langem, tiefem Atemzug – „doch gemahnt es mich bisweilen, als ob du dazumal Recht gehabt hättest und ich Unrecht. – Denn eine böse, äußere Kraft mußte wohl dazugehören, mich von Dorchen, die ich verführte, so ganz mit Seele und Sinnen abzuwenden. Ich fühlte das, wie du zu Hause mir die Sache vorhieltest. Es gehörte wahrlich mehr Rede von deiner Seite dazu, als vonnöten gewesen, wenn alles natürlich bei mir zugegangen. Und der Traum, der doppelte Traum, den ich dir erst gestern erzählte, der alle meine guten Vorsätze wieder umwarf, wie soll ich mir den anders, als durch fremdes, gewaltiges Einwirken erklären, da die Wirklichkeit nachher doch nichts tat, als seine Gerippe mit dem erforderlichen Fleisch und Blut zu überbauen?"

„Hm!" – lachte der andere – „Du bist ein Narr, wie ich vor kurzem auch noch einer war!"

„Gotthard!" rief Warsberg, ihm mit starren Augen ins Gesicht sehend – „Du bist viel anders, geworden, unbegreiflich viel!"

„Das" – antwortete Heßler – „mußte kommen und es kam plötzlich, wie alles Große. Wozu auch an den Wust von toten Buchstaben das Mark des flüchtigen Lebens vergeuden, wenn nicht endlich einmal die Einsicht folgen sollte, daß das ganze Bücherwesen ein leidiges Unwesen, die ganze Menschenweisheit und Tugend nur unnützer Tand und eitle Hoffart ist, so lange kein tieferes Wissen, kein rücksichtloser Sinn die Sklavenfessel von Seele und Leben nimmt?"

„Was meinst du denn jetzt" - fragte Warsberg nach gedankenvollem Schweigen - „daß Dorchen werden soll?"

„Was sie will und kann!" antwortete der andere.

„Und das Kind unter ihrem Herzen, mein Kind?" fragte Siegmund weiter.

„Auch das werde, was es kann!" versetzte Heßler. „Sind doch tausend Mägdlein und tausend Kinder in solchem Falle. Glaubst du, die Welt gehe darum unter, weil zuweilen Kinder sich hineinwagen, welche ihr Dasein nicht erst von der sogenannten heiligen Ehe erbettelt haben!"

„Aber Gotthard" - rief Siegmund aus - „denke dir, Dorchen, wie sie die Stunde ihrer und meiner Geburt verwünschen mag; denke dir den so hochgeachteten Goldschmied, ihren Vater, ihre Mutter, das Musterbild einer sittsamen Hausfrau, diese Eltern, die alles getan, um ihr Kind der Tugend zuzuführen; denke dir sie, wenn sie nun die Schmach des Mägdleins innewerden!"

„Freilich" - erwiderte der andere - „das wird ihnen ungelegen kommen. Aber du, mußt denn du deswegen dem rastlosen, weit hinausstrebenden Geist mit der Goldschmiedstochter ein ewiges, Gewicht an die schönen Fittiche hängen?"

„Ei" - sprach Siegmund - „meine Schuld muß ich doch wohl vor allem gut zu machen suchen."

„Ich dächte" - versetzte Heßler lachend - „jedes von euch könnte die Hälfte der Schuld so auf sich nehmen, wie ihr euch in die Lust gleichfalls geteilt haben mögt!"

Da schauerte Warsberg vor dem Freunde. Gleichwohl schmeichelte solche böse Sinnesart seiner Neigung, die fortdauernd von Dorchen völlig abgewandt, einzig nach Barbara sich hinkehrte. Er glaubte indessen andere Luft nötigzuhaben, kleidete sich daher eilends an und ging hinaus ins freie Feld. Aber sein Gewissen ging mit ihm und drückte ihn bald auf einen Hügel am Wege nieder. Hier versank er, der Umgebung seinen Blick zuwendend, in das Meer düsterer Bilder, welches in seinem Innern auf und ab stürmte.

Da klopft ihm mit einem Mal ein Händchen leise auf den Arm, und wie er aufsieht, so ist es Dorchen, die vor ihm steht. Es ist ihr freundliches Gesicht, obschon bleich von Harm; ihr schönes dunkles Auge ist es, obschon halb erloschen in den Tränen, deren Spur sich ringsum eingegraben hatte.

Beim Erblicken des verlorenen Liebsten brachen sie von Neuem stromweis hervor.

„Siegmund" - sprach sie - „Du hast die Ratsmeisterstochter entführt; dein Herz gehört mir nicht mehr an. Aber der Himmel, wenn anders der noch von mir weiß, der Himmel führt dich selber mir unverhofft zu. Nicht als wollte ich Anspruch machen auf die Hand, so du mir zusagtest. Nein, mein Anspruch mag verfallen sein, wie dein Versprechen. Und damit keine böse Erinnerung daran dich quäle, so gib mir meinen Ring zurück, wie ich dir den deinigen hier wieder gebe."

„Dorchen!" rief Siegmund, ihre Hand heftig ergreifend.

„Nein!" sprach sie, indem sie solche von ihm losmachte, „glaube nicht, daß ich deinetwegen meinen geliebten Geburtsort heimlich verlassen habe. Nur der Eltern, der frommen Eltern halber, geschah es. Denn es ist ihnen besser noch, kinderlos sein, als zu erfahren von mir, was du... weißt."

„Gott, Gott!" - rief Siegmund, mit der Hand seine Augen vor der Gestalt der Armen schützend, oder vor dem Licht des Tages, dessen er sich unwert achtete.

Lange blieb er halb bewußtlos, und wie er endlich wieder aufblickte, da fragte er sich, was mit ihm vorgegangen, ob Dorchen wirklich bei ihm gewesen sei? Denn nun war er allein.

Desto mehr erschrak er über Heßlers Gesellschaft, worein er einen Augenblick später so plötzlich geriet, daß es zweifelhaft blieb, ob sein Bekannter aus einem Graben hinter ihm, oder aus der Erde heraufgestiegen.

„Nun hast du ja das abgedankte Liebchen wieder bei dir gehabt, Siegmund," so begann der andere. Doch Sigmund, der jetzt durch den Ring an seiner Hand ebenfalls davon überzeugt wurde, daß kein bloßes Phantasiespiel ihn mit Dorchens Erscheinung getäuscht habe, winkte, an die Leidende denkend, die noch immer mit so viel unverdienter Schonung vor den Augen seines Geistes dastand, finsteren Blickes, Schweigen dem rohen Mund.

Beim Zurückkehren mit dem anderen verschwand aber das durch ihn so tiefgekränkte Wesen allmählich aus seinem Auge. Doch ward ihm deshalb nicht froher ums Herz; vielmehr stellte sich sein Drang nach Barbara immer stärker und stärker ein, so daß er, als sie in ihrer Wohnung ankamen, endlich ausrief: „Gotthard, hast du wirklich etwa gar zaubern gelernt, daß du mir den Trieb in der Seele selbst gewaltsam umwenden und mein Herz stimmen magst, wie ein totes Saitenspiel?"

„Wer weiß?" versetzte der andere.

„O, dann" - sprach Siegmund - „dann verlaß mich! Denn schon friert mein Mark zusammen bei der Betrachtung, Du könntest mir wohl nach und nach Gedanken einflößen, wie die, welche, bösen Giftqualm aushauchend, mich vorhin ins Freie hinausnötigten."

„Gut" - sprach der andere - „ich gehe, wenn du mein entbehren kannst!"

„Halt, noch eins!" rief Siegmund, „das Herz schlägt mir die Brust entzwei, wenn ich nicht weiß, wie es um Barbara stehen mag. Kannst du mir sagen, ob sie glücklich ist?"

„Glücklich?" - lachte jener- „Närrische Frage! Sie wäre vielleicht glücklich geworden, hätte sich die verwünschte Gerechtigkeit nicht dazwischen gelegt! So viel kannst du wohl erraten, daß Vater und Bräutigam der Entlaufenen wenig Süßigkeiten sagen werden!"

„Und ich, o wie selig könnte ich sein mit ihr! Ob ich wohl nach Erfurt zurückdürfte?"

„Warum nicht? Der Magistrat erwartet dich mit Sehnsucht. Alle sein Marterwerkzeug liegt schon bereit. Denn das Hinwegführen der Tochter eines stolzen Ratsmeisters gilt wenigstens soviel, als die Verführung von zehn ehrlichen Goldschmiedskindern!"

„Gotthard!" - rief Siegmund verzweifelnd und fuhr auf ihn ein.

„Nur gemach" - erwiderte der andere ganz gelassen. „Wozu wollen Freunde sich den Hals brechen?"

„Freunde?" - versetzte Warsberg - „wir sind keine Freunde mehr! Und doch, Gotthard, wenn du geheime Künste verstehst, und mich mit Barbara unbemerkt von den ihrigen zusammenbringen könntest, nur um sie noch einmal zu sehen, ein einziges Mal! Ja, wenn du das könntest!"

„Nun" - rief der andere schnell - „was wäre denn da?"

„Dann würde ich dich doch bei unserer alten Freundschaft darum beschwören!" rief Siegmund, und sein Auge und das ganze Gesicht glühte wie im Anfall des heftigsten Fiebers.

„Meinetwegen" - sprach der andere - „da du sie nur sehen willst. Aber kein Umarmen, kein Anrühren!"

„Nein" - sprach Warsberg - „nichts will ich, als sie sehen. Wie auch mein Herz sich auflehnen möge, dieses Anschauen soll das Letzte sein zwischen mir und der Holden. Es soll mir Mut verleihen zur gänzlichen Entsagung. Ihr mildes Auge selbst soll mich stärken in dem Vorsatz, Dorchen aufzusuchen und - zu tun, was Recht ist."

Darüber lächelte der andere so boshaft, daß Siegmund sich zur Seite wandte, weil er sein Gesicht nicht ertragen konnte. Darauf sagte Heßler: „Um Mitternacht soll dir die Erscheinung werden, in diesem Gemach!"

Als nun die schleichende Tages und Abendzeit endlich der Mitternacht Raum gemacht hatte, da sprach Heßler noch einmal zu dem harrenden Siegmund mit aufgehobenem Finger: „Aber kein Umarmen! Nicht das mindeste Berühren!" Siegmund wiederholte die Worte mit Nachdruck.

Einen Augenblick später ging die Tür auf, und Barbara trat hold herein, wie die Göttin der Liebe. Da sank Siegmund, bezwungen von der Gewalt ihrer Reize, vor ihr auf die Knie, sie beschwörend, ihm nicht zu zürnen wegen der Bosheit, die er an ihr verübt durch die Entführung. Zugleich verursachte der Liebeszauber in ihrem ganzen Wesen, daß er sich und den Schwur vergaß und ihre Hand ergriff.

Und kaum, daß letzteres geschehen war, so sank die Gestalt zusammen als ein toter Körper, worin alle Spur des Lebens erloschen ist.

„Ha, Zauberspuk, böser, höllischer Zauberspuk!" schrie Siegmund, welcher aufgesprungen war, mit gezogenem Degen auf den anderen einzudringen. Doch der war nicht mehr zu sehen. Nur ein entsetzliches Lachen verriet, daß er noch im Gemache sei.

„Wer bist du?" rief Warsberg, wie auf einmal von tausend Dolchen durchbohrt.

„Ich bin, wer ich eben bin!" lachte der Unsichtbare. „Denke nur darauf, ebenfalls zu bleiben wer du bist neben diesem Leichnam!"

Siegmund geriet außer sich bei dem Gedanken, man könne ihn nun gar für den vorsätzlichen Mörder der schönen Liebsten halten, und alle Welt, in Verfolg dessen und des früher Vorgefallenen, ihm fluchen bei der schmachvollen Hinrichtung, die seiner wartete.

Das war zu viel; daher flehte er den Unsichtbaren an, wenn er's vermöge, den Leichnam wieder ins Leben zu bringen.

Darauf antwortete jener: „Es soll geschehen, was du wünschst; Barbara soll morgen früh im Hause ihres Vaters aus ihrem Bett aufstehen. Nicht deiner Freundschaft wegen; denn ich hasse die Freundschaft, wie ich dich hasse, und alles was Mensch heißt. Aus bloßem Haß flößte ich Liebe zu Barbara in die Brust dessen, über den ich durch Dorchens Verführung Macht gewonnen. Aus bloßem Haß nahm ich die Gestalt deines Freundes Heßler an, wie ich auch nunmehr aus bloßem Haß dich von einem baldigen Tode erretten will. Denn dein ganzes noch fortdauerndes Leben soll nur ein Tod, eine Verzweiflung sein."

Darauf warf Siegmund sich zur Erde und flehte zu Gott, daß er über ihn verhängen möge, was es sei, wenn er ihn nur aus des Bösen Gewalt befreien wolle, und da der Tieferschütterte wieder aufsah, war der Leichnam verschwunden, auch die Stimme des Unsichtbaren nicht mehr zu hören.

Noch in derselben Nacht verließ Siegmund Haus und Stadt.

Sein Erstes war nunmehr, Dorchen aufzusuchen und seinen Eltern Nachricht von den Umständen zu geben. So ungehalten sie auch auf den Sohn waren, so konnten sie doch seinem tiefen Unglück die Verzeihung nicht verweigern, rieten ihm indessen von dem Gedanken ab, in die Heimat zu kommen, da bereits bei der dortigen Obrigkeit auf seine Verhaftung, im Fall er erscheine, angetragen sei.

Nach Dorchen aber suchte er überall vergebens, so daß es wahr wurde, was der fürchterliche Unsichtbare ihm weissagte, und sein Leben wirklich ein fortdauernder Tod, eine immerwährende Verzweiflung war.

Eines Tages in einer kleinen Stadt ward ihm ein Ring zu Kauf angeboten, den er sogleich für denjenigen erkannte, welchen Dorchen ihm einst gegeben und zuletzt gegen Herausgabe desjenigen, den sie von ihm erhalten, wieder an sich genommen. Der Beschreibung nach war sie es selbst gewesen, die den Ring verkauft hatte. Aus Mangel!

Aber das war nicht das Bitterste, was er dabei vernahm. Allgemein wurde sie für die Mutter eines Kindes gehalten, das im Keller des Hauses, wo sie gewohnt, ermordet gefunden worden. Obschon wenig Zweifel darüber blieb, daß die Tat durch sie selbst geschehen sei, weil sie an dem Tag, wo das Kind gefunden wurde, sich heimlich entfernt hatte, so verhehlte man es doch der Obrigkeit aus Mitleid. Schon vor der Niederkunft hatte Dorchen nämlich irre Reden ausgestoßen und gemeint, daß ein Kind immer besser daran sei, wenn es sogleich nach der Geburt in die Arme des erbarmenden Vaters im Himmel gelegt werde, als wenn es in der bösen Welt herumschweifen und wohl gar am Ende denen fluchen müsse, von denen es abstamme.

Die Hausgenossen, gegen die sie sich also geäußert, waren ihr damals zwar mit Trost an die Hand gegangen; doch hatte man, weil dem sanften Geschöpf ein Kindesmord gar nicht ähnlich gesehen, keine Vorkehrung gegen die der Schwangerschaft allerdings Verdächtige getroffen. Nur die schrecklichste Verzweiflung oder gänzliche Sinnlosigkeit - das meinte jedermann - habe sie zu so schrecklicher Tat verleiten können.

Siegmund schauderte zurück vor der Erzählung und vor dem Abscheu, den man über den unnatürlichen Vater äußerte, dessen Verlassen allein schuld war, daß solch ein liebes, gutes Wesen so tief herab hatte sinken können. Den Ring aber kaufte er und tat ihn an seinen Finger, um das Wohlverdiente der Qualen, welche ihn zerrissen, immerdar vor Augen zu behalten.

Aus mancher Erkundigung Siegmunds über die Unglückliche ging hervor, daß sie entweder in die Gegend von Leipzig oder nach dem Erzgebirge gewandert sei. Aber so viel er auch überall suchte nach ihr, nirgends war sie anzutreffen.

Endlich nahm er seinen Aufenthalt in der Stadt Leipzig selbst, um auf der soeben hier errichteten hohen Schule seine Studien wiederum mit Eifer fortzusetzen.

Bald nach seiner Ankunft hörte er einmal in dem Haus, wo er sein Mittagsbrot einzunehmen pflegte, von einem Kunstpfeifer sprechen, welchem der Satan darum hart zusetzte, daß er einst auf einer Hochzeit musiziert, da er doch gewußt, daß die Braut eine für einen anderen bestimmte, ihren Eltern heimlich Weggeführte gewesen. Der Pfeifer - hieß es - habe keine Ruhe Tag und Nacht, obschon er seine damalige Tat ernstlich bereue und zu allen geistlichen Mitteln seine Zuflucht nehme.

Siegmund erbleichte bei dieser Erzählung; denn sogleich fiel ihm der Pfeifer Henrich ein. Auch war er's in der Tat. Da konnte er sich denn nicht enthalten, ihn aufzusuchen.

Wider alles Erwarten fand er denselben nicht wild und schwermütig, wie man ihm solchen beschrieben hatte, vielmehr war Henrich gar vergnügt. Er erkannte Siegmund sogleich und rief ihm zu: „Willkommen du armer, betrogener Gesell, der lediglich durch die Arglist eines bösen Gefährten in jenes Verbrechen verlockt worden. Freue dich aber mit mit, weil uns beiden heute viel Heil widerfahren ist!"

Henrich entdeckte ihm nun, daß er vorhin jenen Gefährten auf der Straße angetroffen in geistlicher Kleidung, und denselben alsbald als den Genossen seines gottlosen Peinigers, des Satans, den Gerichten übergeben habe. Er hoffe auf Ruhe, nun dieser Arge sich in der Gerechtigkeit Händen befinde.

Aber Henrichs Hoffen ward nicht erfüllt. Siegmund war noch bei ihm, als das Getöse, welches oft um ihn her erscholl, von neuem ihn schreckte. Bald darauf kam auch der Mann, welcher auf Henrichs dringendes Suchen verhaftet, jedoch, weil er sich als völlig schuldlos ausgewiesen, wieder entlassen worden, selbst, in Begleitung mehrerer Gottesgelehrten, um der Ursache von des Pfeifers Haß gegen ihn auf die Spur zu kommen.

Als nun der Fremde Siegmund gewahrte, so ging er zuerst auf diesen zu und reichte ihm die Hand sich zu innig freuend, ihn wiederzusehen, als daß Siegmund hätte meinen können, er sei nicht der echte Gotthard Heßler, sein alter Freund. Nachdem sie eine Zeitlang sehr herzlich miteinander gesprochen, da trat auch der Pfeifer, der Anfangs die größte Scheu vor dem Mann gehabt, dazu, und überzeugte sich, daß er Gotthard Unrecht getan, wenn er ihn mit jenem verwechselt, der vorhin seine Gestalt angenommen.

Gotthard versprach heim Weggehen, Henrich wieder zu besuchen und ihn mit Rat und Trost kräftig zu unterstützen. Denn so jung er war, so hatte er doch schon durch große Gelehrsamkeit den Grad eines Doktors der Theologie und den Ruf zum Lehrer an der neuen hohen Schule zu Leipzig gewonnen. Darauf geleitete er Siegmund in seine Wohnung, und als sie hier allein waren, so offenbarte dieser seinem alten Freund alles, was er erlebt hatte, und Gotthard entsetzte sich über die schrecklichen Dinge, auch schmerzte ihn nicht wenig der Mißbrauch seiner Gestalt durch den bösen Geist. Denn aus allem, was er hörte, zog er den Schluß, daß sein lebendiges Konterfei kein bloßer Zauberer, sondern der böse Geist selbst gewesen. Doch tröstete er Warsberg damit, daß, möge auch sein Geschick das finsterste sein auf dieser Erde, er gewisse Hoffnung habe auf ein besseres in jener Welt. Denn der Umstand, daß er der Gemeinschaft des Satans ganz entronnen, zeige ihm von seiner aufrichtigen Reue und guten Gesinnung; indem der Satan, falls nur einige Aussicht da wäre, den Reuigen wieder auf Abwege zu locken, unfehlbar nichts dazu dienendes unversucht lassen werde.

„Aber nun, Lieber," sprach der also Getröstete, „nun du selbst keinen Zweifel mehr darein setzt, daß die vorige, sündliche Begier von mir gewichen sei, so sage mir auch, daferne du es weißt, ob des Ratsmeisters Tochter zu Erfurt zurückgekommen in das Haus ihres Vaters, und was sonst aus derselben geworden?"

Diese Frage weckte eine große Betrübnis in Gotthard, und er sagte: „Was ich deiner Wißbegier hierauf antworten kann, wird schwerlich dir zum Trost gereichen! Allein da die Frage nun einmal an mich ergangen ist, so darf die Wahrheit nicht vorentenhalten werden. - Allerdings schien es die lebende Barbara, welche am Morgen vom Lager aufstand; auch hatte keines im Hause ihre nächtliche Abwesenheit bemerkt. Sie tat am Morgen und nachher alles ihrer Gewohnheit nach. Nur war sie ihrer Sprache beraubt; dazu schritt sie so leise und langsam einher, und sah so bleich und totenartig aus, daß die große Veränderung in ihr dem Vater, und sämtlichen Verwandtschaft große Unruhe erregte. Besonders fehlte ihr auch das schöne Licht ihres Auges, das zuvor so mild und gut umherleuchtete. Stattdessen glühte darin ein dumpfes, düsteres Feuer, so daß die Menschen anfingen sich zu scheuen vor dem Mägdlein. Schon glaubte der Vater, der sie vor Jammer bald gar nicht mehr betrachten konnte, seine wenige Schonung habe aus der Tochter mit einem Mal ein so schreckliches Leichenbild gemacht. Doch wie sehr er sie auch mit zärtlichen Worten wieder zu gewinnen trachtete, immer sah sie ihn nur starr und schauderhaft an, so daß er, als dies drei ganze Tage gedauert, mehrere Gottesgelehrte zu sich lud, um von diesen zu vernehmen, was die Sache für Bewandtnis habe, und wie seiner lieben Tochter zu helfen sei. Als nun in seinem Beisein die frommen Männer herantraten zu ihr, da ward das Feuer in Barbaras Augen wilder als vorhin, so daß jene eine große Verstockung argwohnten im Herzen des Mägdleins, und einer derselben sie im Namen Gottes hart anredete. Und siehe, da wich der Teufel, welcher bis dahin Barbaras toten Leichnam widerrechtlich innegehabt, alsbald von ihr und die Leiche fiel zur Erde, ohne weiter sich zu regen; worauf sie an geweihter Stätte beerdigt worden!"

„Gott, Gott!" rief Siegmund, auf die Knie stürzend und die Hände hochemporgehoben, „auch dieser Mord also durch mich, den Frevler, der die herrliche Jungfrau mit Satans Hilfe ihrer Heimat entreißen ließ!"

„Und Dorchens Eltern" - fügte er dann noch hinzu - „sollten diese nicht auch geopfert sein?"

Gotthard zuckte schmerzlich die Achseln.

„Beide, Vater und Mutter?" - fragte Warsberg.

„Erst die Mutter" - sprach der Doktor - „dann ihr Gatte. Ich selber tröstete sie im letzten Stündlein."

„Und sie ließen mir ihren Fluch zurück?" - rief Siegmund.

„Nein" - antwortete Gotthard - „sie gingen aus der Welt in frommer Ergebung, fluchten niemand im Sterben wie im Leben, und ruhen nun selig in Gott."

Aber Doktor Heßler hatte viel Trost und Gebet nötig, ehe er seinen unglücklichen Freund zu einer ruhigeren Stimmung brachte.

Mit dem Kunstpfeifer ward es von Tag zu Tag schlimmer. Der Feind der Seelen erschien ihm oft leibhaftig, und als er den also Gepeinigten endlich bedeutet hatte, daß er ihn in der Nacht abholen werde, da ließ Henrich Gotthard zu sich bitten und betete lange andächtig mit ihm. Nachdem er nun dem Doktor zuletzt noch gebeichtet, so segnete dieser ihn ein und sagte: „Sei getrost, du Bußfertiger, und freue dich, wenn er kommt. Denn das ist ein Zeichen, daß du dann die Frucht deiner ehrlichen Reue bald genießen sollst im Angesicht des Herrn. Nur den Leichnam darf der häßliche Wurm des Paradieses dir beschädigen!"

„So komme er denn!" rief Henrich freudig aus, „auf daß der Müde in die himmlische Heimat eingehe!"

Darauf reichte ihm der Doktor den Leib des Herrn und ging sodann.

Am anderen Tag aber, als man den Pfeifer allenthalben vergebens gesucht hatte, ward er endlich unweit der Stadt in einer Haselstaude entseelt aufgefunden.

Zur damaligen Zeit wurde in Leipzig viel von einer Magd erzählt, zu welcher ein unsichtbarer Gesell sich in die Küche gefunden, der mit ihr freundlich sprach und seinen Platz gewöhnlich auf der einen Seite des Herdes hatte. Weil er dafür Sorge trug, daß diese Stelle immer sehr reinlich blieb, so hielt man den Unsichtbaren, welcher im Hause das Heinzlein genannt wurde, für einen guten Geist. Er half der Magd manchen Dienst verrichten. Hauptsächlich ging er an ihrer statt in den Keller, wenn aus diesem etwas zu holen war. Denn die Magd hatte viel Scheu vor dem Keller.

Siegmund hörte ebenfalls, von diesem Heinzlein, und je furchtbarer ihm die Erinnerung an die Stimme war, die seinen Schmerz beim Leichname Barbaras und seine Ohnmacht verhöhnt hatte, desto eifriger dachte er daran, zu der Magd zu gehen, und sie zu überreden, daß sie den unsichtbaren Gesellen vermögen solle, sich ihr näher kundzugeben und zu versichtbaren.

Wie groß aber war Warsbergs Erstaunen, als er in die Küche hineintrat und die Magd ohnmächtig zu Boden sank. Obschon bis zur Jammergestalt abgefallen, erkannte er sie doch noch für das von ihm verführte Dorchen, und es schmerzte ihm tief in der Seele, daß die wohlerzogene Tochter des kunstreichen Goldschmieds sich so geringen Dienstes unterziehen mußte. Doch gedachte er auf der Stelle sich ihrer anzunehmen. Dorchens Freude, als sie nach zurückgekehrtem Bewußtsein die alte Liebe in Siegmund wiederaufgelebt sah, stand augenscheinlich ein tiefer Schmerz zur Seite. Doch Siegmunds Verlangen, sie aus der jetzigen Erniedrigung zu ziehen, und die Eil, mit der er zu ihrer Herrschaft ging, um einen Vergleich abzuschließen, kraft dessen sie sofort ihrer Dienste quitt sein sollte, betäubte diesen Schmerz für den Augenblick.

Erst als sie den verkauften Ring von ihm zurückerhielt, durchzuckte es auf's Neue schmerzlich ihren Körper.

„Woher kamst du zu dem?" fragte sie ängstlich.

„Unfehlbar" – antwortete er – „schickte die Vorsehung selbst den Käufer an mich, um dir zu deinem Recht zu verhelfen."

Aber sie ward sehr traurig; denn alles Vergangene schien sich auf einmal zwischen sie und Siegmund zu stellen.

Warsbergs liebendem Herzen gelang es jedoch, sie abermals in das verlorene Glück zurückzuversetzen.

Er kam zu Gotthard, teilte diesem nebst seiner Freude den Entschluß mit, Dorchen zu ehelichen, und erhielt dessen Billigung.

Eine herzlichere Beichte kann schwerlich stattfinden, als die war, welche Siegmund am folgenden Tage Gotthard ablegte, worauf dieser ihm mit großer Salbung das Sakrament reichte, damit alles geschehen sei für seine Seele, ehe er die Ausführung seines Vorhabens anhob, Dorchen von ihrer Dienstherrschaft abzuholen, und sie einstweilen bis nach erfolgter Genehmigung der Verbindung mit ihr von Seiten seiner Eltern, bei guten christlichen Leuten, von Gotthards Bekanntschaft, ehrlich unterzubringen.

Erst auf dem Weg zu Dorchen fiel ihm der Zweck wieder ein, der ihn der unbekannten Magd zugeführt, und den er im Rausch, die Liebste wiedergefunden zu haben, bis dahin ganz vergessen hatte. Daher fragte er sie auch alsbald nach dem sogenannten Heinzlein. Dorchen ging hierauf mit dem Verlobten in die Küche, zeigte ihm am Herd die besonders sauber gehaltene Stelle, hinzufügend, daß der Geist freiwillig zugesagt habe, ihr zu folgen auch in die neue Wohnung, und sie lebenslang nicht zu verlassen.

Siegmund versuchte nunmehr eine Anrede an den Unsichtbaren, erhielt aber keine Antwort, Dorchen selbst erhielt keine in des Liebsten Beisein.

Das alles bekümmerte Warsberg.

Als sie darauf wieder in der Stube waren, sprach er deshalb zu Dorchen: „Liebster Herzensschatz, es dürfte allerdings die Reinlichkeit, deren sich das Heinzlein befleißt, von einem guten, reinen Geist zeugen. Doch verschmäht der Fürst der Finsternis auch nicht, sich in Licht zu kleiden, wenn solches seine Bosheit fördern kann. Ich habe das leider an mir erlebt, und meine Erfahrung lehrt mich, die Stimmen genau zu prüfen, welche eines Körpers ermangeln. Gehe daher zu ihm, mein Kind, und heiße ihm seine eigentliche Gestalt annehmen und bedrohe ihn damit, daß, falls solches nicht geschähe, du gottselige Männer herbeirufen werdest, ihn in Gottes Namen dazu zu nötigen. Denn ist er ein guter Geist, so darf er dir solcher Rede halber nicht zürnen, ist er aber ein böser, dann besser, er zürne, als daß das Heil deiner Seele in Gefahr gerate."

Darauf ging Dorchen in die Küche, und tat wie der Liebste ihr geheißen hatte.

Sie kam aber gar blaß und traurig zurück in die Stube. Denn Heinzlein hatte zwar versprochen, ihr sichtbar zu werden, doch möge es einzig im Keller geschehen, vor dem sie gerade jetzt eine größere Scheu hege, als jemals.

„Wohlan" - sprach Warsberg - „in Gottes Namen geleite ich dich hinab, so kann, was auch unserem Leib widerfahren dürfte, der Seele doch sicher kein Leid etwas anhaben."

Darauf gingen sie.

Es war Dorchen, als ob sie mit jeder Stufe des Kellers, in ein tieferes Grauen geriete. Und sie klammerte sich immer fester an den Geliebten, dessen Herz gleichfalls immer banger zu klopfen begann. Und beider Augen blickten überall umher, ob wohl in der Dunkelheit drunten eine Gestalt sich irgendwo erkennen lasse. Als sie nun die Hälfte der Treppe hinter sich hatten, da wandelt ein kleiner, schwacher Schein heran, der dichter und dichter wurde, je näher er kam. Ahnungsvoll kehrten beide die starren Augen unverrückt nach dem Schein, der ihnen, als er endlich auf der unteren Stufe war, plötzlich in der Gestalt eines neugeborenen Kindes, am Herzen stark blutend, entgegentrat.

„Jesus Marie! unser Kind!" - rief Dorchen zurückeilend. - Siegmund stürzte tot die Treppe hinunter, seine Verlobte aber, um der Gemeinschaft des bösen Gesellen am Herd zu

entrinnen und wenigstens ihre Seele zu retten, floh in die
Arme der strafenden Gerechtigkeit.

Das Meerfräulein.

Ungefähr im Anfang des fünfzehnten Jahrhunderts zeichnete sich das Haus der Montano zu Palermo durch alle die Reize aus, welche der Reichtum in den Händen von Geist und Geschmack gewähren kann. Francesko Montano hatte unter dem tapferen Visconti Herzog von Mailand als Oberster gedient und zu dem Rückzug der Feinde am Gardasee viel beigetragen. Dann war er in sein Geburtsland zurückgekehrt, um hier die ihm übrigen Tage im Kreise seiner Gemahlin und Kinder zuzubringen. Keines der letzteren zog er dem anderen vor; aus Grundsätzen. Gleichwohl schlug sein Herz schon darum am stärksten für den Sohn, weil er sein einziger war, während drei Töchter, an Wohlgestalt und Sitte wetteifernd, sein häusliches Leben heiter ausschmückten.

Filippo Montano hatte eben das einundzwanzigste Jahr zurückgelegt und sich so ausgebildet, daß er manches bedeutende Staatsamt würde haben verwalten können. Allein er zog die Stille der Wissenschaft dem öffentlichen Leben vor. Sein Vater schien es zu billigen, und eben dieserhalb ergab sich auch die Mutter darein, die dem Sohn wohl noch lieber einen ansehnlichen Rang gegönnt hätte. Sein Äußeres war so vollkommen, daß man ihn allgemein den zweiten Apollo nannte, und manche Jungfrau sich stärker in seinem Anschauen berauschte, als es ihrer Ruhe zuträglich sein mochte; mancher junge Mann im Kreise der Frauen sich durch Filippos Gegenwart gedrückt fühlte. Sein ewig heiterer Geist sagte jedoch, daß sein Herz bis dahin, wenn nicht die Liebe selbst, doch gewiß ihre Fesseln, fortdauernd von sich gewiesen habe. Überhaupt schien er, außer in den Wissenschaften, alle möglichen Bande zu fliehen, so daß sogar seine Zerstreuungen jeden Tag eine andere Form annahmen, damit er auch in ihnen nicht der Sklaverei der Gewohnheit anheimfalle.

Nur eine Lust gab es, welcher er sich in der schönen Jahreszeit fast tagtäglich widmete, das Bad im Meer; weil er dies seinem Körper zuträglich glaubte. Er war ein so fertiger Schwimmer, daß man bei seinem Auf und Untertauchen auf den Gedanken geriet, nicht die Erde sondern das Meer müsse sein Element sein. Auch wagte er sich oft so weit hinaus in die große Wasserfläche, daß die Eltern einige Mal ihre Bangigkeit darüber äußerten.

Einstmals, als er eben wieder wie gewöhnlich gegen Abend die herrlichen Ufer weit, weit hinter sich gelassen hatte, da empfand er ein Wohlsein, wie niemals. Wie Liebesseufzer klangen ihm die Wellen und ihr Berühren däuchte ihm wie Küsse und süße Umarmung. Und die Täuschung schien bald noch stärker werden zu wollen. Denn hinter ihm erscholl ein Ton der Angst von der lieblichsten Frauenstimme. Da sah der Schwimmer sich um und es war - keine Täuschung.

„Gott!" - rief er aus - denn der Kopf, welcher hier aus dem Wasser ragte und die Arme, die nach ihm sich ausstreckten und der Blick der blauen, von lichtblondem Haar umflossenen Augen, wenn das alles keiner Liebesgöttin gehörte, so war wohl die ganze Welt nichts, als ein arger, himmelschreiender Trug.

Ein Moment und die wunderschöne Jungfrau lag in seinen Armen, und der Dank aus ihrem Blick kräftigte diese so, daß er die reizende Last glücklich an das weitentfernte Ufer brachte.

Niedergeschlagenes Auges trat sie hier, bis er seinen Mantel umgeworfen hatte, zurück und suchte ihrem Gewand in lichtem Weißzeug bestehend, das, überall von der Nässe durchdrungen, bloßem Wasserschaum glich, so gut als möglich die Kleiderform zurückzugeben.

„Mein Fräulein" - so redete Filippo sie an - „nun sagt mir vor allem, welchem Unglück ich die Seligkeit verdanke, Euer Retter geworben zu sein und wohin ich Euch zu geleiten habe, um Euerm Wunsch Genüge zu leisten."

Da deutete die Schöne mit der Lilienhand in das Meer hinaus. Aber die Worte fehlten ihr; doch schien sie alles wohl zu verstehen, was der Jüngling sprach.

Das Landhaus seines Vaters war in der Nähe, Rosaura, die eine seiner Schwestern, hielt sich eben hier auf und trug Sorge für die Bekleidung der Geretteten.

Aber, obschon Filippo sie in mehreren Sprachen anredete, so konnte er doch keine Antwort von ihr erhalten. Ja, es fand sich endlich, daß sie in der Tat völlig stumm war.

„Schade, ewig Schade," rief er aus, „daß so wundervollen Lippen das Wort nicht vergönnt wurde! Doch Vollkommenheit ist nicht das Los des Menschen. Bei solcher Anstrengung im Gestalten mußte daher wohl die Natur diesem Wesen die Sprache versagen. Und spricht denn nicht alles an ihr, Auge und Miene und Gebärde, und zwar so seelenvolle Sprache, daß das Wort davor niederfallen und seine Bettelarmut gestehen möchte?"

Rosaura erkannte es allzu sehr, wie hoch die Fremde über sie an Schönheit hervorragte, um von des Bruders Enthusiasmus erfreut zu werden. Doch nahm sie sich so artig gegen die Unbekannte, als die Umstände es erforderten und dies vielleicht umso mehr, da es bald ganz klar wurde, daß die schöne Gerettete bei ihrer gänzlichen Sprachlosigkeit doch keineswegs des Gehörs beraubt war, sondern jedes Wort richtig verstand.

Filippo wünschte, als sich das nicht weiter bezweifeln ließ, darüber einige Auskunft von ihr und sagte: „Mein Fräulein, tut mir, ich bitte Euch, schriftlich zu wissen, wie es zugeht, daß Euer Ohr alles vernimmt, und Ihr gleichwohl nicht vermögt, ähnliche Töne, wie wir anderen, hervorzubringen, da doch sonst die Stummheit gemeiniglich nur als die Folge eines gänzlichen Gehörmangels betrachtet wird."

Dazu reichte er ihr seine Schreibtafel. Aber das Fräulein schob sie zurück, und deutete durch Gebärden darauf hin, daß sie des Schreibens unkundig sei.

„In allen Sprachen?" fragte Filippo ferner.

„In allen!" so gab sie ganz unzweideutig zu vernehmen.

„Wahrlich sehr rätselhaft!" rief Rosaura, und ihr Ton dabei streifte an eine beleidigende Verwunderung hin. Das schien den Bruder zu verdrießen, und er sagte: „Allerdings rätselhaft; auch mir. Aber, Schwester, ist denn die ganz unvergleichbare Schönheit der Dame nicht ein weit größeres Rätsel für jedes Auge, das sehen kann? Solch ein Rätsel, wie sie ist, zu lösen, wer möchte daran nicht Leib und Leben setzen?"

Während Rosaura diese Rede mit sichtbarem Verdruß aufnahm und zur Seite sah, senkte ein himmlich schöner Blick der anderen sich so tief in Filippos Herz, daß das Schicksal dieses Herzens für immer entschieden war. Sie oder keine! erklang es darin.

Bald darauf gingen alle drei gemeinschaftlich nach der Stadt.

Die Ankunft der Fremden und das viele Unerklärliche an ihr, machte großen Eindruck im Haus. In den beiden anderen Schwestern Filippos war ebensowenig Wohlwollen für die neue Bekanntschaft, als in Rosaura wahrzunehmen, wenn schon der Höflichkeit auch von ihnen ihre Rechte nicht vorenthalten wurden.

Die Mutter trat auf der Töchter Seite. Besonders als sie die Sorglosigkeit sah, mit welcher die Gerettete sich hier unter lauter fremden Menschen befand und ihrer früheren Verhältnisse auch gar nicht zu denken schien. Ein ungeheurer Leichtsinn, meinte sie, oder ein gänzlicher Mangel an Gefühl gehöre dazu, hier sogleich wie einheimisch und froh und vergnügt zu sein. Denn auch die sehr sichtbare Neigung zu Filippo könne das Mädchen keineswegs entschuldigen, daß sie an die unfehlbare Betrübnis der ihrigen über ihren Verlust nicht im Mindesten zu denken scheine!

„Wer weiß" - so sprach hierwider der Gemahl der Matrone, gegen den sich diese also äußerte - „wer weiß denn, ob die ihrigen nicht durch üble Behandlung des Fräuleins Vergessen selbst verschuldet haben? Wer will überhaupt im Augenblick sogleich entscheiden, ob unter den zahllosen, denkbaren Verhältnissen auch nicht eines zu finden sei, fähig, die Gerettete zu entschuldigen, ja zu rechtfertigen?"

Mit einem Wort, der alte Montano trat seinem Sohn ziemlich bei. Er hatte sogar nichts gegen dessen Vorhaben, die Unbekannte zu heiraten. Nur bat er ihn, die Sache nicht zu übereilen, sondern zuvor Erkundigungen einzuziehen.

Filippos Herz war zu sehr dabei interessiert, um nicht hierzu alles Tunliche in Bewegung zu setzen. Aber es ließ sich doch weder der Unglücksfall, noch das Herkommen des Fräuleins ausmitteln. Da erklärte der junge Mann endlich einmal seinen Eltern mit einem Eifer, vor dem sie erschraken, daß es ihm nun durchaus nicht länger möglich sei zu leben, wenn er sie nicht besitzen solle. Achselzuckend willigten sie ein, und die Kirche heiligte Filippos Band mit der stummen Schönheit, wie man sie, welcher er den Namen Mirabella gegeben hatte, in ganz Palermo zu nennen pflegte.

Vom Anfang an äußerte Mirabella eine große Scheu vor dem Anblick des Meeres. Auf ihr Bitten hatte man ihr daher sogleich eine Wohnung eingeräumt, von welcher aus man nicht dahinsehen konnte. Bei der neuen Einrichtung drang sie ebenfalls auf ein solches Quartier; ein Umstand, den man allgemein so auslegte, als ob sie mit allzu großem Schauder an das Unglück zurückdenke, welches sie auf dem Meer betroffen habe.

Das Paar lebte glücklich. Aber Mirabellas Scheu vor dem Anblick des Meeres dauerte fort. Wo sie in Zimmer kam, deren Aussicht dahinging, wendete sie ihr Auge oft recht auffallend davon ab. Schon besaßen sie einen Sohn, der seine schöne Mutter nicht verleugnen konnte, als einstmals am Abend Rosaura ihren Bruder bei Seite nahm, und zu ihm sagte: „Teurer Filippo, ich muß dir etwas vertrauen, das mein Herz nicht wenig ängstigt.

Vorhin als Mirabella sich vermutlich ganz allein im Hause glaubte, ging ich zufällig bei ihrem Zimmer vorbei, und hörte, daß mehrere bekannte Lieder darin gesungen wurden. Das wunderte mich, da außer der Stummen niemand dort sein konnte, und ich ging hinein. Hierüber nun erschrak sie außerordentlich, wollte auch auf all mein Bitten sich nicht zum Fortfahren in ihrem Gesang bewegen lassen. Vielmehr spielte sie die Stumme auf's Neue, - Das aber betrübt mich gar sehr, lieber Bruder, um deinetwillen. Denn es muß doch ein wichtiger Grund vorhanden sein zu ihrem so beharrlichen Schweigen. Auch gehört ein Grad von Verstellung dazu, der wenig Gutes für dein künftiges Glück verspricht."

Die ganze Familie, welcher Rosaura dieses wichtige Geheimnis schon früher mitgeteilt hatte, kam jetzt auch dazu. Alles zeigte sich höchst empört über Mirabellas Verstellung, und Francesko legte seinem Sohn ernstlichst auf, die Gattin unter diesen Umständen zum Reden zu nötigen.

Mit sehr bekümmertem Herzen ging Filippo, zu ihr und hielt ihr die Sache vor.

„Kind," sagte er, als sie alles sogleich, mit Mienen um Vergebung bittend, eingestand, „unfehlbar gibt es in deinem früheren Leben lichtscheue Geheimnisse, welche sich unter der angenommenen Stummheit zu verbergen suchen? - Besorge aber nichts davon für mein Herz. Mag das Verborgene sein, von welcher Beschaffenheit es wolle, die Größe deiner Schuld kann nie reichen an die Größe meiner Liebe zu dir. - Selbst das entsetzlichste Verbrechen würde diese unter ihren Schutz nehmen. - Rede nur, rede, das ist mein einziges Begehren!"

Aber seine Gattin zeigte sich so betrübt, daß er's nicht über das Herz bringen konnte, dieserhalb weiter in sie zu dringen. Als sie hieraus seine große Liebe wohl abnahm, so suchte sie ihm solche mit Liebkosungen reichlich zu vergelten.

Die herrliche Mondnacht bewog ihn, sie zu einem kleinen Spaziergang aufzufordern. Das konnte sie nicht versagen. Nur als er den Weg nach dem Meer einschlug, zuckte sie, um ihn zurückzuhalten. Da sagte er: „Warum, liebes Herz, das Meer so sorgfältig, fast eigensinnig, vermeiden? Ist es denn der Unfall allein, dessen du dabei gedenken mußt? Ich dächte doch, der Augenblick wäre mehr wert, wo wir uns dort gefunden haben!"

Es schien, als ob Mirabella nur darum nachgebe, weil sie dem Verdacht des Eigensinnes sich entziehen wollte.

Das Meer, als es jetzt im Mondglanz vor ihnen lag, machte einen ganz seltsamen Eindruck auf die Frau. Sie brach in ein lautes Jauchzen aus und schickte die süßesten Blicke nach den Wogen. Endlich riß der Zauber in ihnen sie gar von dem Arm des Gatten. Sie warf sich, als sei es die Brust eines lang entbehrten Geliebten, auf das Meer, und verschwand darin so, daß Filippo einen heftigen Schrei ausstieß. Da tauchte sie schalkhaft lächelnd empor, und verschwand wieder und kam dann von neuem zum Vorschein. So herrlich hatte Filippo ihren Körper nie gesehen. Er glänzte in den wundervollsten Biegungen. Des Gatten Auge ward eifersüchtig auf den Vollmond, der die leuchtende Kraft, welche er der Sonne entwendet, der Schwimmenden abtreten zu wollen schien.

Aber selbst bei ihrer unglaublichen Gewandtheit ward dem Filippo bange, daß sie allzu viel wagen möchte. Daher begab er sich gleichfalls ins Meer, um ihr auf den Notfall nahe zu sein.

Kaum aber hatte er sie endlich ergriffen, so raunten die Wellen, die schon bei seinem ersten Zusammentreffen mit der Schönen ihn süß und geheimnisvoll umschlungen und umlispelt hatten, dem Paar, wie dem Filippo dünkte, folgenden Gesang zu:

Lieben, kommt, o kommt hernieder!
Höret nur, wie leis' und lüstern,
Aus der Tiefe Liebeslieder
Euer Herzen Glut umflüstern:
Fühlt der holden Küsse Hauchen,
Die herauf in Liebe lodern:
Seht, wie unsre hellen Augen
Lieb' um Liebe von Euch fordern!

Filippo, ganz berauscht von den in sein innerstes Leben zitternden Tönen, umfaßte Mirabella und, aufhörend, sich durch Bewegung auf der Oberfläche des Wassers zu behaupten, schien er wirklich der geheimen Macht in der Tiefe nachgeben zu wollen. Da ergreift ihn die Gattin in höchster Verzweiflung und rudert den von seinen Sinnen fast ganz Verlassenen wunderbarer Weise zurück an das Ufer.

„Was war das? Was ist das alles?" - „So ruft hier her völlig ins Leben Zurückgebrachte. Aber Mirabella nimmt mit der Rechten seinen linken Arm, und hält nach der Seite des Meeres hin mit der linken Hand einen Teil des Gewandes vor Ohr und Auge, um, wie es schien, weder vom Klang, noch vom Ansehen der Wogen, zur Rückkehr in dieselben verlockt zu werden.

„Wer bist du?" spricht er zu Hause, die Gattin anstarrend. Denn der süße Gedanke, sie einst dem Untergang in den Wogen entrissen zu haben, fand seine Vernichtung in dieser Nacht. Was bedurfte die einer Rettung, die in den Wellen wie zu Hause war, und ihn selbst diesmal, ganz unleugbar dem Untergang entzogen hatte?

„Wer bist du?" wiederholte er, als außer einem Liebesblick keine Antwort erfolgt war.

Da drückte sie ihn an ihre wunderschöne Brust. Auch ohne Wort sagte ihr ganzes Tun und Wesen, klarer als alle Rede: „Dein bin ich ja, mit all meiner Schönheit und Liebe und Güte frage nichts weiter!"

Auch schien ihm das in diesem Moment zu genügen.

Aber das Nachdenken der folgenden Tage führte ihn immer wieder auf den Punkt seiner zurückgenommenen Frage hin. Dazu kam, daß Apollonia, eine seiner Schwestern, in jener Nacht, erweckt durch sein Fortgehen mit Mirabella, vom Fenster aus Zeugin der Szene im Wasser gewesen war und solches ihrer Dienerin vertraut hatte. Von dieser war der Umstand auf allerlei Umwegen bis zur Frau vom Hause gelangt, die, darüber höchst unruhig, ihren Sohn eines Tages holen ließ, und also zu ihm sagte: „Mein teurer Filippo, einziger männlicher Zweig eines alten, verehrten Namens. Vergönne der, welche dich gebar, daß sie die Sorge in deinem Busen ausschütte, die mehr noch dein eigenes Wohl, als das meinige angeht."

Wie hätte der Sohn solche Rede der bekümmerten Mutter zurückweisen mögen?

„Zuvörderst" - so fuhr sie fort - „sage mir doch, ob es wahr ist, daß vor kurzem einmal in der Nacht deine Gattin sich als eine vollendete Schwimmerin gezeigt, und dich auf eine für die zarte Frau an Wunder grenzende Weise der Gewalt der Wogen entrissen hat?"

Das konnte Filippo nicht leugnen.

Da erblaßte die erschrockene Mutter. „Lieber Sohn" - sagte sie - „es tut mir weh, sehr weh, deinen Frieden zu stören. Aber es geschieht einzig dir zum Heil. Weißt du, daß du Leib und Seele zugleich wegen dieser Frau verlieren kannst? Nach dem letzten Vorfall ist's gewiß, daß sie nur durch Trug deine Bekanntschaft gewonnen hat, und sollte nicht auch ein Zauber nötig gewesen sein, um einen so kunstreichen und bewunderten Schwimmer, wie du bist, in Todesnot zu bringen?" - „O gewiß, mein Sohn" - sprach sie, als er hier, des Wellengesanges schmerzlich gedenkend, tief erseufzte, „gewiß ist alles nur geschehen, damit sie dich durch diese Rettung desto fester umgarne und tiefer ins Verderben hinabziehe! - Geliebter Sohn, frage sie, wer sie sei und wie die Sache zusammenhänge, und gibt sie keine Antwort, so tu sie von dir!"

Das Wort schnitt in das Mark seines Lebens ein.

Die Mutter ersah das und faßte seine Hand. „Es gilt das Heil deiner Seele!" sprach sie, und die Träne des geängstigten Mutterherzens fiel brennend auf die Wange, an die sie sich lehnte. „Tue sie von dir, liebstes Kind, wenn sie nicht reden will. Ist doch alles Trug an diesem Wesen, böser Dämonentrug! Man hat sie ja singen hören, deutliche Worte, als sie sich allein glaubte. Welch eine höllische Bosheit, dem Gatten, den sie zu lieben heuchelt, durch freiwilliges Stummsein das Herz zu zerreißen! Welch eine unglaubliche Bosheit, die Stummheit, trotz seiner zärtlichsten Bitten, Jahrelang behaupten zu können!"

Francesko, der dazukam, verwunderte sich nicht wenig über die große Bewegung, worin er Gattin und Sohn fand. Auch er trat, sobald er die Umstände vernahm, der mütterlichen Meinung bei. Dem nun erfolgenden, vereinten Sturm mußte des Sohnes Herz nachgeben. Er sagte zu, was man von ihm begehrte.

Als er aber zu Mirabella kam, da hielt die Schöne sein Kind, ihr Ebenbild, so lieblich in den Armen und reichte es ihm, daß er's küssen möchte und schlug das herrliche, blaue Auge so süß zum Himmel, daß jedes Wort ihres Mundes nur elender Überfluß gewesen wäre.

„Dank, tausend Dank, DIR droben, der DU beide mir gegeben hast, diesen Gemahl und dieses Kind!" so sprach ihr frommer Blick und Filippo drückte erst einen Kuß auf des Kindes Stirn, dann auf die Lippen der innig geliebten Gattin. Wer diese auch sein, was er selbst auch zugesagt haben mochte, in diesem Moment war er Mirabellas Liebe und Güte viel zu gewiß, um in sie zu dringen mit einer Frage, deren Beantwortung nun so oft schon von ihrer flehenden Gebärde abgelehnt worden war.

Die Verwandten ließen ihm indessen keine Ruhe. Dazu mußte Mirabella von ihnen eine sehr demütigende Behandlung erfahren. Zu keinem Familientag wurde sie mehr gezogen. Niemand besuchte sie, alles kehrte sich von ihr ab, wie von einem bösen Geist.

Filippo litt unbeschreiblich.

Einst an einem schönen Abend, als sie, ihr Kind auf dem Arm, den Garten besuchte, war er, von der Tür aus, Zeuge, daß seine Mutter und die Schwestern ihren schüchternen zwar, doch freundlichen Gruß nicht einmal der kleinsten Erwiderung werthielten, vielmehr den Garten auf der Stelle verließen. Da griff ihm eine solche Erniedrigung seiner Gattin gewaltiger als je ans Herz. Schon war er Willens, die Verwandten ernsthaft zur Rede zu stellen, als er der seinen Eltern gegebenen Zusage noch zu rechter Zeit gedachte.

„Jetzt oder nie!" sagte er zu sich und ging hastigen Schrittes in den Garten.

„Geliebtes Herz" - so redete er die Gemahlin an - „bemerktest du wohl, wie unwürdig man mit dir verfuhr?"

Mirabella antwortete durch Achselzucken.

„Und wessen Schuld dies alles, Liebste, als die deinige? Ein Wort, ein einziges Wort darüber wer du bist, und die Scheidewand fällt, welche dein Unerklärbares zwischen dich und die meinigen gezogen hat!"

Da gab Mirabella durch Zeichen zu verstehen, wie kein Urteil über sie Gewicht habe, als das seinige, wie gar nichts da sei für sie, in der ganzen Welt, als er und ihr Kind.

„O mein teuerstes Leben" - rief er nun aus - „wenn ich denn, wie ich's glaube, einen wesentlichen Teil deines Daseins und Glückes ausmache, so nimm den Kummer von diesem Herzen, meine Gemahlin so tief erniedrigt zu sehen. Alles sagt mir von deiner Güte und Liebe. Nur der anderen wegen, sprich es aus, wer du bist!"

Hierauf fiel sie ihm zu Füßen, seine Knie umfassend, zeigte dann auf ihr Kind und ihn und sich. Ihre übrige Gebärdensprache sagte deutlich den Wunsch aus, daß er mit ihr, fern von dieser Gegend und dem Meer - gegen welches sie einen heftigen Widerwillen ausdrückte - ins Land tiefer hineinziehen sollte, wo sie, ungestört von fremdem Übelwollen, ihrem schuldlosen Verein allein leben dürften.

Ach, Mirabella war so ganz Liebe, daß er wohl abermals von seiner Bitte abstehen mußte.

Je düsterer ihn die gegebene Zusage machte, deren Erfüllung er sonach seinem Herzen nicht abdringen konnte, desto eifriger dachte er selbst darauf, sich aus Palermo hinweg, in einen abgelegenen Ort der segenreichen Insel zu begeben. Aber aus vielen Ursachen konnte es nicht ohne Vorwissen seines Vaters geschehen. Als er diesen nun davon unterrichtete, so brach Francesko in die größte Heftigkeit aus, auf dem Wort bestehend, welches sein Sohn ihm und der Mutter gegeben hatte.

Vergebens suchte Filippo ihm seine Ansicht von der Schönen beizubringen. Des Vaters Zorn drang alles überhörend auf die Erfüllung der Zusage.

Erst, als Filippo am folgenden Tage in einem Brief umständlich auseinandergesetzt hatte, warum er auf die elterliche Lossprechung von dieser Zusage hoffen zu dürfen glaube, erst da schien Francesko geneigter zu einer Unterhandlung in dieser Angelegenheit. Nur ersuchte er seinen Sohn, daß er, möge er in Palermo bleiben oder hinwegziehen, nun endlich einmal sich dem König solle vorstellen lassen, da dieser notwendige Akt nur allzulange verschoben worden sei.

Um dem Vater zu genügen, mußte Filippo sich dazu entschließen.

Aber der Alte war gar arglistig dabei zu Werke gegangen. Er hatte den König von der Lage der Ehe seines Sohnes, wie er, der Vater solche betrachtete, unterrichtet, und um Beistand des Landesfürsten gegen Filippos Neigung gefleht. Daher ließ der König den jungen Mann sehr hart an, und gebot ihm, seine Gattin zur Rede über sich selbst zu nötigen, wenn er nicht wolle, daß ihr Geständnis auf schmachvolle Weise durch die peinliche Frage herausgebracht werde. Er fügte hinzu, daß es kindisch und der Ahnen der Montano ganz unwürdig sei, sich auf so plumpe Art von Hexen oder ähnlichen Personen am Narrenseil führen zu lassen, und daß er erst dann wieder zu seiner Gnade gelangen solle, wenn er die seinem Vater gegebene Zusage erfüllt haben werde.

Die harten, beleidigenden Worte des Königs, die dieser in Gegenwart einiger Großen ausstieß, setzten den Filippo umso mehr in Wut, da in der Tat den Tadel, welcher ihm widerfuhr, ein Schein der Wahrheit unterstützte. Daher eilte er auch nach Hause, und in Staatskleidern, wie er war, den Degen an der Seite, ins Zimmer seiner Gemahlin.

„Sprich endlich, Schlange, wer du bist," rief er atemlos und schwang dazu den Degen über das Kind in der Wiege neben ihr.

Da bedeckte sie mit ihrer Brust das letztere und sagte zu dem Gemahl: „Teures Herz, ja, jetzt muß es sein, zu Rettung des Kindes muß ich dich brechen! Wisse, daß ich, in den Tiefen des Meeres geboren, auch hier auf der Erde nach den Gesetzen, die dort unten gelten, leben muß. Badend erblickte ich dich und gewann dich lieb. Schon als du scheinbar mich rettetest, hätte ich die Rede an dich richten können. Aber sobald es geschah, war auch dein Glück den Mächten in der Wassertiefe verfallen. Denn sie hassen den Wandel der Menschen, und mögen es nur ungern, daß die unsrigen mit euch Gemeinschaft halten. Darum, sobald wir einem von euch unser Herz zuwenden, müssen wir auch die Pein der Stummheit über uns nehmen. Und wahrlich, es ist der Liebe schwerer, stumm zu sein, als des Geliebten Stummsein zu ertragen! Denn das Wort drängt ihr stets gewaltig zum Munde. Aber die Stärke meiner Liebe zu dir hütete selbst das Wort.

Jetzt, Teurer, weißt du alles! Meinen Ernst, dein zu sein für immer, verbürgt dir meine Furcht vor der Heimat, dem Meer, dessen Anblick den in seinen Tiefen Geborenen stets unendliche Erquickung gewährt. – Noch mehr bürge dir's die Gewalt, die ich meiner eigenen Natur antat um deinetwillen, als die Wellen dich mit ihrem falschen Gesang hinablocken wollten. Filippo, wir müssen scheiden. Bedenke jetzt, welchen Schmerz es mir kosten mußte, deinen Ungestüm mich sprechen zu hören, so oft zurückzuweisen, und daß ich mein Schweigen nur darum aufgab, weil das Leben meines Kindes bedroht war. Lebewohl, teurer Filippo! Sollte auch mein Anspruch auf dich dahinsein, so werde ich doch dem Sohn, den ich gebar, nimmer entsagen."

Und der Tieferschütterte warf sich, wie vorhin Mirabella, über die Wiege, vermeinend, daß wenn er sich so des geliebten Kindes versichere, er die Mutter zugleich am ehernen Bande halte. Von der Gewalt ihrer Worte erdrückt, deren Nachklang in seinem Gemüt immer schauerlicher wurde, hatte er eine lange Weile so gelegen, als er sich erst wieder aufrichtete.

Aber Mirabella war nicht im Zimmer, nicht im Hause, nirgends war sie zu finden. Endlich kam noch die Nachricht, daß sie zum Erschrecken mehrerer Personen nach dem Meer gegangen sei und sich hineingestürzt habe.

„Also doch ohne das Kind?" rief Filippo. „So wollte die zärtlichste der Mütter lieber das ihr Unentbehrliche hier zurücklassen, als länger Gemeinschaft halten mit einem Ungeheuer, einem fluchwürdigen Ungeheuer, wie ich bin?"

Der junge Mann wütete schrecklich und stieß die härtesten Vorwürfe gegen sich, seine Familie, ja selbst gegen den König aus. Niemand wagte seiner Verzweiflung in den Weg zu treten.

So ging es den ganzen Tag und den größten Teil der Nacht hindurch. Erst gegen Morgen verfiel er in einen unruhigen Schlaf, und als er spät erwachte, und seinem Schmerz an dem lieben Abbild der Verschwundenen einen neuen Stachel geben wollte, da fand er die Wiege leer, welche dicht bei seinem Bett gestanden hatte.

„Mein Kind!" sprach er, „den einzigen Schatz, der mir übrigbleibt, wo habt ihr ihn?"

Seine Eltern standen erstarrt vor ihm. Die Mutter selbst hatte die ganze Nacht Wache gehalten bei Sohn und Kind. Da war - gerade als Filippo eingeschlafen - Mirabella in einem leichten, weißen Nebelgewand zur Tür herein und vor die Wiege getreten. Die Wächterin hatte ihr wehren wollen, nach dem Kleinen zu langen. Aber die Wächterin war auch Mutter, und so hatte Mirabellas Miene sie wie gelähmt, weil diese Miene schauerlicher als die stärksten Worte ausrief: „Wer will der unglückseligen Mutter die Frucht vorenthalten, welche sie unter dem Herzen getragen?"

Die Meerbewohnerin nahm das Kind auf den Arm und ging hinweg damit. Jetzt endlich ermannte sich die Matrone so weit, um nachzueilen und der bereits aufgestandenen Dienerschaft anzubefehlen, daß sie die Hinweggehende aufhalten möchten. Aber alle waren gar oft Zeugen gewesen von ihrer Mutterliebe; alle sahen sich durch die Macht der Natur selbst gezwungen, zur Anerkennung ihrer geheiligten Rechte auf das Kind.

Kein Mensch wagte auch nur den Arm nach ihr zu erheben, als sie - ein Bild des tiefsten, schrecklichsten Schmerzens - die Treppe hinab und aus dem Hause schlich.

Man hatte sie abermals den Weg nach dem Meer nehmen und dann die Wellen über ihr und dem Kind zusammenschlagen sehen.

Als Filippo auf seine vorige heftige Frage diese Umstände erfuhr, verstummte er. Späterhin schien er ruhiger zu werden. Wenigstens dankte er allen, daß sie der Mutter seines Sohnes kein Hindernis in den Weg gelegt hatten.

Von jetzt nahm er selbst eine Einsilbigkeit an, die an gänzliche Stummheit grenzte. Sein Vater drang sehr in ihn, sich der bösen Erinnerungen halber aus Palermo hinweg, und, wie er früher gewollt hatte, an einen vom Meer entfernten Ort zu wenden. Vergebens; das Meer schien jetzt auch seine Heimat geworden. Besonders gern badete er in der Gegend, wo seine Gattin mit dem Kind verschwunden war.

An demselben Abend, an dem er späterhin einmal vom Meer nicht wieder zurückkam, hatten viele Schiffer ein ungewöhnliches Leuchten auf dem Wasser in jener Gegend wahrgenommen. Manche schlossen hieraus auf Filippos Wiederverein mit seinen Lieben, jenseits der Wogen und Stürme.

Der Mönch.

Auf **s Kaffeehaus in Dresden wurde eines Abends an dem einen Tisch ein interessanter Gegenstand abgehandelt. Es ging über die steinernen Wächter, der vor kurzem an dem Brühlschen Garten erbauten, ansehnlichen Treppe, die ägyptischen Löwen, her. Der eine versicherte, daß sie ihm eher wie große Hunde denn Löwen vorkamen. Ein anderer wollte zufrieden sein, wenn sie nur wie natürliche Hunde aussähen, so aber wären es, weiß Gott im Himmel, ganz unnatürliche Bestien. Dagegen wußte ein Dritter, aus der Beschreibung von Bonapartes Leibmamelucken, daß sich die Löwen in Ägypten just so und nicht anders trügen. „Aber, mein Gott," sagte ein Vierter, „welcher dazu eine sehr fremde Aussprache annahm, warum denn nicht lieber deutsche Löwen in einer so deutschen Zeit?"

Einige sahen den letzten billigend, andere ganz erstaunt, andere gar lachend an. Auch sprachen noch viele über die Sache mit. Nur diejenigen schienen schweigend ihren Rauchtabak zu verqualmen, die wohl etwas Besseres darüber hätten sagen können.

Obschon der mitanwesende Leihbibliothekar aus der Neustadt, Herr Schweppermann, nicht zu letzteren zu rechnen war, so reihte er sich doch an die Schweigenden an, weil Löwen gerade nicht zu seinem Fach gehörten. Ja, er begann bereits dann und wann die Augen zu schließen und mit dem Kopf zu nicken, als das Gespräch durch einen eben erst Hinzutretenden, den Advokat Schreck, eine andere Wendung erhielt.

„Apropos, meine Herren" – fing Herr Schreck an – „da Sie eben beim Brühlschen Garten sind, haben Sie noch nicht von dem Gespenst, dem Mönch, gehört, das in voriger Nacht dort gesehen worden ist?"

Dieses Wort wirkte sogleich auf Herrn Schweppermann dergestalt, daß er die Augen weit, weit öffnete, und sein Ohr dem Erzähler zuneigte. Denn die Gespenster waren ganz eigentlich sein Fach, als Leihbibliothekar und als Mensch. Er hatte nämlich von Kindesbeinen an bei Nacht immer etwas zu sehen oder zu hören gehabt, und es gab vielleicht kein einziges Mitglied seiner Familie, das sich ihm, nach oder kurz vor dem Tode, nicht gespenstisch gezeigt hätte. Zu Zeiten, wenn sich ein Todesfall ereignen sollte, war es, als wolle sein ganzes Hausgerät zu Grunde gehen. Noch neulich erst hatte er geäußert, daß, weil ihm nun lange nichts Unheimliches begegnet sei, nächstens gewiß etwas Außerordentliches erfolgen müsse. Darauf könne er, zufolge seiner Erfahrung, nach einer so langen Pause, allezeit sicher rechnen. „Übrigens" - fügte er hinzu - „lasse ich mich das alles nicht weiter anfechten, mache, wenn ein Geist an mir vorübergeht, in Gottes Namen mein Kreuz und bin geborgen."

Auf Herrn Schrecks Frage aber versicherten mehrere, daß sie auch kein Wort von der Erscheinung in voriger Nacht gehört hätten.

„Aber" - fuhr er fort - „Sie wissen doch von dem Mönch, der bereits vor Jahrhunderten auf hiesigen Wällen bisweilen umgegangen sein soll?"

Einige wollten so etwas einmal vernommen haben, andere schüttelten den Kopf.

„Ei" - sagte nun Herr Schweppermann - „von der Historie hat mir meine selige Großmutter schon erzählt. Nicht wahr, der Mönch erschien gewöhnlich vor unglücklichen Landesereignissen, trug den Kopf unterm Arm und dabei eine Laterne in der Hand."

„Richtig!" sprach Herr Schreck. „Neuerlich hat man zwar daran zweifeln wollen, aber..."

„Aber" - unterbrach ihn einer - „Sie wären wohl im Stande, solchen Unsinn für wahr zu halten?"

Herr Schweppermann warf einen sehr verdrießlichen Blick auf den Zweifler und der Advokat fuhr ruhig fort: „Ich kann die Wahrheit der Sache dahingestellt sein lassen. Doch habe ich, in der Voraussetzung, daß man die Sage von voriger Nacht wissen werde, die Historie dieses Mönchs, wie ich sie vor Jahren einmal in einem alten Manuskript fand, abgeschrieben mitgebracht, um sie zum Besten zu geben, da sie glücklicher Weise nicht allzu lang ist."

„Ei," sprach hier Herr Schweppermann, der in der Gespensterliteratur Wohlbewanderte, „damit haben Sie unseren Dank gar sehr verdient. So viel auch darüber gesprochen und hin und wieder geschrieben worden, so gibt es doch noch gar nichts Befriedigendes über diese Erscheinung. Wollten Sie mir die Schrift wohl ein wenig erlauben?"

„Mit Vergnügen!" antwortete der Advokat. Doch mehrere der übrigen machten ihre gleichen Ansprüche darauf geltend, daher Herr Schreck sich bewogen sah, die Sage vorzulesen, Sie lautete folgendergestalt:

In dieser letzten Zeit begab es sich, daß der Landsknecht, welcher an der Bastei beim Wilsdruffer Tor allhie Wache halten sollte, in der Mitternachtsstunde, wie man kam ihn abzulösen, auf dem Erdboden, gleichsam als sei er plötzlich verstorben, ausgestreckt und steif liegend befunden wurde; sodaß man denselben auf einer Trage zurück nach der Wacht bringen mußte. Hier aber gab er alsbald einige Zeichen des Lebens von sich; worauf er, durch Anwendung allerlei zweckdienlicher Mittel, endlich die Augen wieder auftat. „Gott Lob!" – rief da der Knecht aus – „daß ich wieder unter Menschen bin; denn es war doch gar zu grauenhaft, was mir eben begegnet ist." – Nun drang man in ihn, sein Begegnis kundzutun, und er sagte: „Ihr wißt insgesamt, liebe Gesellen, wie ich mich im Kriege herumgeschlagen und deß noch Zeugnis trage, in dem Kreuzhieb hier auf der Stirn, Als ich aber vorhin auf meinem Posten stand, da gewahrte ich plötzlich einen wunderlichen Lichtschein, welcher, wo der Wall in die Krümme geht, herüberkam und immer näher an mich heran. Da entdeckte ich, daß der Schein von einer Laterne ausging. Als ich nun: „Wer da?" rufe und es nicht antwortet, da trete ich dem Lichtlein näher und siehe einer der Brüder Barfüßer steht vor mir, etwas unter dem Arm tragend. Und weil keine Antwort erfolgt war auf mein Anrufen, so rufe ich nochmals, und zwar ungeduldiger. „Denn was hat," meine ich, „um diese Zeit ein Ordensbruder auf dem Wall zu schaffen?"

Da antwortete er denn. – Aber sein: „Gut Freund!" klang so leise und hohl und schauerlich, daß es mir zitterte durch Mark und Bein. Bald darauf entdecke ich gar, wie das Ding, das nunmehro dicht vor mir steht, sein Haupt nicht auf den Schultern, sondern unterm Arme trägt. Was aber seitdem sich mit mir begeben, ist mir unbekannt."

Solcher Mähr erstaunten seine Gesellen und harrten sehr auf die Rückkehr des Knechtes, welcher den Wiederbelebten abzulösen gegangen war. Der zweite aber hatte nichts gesehen, so wenig, wie alle darauffolgenden Landsknechte, welche insgesamt gar schweren Herzens nach der Bastei gegangen waren. Denn keiner zweifelte, daß dem ersten wirklich die Erscheinung begegnet sei, weil sie nicht glauben mochten, daß eitel Furcht ihn geneckt habe, maßen er für einen ganz unerschrockenen Degen allgemein geachtet wurde.

Es kam auch am folgenden Tage die meisten vor der Wacht in der Mitternachtsstunde an jener Bastei ein Grausen an. Da trat einer aus ihnen, der solches merkte, hervor und sprach: „Obwohl auch ich nicht gelernt mit Feinden umzuspringen, so nicht Fleisch und Bein haben, so denke ich doch den Dienst um Mitternacht an dem bewußten Ort zu versehen, wenn er mir anvertraut werden wollte. Keineswegs aus Vorwitz; denn der sei fern von mir!"

Da war man froh, daß sich einer freiwillig fand für den bedenklichen Posten, und schickte ihn, als die Stunde kam, zu jener Bastei auf die Wacht.

Der Landsknecht hatte vollauf Zeit gehabt, sich die Sache zu überlegen, und rief, als er schon da stand, seine Gedanken noch einmal daran zurück. „Was kann mir," dachte er, „Unrechtes begegnen, da ich nichts Unrechtes getan, noch im Sinn habe, vielmehr lediglich meiner Pflicht nachlebe." Das stärkte ihn denn gewaltiglich.

Gleichwohl ward ihm auch wieder gar bang und unheimlich, wenn ein Knistern oder Rascheln sich vernehmen ließ, oder er sich einbildete, nunmehr wirklich einen hellen Schein oder gar das Lichtlein schon selber um die Krümmung des Walles herumkommen zu sehen. Ein eiskalter Schauer aber durchzog plötzlich seinen ganzen Leib, als jetzt, nicht langsam heran, wie bei dem vorgestrigem Tage, sondern ganz plötzlich der Barfüßer, der keinen Kopf hatte, mit seiner Laterne so dicht neben ihm aus dem Erdboden heraufstieg, daß er den Saum seines Waffenrocks berührt glaubte von dem Geist. Da prallte er heftig zurück, und entsetzte sich vollends beim Anblick des Hauptes, welches der Mönch unterm Arme trug. Denn es war, wie eben erst vom Scharfrichter abgeschlagen, und es schien noch Blut daraus zu fließen auf den, der es trug. Auch entsann sich der Knecht, daß die Gesichtszüge daran einem jungen Mann gehörten, der, wie er der Landsknecht vor etwa einem halben Jahr, als gar schöner Vollmond leuchtete, ebenfalls um Mitternacht bei einer Bastei des Walles, die nach der Elbe hinausgeht, Wache halten mußte, dort aus einer Sänfte stieg. „O" - so hatte damals der junge Mann die Hände ringend immer ausgerufen, „wie bin ich so elend und doch so unschuldig. Ja, ja, ich bin es, ich sterbe unschuldig!"

Deß war jedoch nicht geachtet, sondern der Jüngling nach dem Inneren der Bastei, dem heimlichen Gericht, die *Jungfrau* genannt, hinabgeführt worden, und bald darauf hatte der Landsknecht außen die Schwerter der *Jungfrau* unten im Gericht zusammenklirren hören; sodann mehrere schwarze Männer herauskommen, und nachdem der Eingang verschlossen worden, hinweggehen sehen. Aber der junge Mensch kam nicht zurück mit ihnen!

Schon da graute es dem Landsknecht sehr vor den schwarzen Männern und ihrer heimlichen Tat. Jetzt aber, als er den Kopf des damals Vermißten so frisch und wie lebend unterm Arme das Gespenstes gewahrte, so wäre er fast seiner Sinne unmächtig geworden. Doch raffte er seine Kraft noch zu rechter Zeit zusammen, bedachte, was sein Hiersein auf sich hatte, und rief dann unter dem Zeichen des Kreuzes aus: „Alle guten Geister loben Gott den Herrn!"

„Ich auch!" antwortete dumpf und schrecklich der Rumpf des Mönchs und das Haupt unter seinem Arm regte sich und schlug den Blick zum Himmel auf.

„Wer bist du," fragte nunmehr der Knecht, „und was begehrst du mein?"

Da antwortete der Mönch: „Ich bin ein Anzeiger des Unglücks, welches sich binnen dreien Tagen im Lande begeben wird. Du magst das wiedersagen jedermann. Doch habe ich noch eins auf dem Herzen, wovon keiner wissen soll, als der gelehrte und fromme Frater Ambrosius, der Barfüßer im hiesigen Kloster. Willst du mir hiervon Schweigen geloben gegen jedermann außer ihm?"

Das gelobte der Knecht und der Geist begann folgendermaßen: „Der Geschlechtsname, den ich führe, gehört leider nicht mir allein, drum soll die künftige Zeit, der meine schwere Schuld und Strafe zur Buße dienen kann, solchen nicht miterfahren.

In der heiligen Taufe wurde ich Berthold genannt. - Ach, schon gar frühzeitig begann ich meinen sündlichen Trieben insgeheim nachzugehen und mit Weibsbildern ein ärgerliches Leben zu führen. Einstmals, auf dem Wege nach der Kirche zu *Unserer lieben Frauen*, ersah ich eine Weibsgestalt im ersten Glanz der Jugend. Mit Hilfe eines echten, adligen Herkommens, und der guten Glücksumstände meiner Eltern, wußte ich mir Eingang in das Haus von Kunigundes Vater zu verschaffen, welcher eine der obersten Stellen im Lande bekleidete. Der Mann war mir hold über Verdienst. Aber das Fräulein weigerte sich, mir die Hand zu geben, um welche ich bei ihm angehalten hatte, maßen sie in ihrem Herzen das Bild eines anderen trug, den der Vater, weil er an Herkommen und Glücksgütern mir nachstand, ihr nun nicht mehr zum Gemahl geben wollte.

Nachdem ich nun sah, daß all mein Fleiß, Kunigunde von dem anderen abzuwenden, fruchtlos war, und die Leidenschaft in mir immer größer und größer wurde, da geriet ich auf den ruchlosen Gedanken, den von ihr Vergünstigten aus dem Wege zu räumen. Ein Zufall bot mir hierzu die Hand. Als ich eben wieder, Kunigundes halber, mit der Zofe, die ich durch Geld gewonnen, Unterhandlung pflog, diese aber zu allem, den Kopf schüttelte, da ersah ich - denn wir standen in ihres Herrn Arbeitszimmer, in dessen Reinigung sie eben begriffen war - auf dem Schreibetisch ein Blättlein mit einem Aufsatz in lateinischer Sprache. Der Inhalt machte mich aufmerksam. Ich las weiter, und es war von einem Geheimnis die Rede, so wichtig, daß es unfehlbar jedem, der darum wußte, das Leben kosten konnte.

Als nun die Zofe das Blättlein gewahrte in meiner Hand, da sagte sie zu mir: „Lieber Herr, wollt doch um meines guten Rufes willen alles hier auf dem Tisch unangetastet lassen, indem mein gnädiger Graf unter Bedrohung, mich sofort aus dem Dienst zu jagen, mir verboten hat, etwas zu verändern auf diesem Tisch oder gar in die Hand zu nehmen. Auch soll mir ein Gleiches widerfahren, wenn ich irgendjemand über diese Schwelle lasse. Denn so wohl er Euch auch sonst will, dieses Zimmer würde er doch selbst für Euch verschlossen halten."

Darauf nun legte ich zwar das Blättlein wieder an seinen Ort, entfernte mich auch sogleich aus dem Hause, doch nur um einige Stunden später, wo der Hausherr zugegen war, zurückzukehren. Mit wenigen Worten deutete ich da ihm an, daß ein gewisser junger Mann - hier nannte ich Kunigundes Buhlen - in überaus strafbaren Verbindungen stehe. Ich ließ Worte fallen von seinen angeblichen Äußerungen, welche einzig aus jenem Blättlein geschöpft waren. Da erbleichte Kunigundes Vater, dankte mir für den wichtigen Dienst, so ich dem Staat geleistet, und ging dann, wie er sagte, um Maßregeln zu nehmen, den Verrat zu hindern.

Erst in der folgenden Nacht kam ich zum Besinnen wegen meiner greulichen Handlung. Nach einem höchst unruhigen Schlaf erwachte ich auf einmal wie durch Schwertgeklirr. Ich zitterte am ganzen Leibe, als es geschah. Sogleich dachte ich an den jungen Mann, und es war, als ob seine Todesangst auf meinen Körper herniederträufe und mir eiskalt bis tief in die Seele gehe.

Mit dem frühesten Morgen erkundigte ich mich nach ihm und er war verschwunden, kein Mensch wußte wohin."

„Leider!" rief hier der Landsknecht aus, „leider habe ich's gesehen, wo er verschwand; gesehen und gehört. Das Schwertgeklirre war auch dabei!"

Nachdem er dem Geist näheren Aufschluß hierüber gegeben, fuhr dieser seufzend also fort:

„Aber der ungeheure Frevel brachte meiner Leidenschaft auch kein Gedeihen! War mir bei Lesung jenes Blättleins vielleicht etwas entschlüpft, oder schöpfte die Zofe sonst Verdacht, genug, als niemand wußte wohin der junge Mann gekommen, und sich auch späterhin keine Spur wiederfand von ihm, da trieb ihr Gewissen sie, einen Verdacht über mich gegen ihren Herrn zu äußern und zu entdecken, daß ich in seinem Schreibzimmer gewesen und hier einen Zettel vom Tisch in der Hand gehabt. Mein Diener, in vertraulichem Umgang mit der Zofe stehend, kam eines Abends eiligst nach Hause und sagte mir das, hinzufügend: „Eilt Herr, daß Ihr fortkommt in die Fremde hinaus. Denn ich weiß gewiß, daß Euere Freiheit, ja wohl Euer Leben gefährdet ist im Laufe dieser Nacht."

Da zog ich noch an demselben Abend fort aus Dresden und verließ das Sachsenland und kam gen Böhmen, wo ich mich in der Hauptstadt Prag eine Weile unter fremdem Namen aufhielt.

Aber der arge Geist der Hölle hatte mich nun einmal ergriffen und trachtete, mich immer tiefer in sein Verderben zu ziehen. Tag und Nacht spiegelte er mir vor, von wie großer Schöne Kunigunde sei, und daß alles Glück so lange mir fehlen werde, als ich ihres Besitzes mich nicht erfreuen könne. Da faßte ich denn törichterweise den Vorsatz, wieder nach Dresden zu ziehen, und diejenige mit Gewalt zu nehmen, welche sonst schwerlich je die meinige werden konnte.

Eines Morgens begab ich mich unter der Larve eines vom Barfüßerorden zu Fuß zurück, kam auch am dritten Abend in der genannten Stadt an. Meine hiesigen Kundschafter hatten mir berichtet, daß die Zeit günstig sein werde meinem unseligen Beginnen, indem Kunigundes Vater gerade abwesend. Von einem falschen Bart und schwarz abgefärbten Augenbrauen zur Genüge entstellt, wagte ich im Finsteren, eine kleine Laterne in der Hand, in sein Haus zu gehen, und namens der Brüderschaft um eine milde Gabe zu bitten. Zuvor hatte ich meine Vertrauten angestellt, die Dienstleute auf irgendeine Weise zu entfernen, und eine hierzu besonders eingerichtete Sänfte, die zu verschließen war, für das Fräulein im Hause bereit zu halten. Nur allzu bald aber entdeckte ich die Untreue meiner Leute. Denn als ich eben im Begriff war, mich Kunigundes mit Gewalt zu bemächtigen, siehe, da trat ihr Vater ins Zimmer, eine Donnerbüchse in der Hand, und meine Dienstleute geleiteten ihn und hatten sich meiner bemächtigt, ehe an Flucht oder Wehr zu denken war.

Nun ich sah, daß Rettung unmöglich sei, so gestand ich alles beim ersten Befragen; wodurch ich wenigstens so viel Begünstigung erlangte, daß man meine Verwandten nicht durch meine öffentliche Hinrichtung der Schande aussetzte. Noch in derselben Nacht zerschnitten die nämlichen Messer der Jungfrau, unter welche ich vor kurzem den Unschuldigen geliefert, mein elendes Leben. Ach, ich wäre allzu glücklich gewesen, hätten sie mich bloß von dieser lastenden Bürde befreit. Aber nein, sie lieferten mich nun dem unsichtbaren Richter aus. Kaum war mein Leben dahin, so wurde ich von ihm verurteilt, schrecklich verurteilt. Teils in dem leeren Raum zwischen Himmel und Erde schwebend, teils in flammende Tiefen der Unterwelt eingeschlossen, muß ich des durch mich Gemordeten Haupt immer bei mir tragen, und wegen des großen Unheils, so ich verübt, mich von Zeit zu Zeit auf die Erde zurückbegeben, um ein Bote des Unheils hier zu sein, von jedwedem vermieden und verabscheut. Denn der Zorn des Himmels folgt dem Verbrechen überall! - Auch Kunigundes Vater bleibt nicht ungestraft, daß er, nach eitlen Dingen trachtend, der Tochter den rechtlichen Buhlen, den sie liebte, und der sie beglückt hätte, eigensinnig verweigerte. Denn wie du mich hier siehst, muß ich allezeit in

Kunigundes Geburtsnacht und der Sterbenacht ihres Buhlen vor des Vaters Bett treten."

Der Landsknecht tieferschüttert von dem, was er vernommen, fragte: „Und für immer, du beklagenswerter Geist, bist du verdammt zu so unseligem Treiben?"

„Nicht für immer; der Herr sei gelobt!" so hieß die Antwort. „Einst soll auch mein Stündlein der Gnade erscheinen. Aber dieses *Einst*, wer weiß, ob nicht lange, Ewigkeiten lange Jahrhunderte zwischen heute und meiner Erlösung liegen. Zu Abbüßung der begangenen Freveltaten liegt mir unter anderen auch ob, diejenigen Eltern zu bessern, welche, verstockten Herzens, ihren Kindern statt solcher ehelichen Bündnisse, in denen sie ein gottseliges Leben führen würden, andere aufdringen wollen, die ihnen ein Greuel und dem Bösen ein Wohlgefallen sind. Leider jedoch ist mir nicht vergönnt, ihnen wörtliche Warnung zu geben. Nur mit aufgehobener Hand bedrohen darf ich sie. Verstehen sie dieses nicht, so ist der Gang mir sowohl als ihnen verloren!"

„Hier" - so schaltete der Vorleser ein - „hier fehlt leider eine ziemliche Stelle in dem alten, von Moder gebräunten Manuskripte, welche weggebrochen war. Aus einigen stehengebliebenen Worten zu schließen, enthielt sie etwas Näheres über die Bedingungen, unter denen der Geist von Zeit zu Zeit erscheinen konnte und endlich Erlösung zu hoffen hatte. Der Aufsatz ist, besage des Schlusses, wörtlich getreu nach der Erzählung des Landsknechts, welcher darin ein für seinen geringen Stand ungemein beredsamer Mensch genannt wird, vom Bruder Ambrosius, Bertholds nahem Verwandten, abgefaßt und unterschrieben, auch auf weitere durch ihn eingezogene Erkundigung mit der geschichtlichen Einleitung, wie ich solche vorgelesen habe, ergänzt worden. - Vor einiger Zeit gelangte sie, schon so defekt, wie ich sie gefunden, durch Erbschaft in die Hände eines meiner Bekannten, dessen Großvater - welcher viel auf sie gehalten - in einem Nebenblatt mehrere Notizen über das spätere Erscheinen des Geistes hinzugefügt hat. Diesen Notizen nach soll er neuerlich in einen besseren Zustand geraten und seine Wohnung nicht mehr in der Luft, auch nicht in flammender Erde, sondern in derjenigen Bastei des Walles haben, welche vorhin zum heimlichen Gericht gedient, dann aber in einen Pavillon verwandelt worden ist. Solange letzterer gestanden hat, soll der sogenannte Mönch, als gestört in seiner Ruhe, oft in der Nähe gesehen, auch in gewissen Nächten des Jahres ein herzschneidendes Ächzen und jenes furchtbare Schwerter-geklirr daselbst gehört worden sein. Noch gar manchem habe er da seinen Besuch im Schlafgemach abgestattet, doch niemals jemand einiges Leid außerdem zugefügt. – Späterhin, als nur noch die Ruinen jenes Pavillons übrig waren, will man von der Erscheinung nichts mehr gehört haben. Wenn es aber gegründet ist, daß in voriger Nacht wirklich der Enthauptete abermals gesehen worden – was ich keineswegs verbürgen möchte! – so würden gewiß manche dem neuen, aus seinen Trümmern wiedererstandenen Gebäude, die Veranlassung dazu beimessen wollen. Übrigens" – so schloß der Vorleser – „enthalte ich mich alles eigenen Urteiles über die Sache."

Desto reicher entfalteten sich die Urteile der anderen. Hauptsächlich geriet das Urteilen wieder in die Hände der Kritiker der ägyptischen Löwen. Einige sprachen in zahllosen Worten die dürftige Behauptung aus, daß alles erlogen sei. „Albernheiten!" riefen andere. Noch andere suchten durch eine höchst pfiffige Miene an den Tag zu legen, welche Mühe es ihnen koste, ihr Lachen zurückzuhalten. Einer endlich – der nämliche, welcher der großen Treppe so gern deutsche Löwen gegönnt hätte – wollte doch einigen Anschein der Wahrheit in jener Sage finden. „Denn" – sagte er – „die echten Deutschen der Vorzeit haben bekanntlich zuweilen Erschei-nungen von Geistern gehabt, so daß der Glaube daran, so zu sagen, dem deutschen Blut und Leben recht eingewachsen ist."

Kurz alles nahm denselben Gang wie vorhin bei den Löwen, diejenigen schwiegen allein, welche vielleicht über den Gegen-stand hätten sprechen können.

Auch diesmal schloß Herr Schweppermann sich an sie an. Aber nicht in so passiver, lebloser Art, wie vorhin. Vielmehr ließ er auf die Zweifler an der Gespensterwelt so unwillige

Blicke fallen, daß er zuverlässig im Donnerton mit ihnen gesprochen, wären nicht ein paar treffliche Kunden seiner Leihanstalt darunter gewesen, die er dadurch vielleicht vor den Kopf hätte stoßen können.

Endlich stand er auf und zog den Vorleser auf die Seite. Aus dem Achselzucken des letzteren war so viel zu schließen, daß er mit manchem Aufschluß, welchen Herr Schweppermann gerne noch gehabt hätte, diesem nicht zu dienen wußte.

Da die Herren Schreck und Schweppermann dicht nebeneinander auf der Hauptstraße in Neustadt wohnen, und es schon spät war, so verließen sie jetzt zusammen das **sche Kaffeehaus.

Offenbar war Herrn Schweppermann der Mönch auf die Sprachorgane gefallen. Wenigstens schienen die vielen „Hm," die er kopfschüttelnd auf der Straße ausstieß, eine Menge in der Geburt erstickter Bemerkungen kundzugeben. Endlich, in der Gegend des Taschenberges, wendete er sein Gesicht rasch nach der Straße, welche dahinführt, weil dort der Bruder Ambrosius vormals seine Zelle hatte. Dann sagte er: „Es ist doch was ganz Wunderliches um die Geisterwelt! Das aber hätte ich nimmermehr gemeint, daß jener Mönch noch immer auf Erden herumwandeln sollte!"

„Ich, wahrlich, ebensowenig!" antwortete der Advokat. „Er soll neuerlich von Neustadt herüberkommen und dann seinen Weg über die große Treppe nach der Brühlschen Terrasse hinaufnehmen. - Übrigens, Herr Schweppermann, weiß man ja, was die Menschen bisweilen sehen; was eine gereizte Einbildungskraft dabei tun kann! Ein Mann wie Sie, der in seiner Leihbibliothek gewissermaßen die sämtlichen Geheimnisse der wirklichen sowohl als der TitularGeisterwelt beisammen hat, der kann ein Wort davon erzählen, was im Sehen solcher Dinge oft für Mißgriffe geschehen."

Während dieser Rede waren sie durch das Schloßtor gekommen. Da überfiel Herrn Schreck mit einem Mal ein solches Husten, daß sein Gefährte in Furcht war, es möchte ihn ersticken. Was dann anfangen mit der Leiche, da sich keine Seele mehr sehen ließ auf der Straße als die Schildwache im Innern des Tores, die von ihrem Posten nicht wegdurfte? Solche Vorstellungen machte sich nämlich Herr Schweppermann, der überhaupt furchtsamer Natur ist, und immer alle Dinge sogleich von der schwärzesten Seite betrachtet.

Hier hätte er dergleichen Sorgen gar nicht nötig gehabt. Denn der Husten hörte auf einmal wieder völlig auf, wie er auf einmal gekommen war, und sie gingen ruhig weiter.

Auf Herrn Schweppermanns Seite jedoch dauerte die Ruhe gar nicht lange.

„Herr Schreck!" sprach er jetzt auf einmal ganz leise, „lieber Herr Advokat Schreck!" Dazu hielt er seinen Begleiter am Ärmel fest.

„Nun?" fragte der, ganz verwundert.

„Mein Gott, sehen Sie denn nicht? Da steht es ja!"

„Was soll ich sehen?"

„Sehen Sie denn nicht, wie es uns anschaut?"

„Phantasien!" rief der Advokat, „kommen Sie kommen Sie! Am Ende wollen Sie mich wohl selber mit dem Mönch zu fürchten machen?"

„Sst! Ich bitte Sie doch um Gotteswillen, Herr Advokat!"

„So kommen Sie doch!" sprach Herr Schreck, im Ton des Unwillens.

Tieferseufzend sagte nun der Leihbibliothekar: „Endlich! Endlich, Gottlob, geht es, und wirklich nach der Treppe."

„Herr Schweppermann" - so sagte nunmehr er Advokat, stehenbleibend - „ehe ich einen Schritt weitergehe mit Ihnen, erklären Sie sich, ob Sie mich zum Besten haben wollen?"

„Aber, bester, englischer Freund" - versetzte der andere - „Sie können sich ja mit eigenem Auge überzeugen! Dort steigt er eben die Treppe mit seiner Laterne hinauf!"

Der Advokat versicherte dagegen, nicht einmal die Laterne zu sehen, und fuhr auf dem Wege über die Brücke fort, Herrn Schweppermann, der den ganzen Mönch, just wie er beschrieben worden, gesehen haben wollte, umsonst zu überreden, daß er nichts als ein Bild seiner eigenen, gereizten Phantasie vor sich gehabt habe.

Sie hatten endlich ihre Wohnungen erreicht. Da fragte der Advokat, ob noch so spät für ihn in der Leihbibliothek ein Buch zu haben sei.

„Zehn für eines!" war die Antwort, und beide stiegen miteinander die Treppe hinauf.

Oben in der Leihbibliothek aber gab es eben ein lebendiges Gemälde, wie nach Gerhard Dow, nur von verbessernder Schneiderhand in unsere Tage versetzt. An dem einen Ende eines schmalen Tisches saß nämlich ein junger Mensch, nicht sonderlich von Äußerem, aber voller Ähnlichkeit mit Herrn Schweppermann. Eingeschlafen ruhte er mit dem Kopf auf dem Schuhwerk einer altväterischen Stuhllehne, und schien eben die Härte des Zierats im Traum bitter zu empfinden. Am entgegengesetzten Ende des Tisches schlief, den Kopf auf den Ellenbogen gestützt, eine für ihre vierzig Jahre ziemlich wohlerhaltene Frau. Als sei ihr eben ein artiges Kunststück gelungen, so schlau und fröhlich sah ihr angenehmes Gesicht aus, welches mit ihrem vis á vis den vollkommensten Kontrast bildete. Der Tisch selbst stand so dicht an der Fensterseite, daß dahinter kaum noch jemand zu sitzen vermochte, und wer ja etwa dahinter saß, gewiß auf keine Weise herauskonnte, ohne einen der beiden lebendigen Riegel aufzuwecken, welche der Schlaf mehr als gewöhnlich in die Breite getrieben hatte. Und in der Tat saß jemand hinter dem Tisch, die Person nämlich, welche Herrn Schweppermanns Leihbibliothek seit anderthalb Jahren so gewaltig in Aufnahme brachte; das blonde Fritzchen mit dem Wuchs einer Hebe[,] aus deren blauem Auge jedem, der sie ansah, ein köstlicher Nektar ins Herz rieselte, wenn er nicht etwa ein fühlloser Schneemann war. Und Frizchen gegenüber an der anderen Seite des Tisches saß der junge Maler Heide, ein recht feines, annehmliches Persönchen, unstreitig der beste Kunde der Schweppermannschen Bibliothek. Alle Abende holte er neue Schriften. Und sonderbar, Anfangs, ehe man ihn kannte, war er so wählig, daß er über ein paar Bücher eine ganze Seiger-

[,] Göttin der Jugend.

stunde suchen konnte. Seit er's aber zu dem Recht gebracht hatte, Frizchens Mutter - denn das war die Vierzigerin - und dem jungen Herrn Schweppermann - das war der Mutter vis á vis - die Zeitungen Abends vorzulesen, seitdem nahm er die Bücher wie sie ihm unter die Hände gerieten, blieb aber dennoch allemal viel länger als eine Stunde da, weil er doch die Früchte seines Zeitungslesens genießen mußte. Soeben waren diese wieder reif geworden, oder was ebensoviel sagen will, seine beiden Zuhörer waren soeben eingeschlafen. Kaum ward er dies inne, so ließ er auch Zeitungen Zeitungen sein und sprach mit Frizchen über den Tisch hinüber sehr emsig. Endlich bog sich der Maler immer weiter über den Tisch hinüber, und aus Höflichkeit bog sich Frizchen zu ihm herüber, bis sie gerade über der Mitte des Tisches mit dem Munde zusammen trafen.

Kein Wunder, wenn sie unter solchen Umständen die Herren Schweppermann und Schreck gar nicht hatten hereintreten hören, welche eben dieses lebendige Gemälde betrachteten.

„Nun?" rief der Hauswirt. Da merkten sie endlich, daß noch außer ihnen Wachende im Zimmer waren, und Herr Heide stand auf und sprach: „Bloß um die Eingeschlafenen nicht zu stören, wollte ich der Mamsell etwas ins Ohr sagen."

„Ei" -versetzte hierauf der Leihbibliothekar - „ein Maler sollte doch wohl besser wissen, was ein Ohr ist und was ein Mund. - Marsch Mamsell!"
Inzwischen waren die Schlafenden erwacht und Frizchen schlich sich verschämt hinter dem Rücken ihrer Mutter ins Kämmerchen hinaus.

„Allen Respekt, mein Herr Heide" - sprach nun der Leih-bibliothekar - „vor Ihnen, als Lesekunde. Nach dem jetzigen Vorfall aber darf ich Sie wohl bitten, künftig ihre Bücher lieber hübsch am Tage zu holen, wenn ich zu Hause bin."

Herr Heide hatte für diesen Augenblick nichts zu tun, als seinen Abtritt zu nehmen.

Während hierauf Herr Schweppermann, seinen Sohn im Vorbeigehen eine ewige Schlafmütze scheltend, nach den

Büchern für den Advokaten suchte, zischelte letzterer der Frau Trick, Frizchens Mutter, etwas zu, worüber sie ihm ihren vollen Beifall bezeigte.

Als sodann Herr Schweppermann dem Leser hinausleuchtete, sagte dieser noch an der Treppe: „Versprechen Sie mir, ja niemand eine Silbe von Ihrer Vision auf dem Schloßplatz zu erzählen. Denn wahr oder unwahr, ich meines Orts müßte leugnen, daß mir auch nur das Geringste vorgekommen, und Sie könnten dann leicht in den Verdacht geraten, gewisse - überspannte Ideen zu hegen, wodurch nach und nach vielleicht, wenn es bekannt würde, Ihre jetzt so schön angebrachte Leihbibliothek wieder herunterkommen dürfte."

So böse Herr Schweppermann denn auch über Sinn war, welchen der Advokat mit der Benennung: *überspannte Ideen* zu vermänteln suchte, so gelobte er doch ein völliges Verschweigen der Sache. Sein Gewissen sagte ihm überdies, daß er in die Kategorie derjenigen gehöre, denen das Gespenst, der Sage nach, seinen Besuch zu machen pflegte. Denn, wie oft auch Frizchens Mutter ihm dartat, daß die Temperamente ihrer Tochter und seines Sohnes gar nicht zusammenpaßten, so beharrte er doch auf seiner Lieblingsidee ein Pärchen aus diesen Leuten zu machen. Er sah nämlich Frizchens wohltätigen Einfluß auf den schwunghaften Betrieb seines Gewerbes recht gut ein, und da er letzteres seinem Sohn künftig allein zu überlassen dachte, so wollte er ihm in Frizchen ein werbendes Kapital mit zuteilen, wegen dessen Sicherheit der junge Schweppermann umso weniger gefährdet war, weil des Mädchens Sitte nicht einmal ihre streitigen Punkte hatte. Denn was vorhin über den Tisch hinüber von ihr geschah, das gewinnt ein ganz anderes Ansehen, wenn man erfährt, daß Frau Trick bereits wußte, der junge Maler Heide sei durchaus kein Heide in der Tat, ja er wolle an Frizchen noch weniger zum Heiden werden, vielmehr - lieber heute als morgen - das christliche Werk der heiligen Ehe mir ihr beginnen. Doch konnte Frau Trick, als Herrn Schweppermanns arme Verwandte, bei den Absichten, welche er mit ihrer Tochter hatte, ihren und des Mädchens heißesten Wunsch bis dahin nicht durchsetzen, oder auch nur in etwas vorwärtsbringen.

Herr Schweppermann würde übrigens diesen Abend seine rauhe Seite noch ganz anders herausgekehrt haben, wäre nicht sein Andenken an die Erscheinung Frizchens Schutz gewesen. In der Tat war er auch während der bangen, kummervollen Nacht nicht ganz einig mit sich, ob er Frizchen, sein Mündel, wirklich dem Maler Heide zur ehelichen Hausfrau überlassen solle oder nicht. Sein Sohn konnte ja, selbst beim gänzlichen Untergang der Lesebibliothek, von dem hübschen Vermögen leben, das ihm nach des Vaters Tode zurückblieb, und bedurfte daher der Nothilfe gar nicht, welche ihm sein Vater mit einer hübschen Frau zu verschaffen dachte.

Allein mit dem Anbruch des Morgens traten die Aussichten für des Malers Wünsche auf einmal wieder in einen höchst düsteren Nebel zurück. Herr Schweppermann fragte sich nun in ganzem Ernste, ob er auch recht gesehen und nicht vielmehr die Erscheinung auf dem Schloßplatz wirklich ein Fehler seiner Phantasie gewesen sein möge. Daher rief er denn auch bald nach dem Aufstehen Frizchen zu sich, las ihr den Text wegen des Abends, hielt dann der Mutter gleichfalls die Sache vor und sprach, daß, möge Frizchen nun seinen Sohn heiraten oder nicht, soviel gewiß sei, daß er niemals seine Einwilligung zu ihrer Verbindung mit Heide geben werde. Denn man möge sagen was man wolle, die Malerei sei doch immer eine brotlose Kunst.

Der arme Heide ahnte es, was vorgegangen war, daher wollte ihm kein einziger Pinselstrich gelingen. Und am Abend trat gleichfalls kein Augenblickchen ein, die Herzallerliebste zu sehen. Denn das Kammerfenster, das sonst immer erleuchtet war, sobald Herr Schweppermann den Fuß aus dem Hause gesetzt hatte, das blieb, heute finster und blieb finster; woraus der arme Verliebte schließen konnte, daß sein Widersacher gar nicht ausgegangen sei.

So finster aber dem Maler durch dieses finstere Fenster der Abend selbst wurde, so heiter lachte ihn der folgende Morgen an. Schon mit dem Frühesten klingelte des Leihbibliothekars

Dienstmädchen an seiner Tür und brachte ihm, als er geöffnet hatte, ein schönes Kompliment von ihrem Herrn, und der Herr Kunstmaler Heide möchten doch so gefällig sein, sich baldmöglichst zu dem Herrn Leihbibliothekar Schweppermann hinüberzubemühen.

Herr Heide ließ sich das gefallen. Im schlimmsten Fall hatte Herr Schweppermann noch ein paar Grobheiten für ihn auf dem Herzen. Das mochte sein, wenn unser Verliebter nur, wie er hoffte, irgendeine Gelegenheit fand, Frizchen ein Billet in die Hände zu praktizieren.

Flugs brachte er auch ein paar Zeilen, ihre nunmehr höchst notwendigen, geheimen Zusammenkünfte betreffend, zu Papier, brach letzteres winzig klein zusammen, und stellte sich dann bei Herrn Schweppermann ein.

Das Billet aber war ganz fruchtlos geschrieben. Herr Schweppermann sagte ihm nämlich sogleich, daß er sich noch recht gut erinnere, wie Herr Heide vor einiger Zeit um die Hand seines Mündels, Frizchen Trick, angehalten. Damals wären der Sache einige Bedenken wegen seiner brotlosen Hantierung und sonst in den Weg getreten, die er nunmehr für erledigt achte.

Schon stand der junge Maler im Begriff, den Mann für diese so rechtschaffene Sinnesänderung an sein verliebtes Herz zu drücken. Aber er unterließ es doch, als jetzt in Frizchens Person ein ganz anderer Magnet für dieses Herz hereintrat. Ja, er war undankbar genug, sich bloß mit dem Mädchen und der Frau Trick über die Sache zu freuen, und Herrn Schweppermann gar nicht weiter zu berücksichtigen.

Genaugenommen, tat letzteres auch wenig Not, wie er später erfuhr. Des Vormunds plötzliche Sinnesänderung rührte nämlich bloß davon her, daß in der vorigen Nacht der Mönch mit dem Kopf unterm Arme vor sein Bett getreten war, und die Hand drohend gegen ihn aufgehoben hatte. Dadurch war der Erschrockene so mürbe geworden, daß er schon in der Morgendämmerung den Advokat Schreck zu sich bitten ließ und ihm die Sache vertraute.

Herr Schreck wollte nun Anfangs freilich wieder, wie zwei Tage früher, den Mönch für ein Trugbild der Schweppermannschen Phantasie ausgeben. Darüber aber ward der Leihbibliothekar dermaßen unwillig, daß jener einlenkte und meinte: Wenn die Erscheinung wirklich stattgefunden, so sei, um sich vor künftigen Beunruhigungen zu sichern, doch wohl das Beste, in die Heirat der beiden jungen Personen zu willigen.

In der Folge ist es freilich an den Tag gekommen, daß Herrn Schweppermanns Visionen durch eine Truggestalt von Frizchens Mutter und dem Freund des Malers Heide, Herrn Schreck - jedoch ganz ohne Vorwissen des Pärchens - veranstaltet worden sind. Schon nach dem verdächtigen Husten des Advokaten am Schloßtor mögen wohl manche Leser diesen in Verdacht gehabt haben.

Daß aber die vorgelesene Sage bloß erfunden sei, jener Täuschung halber, leugnet Herr Schreck standhaft. Ohne die Wahrheit der Erscheinung des Mönches in alter Zeit, oder auch nur das vormalige, von vielen ganz bezweifelte Dasein des erwähnten heimlichen Gerichts verfechten zu wollen, behauptet er doch, die alte Handschrift in den Händen gehabt und die Kopie davon, bis auf einige zur Verständlichkeit notwendige Veränderungen im Ausdruck, mit der pünktlichsten Treue selbst besorgt zu haben. Ganz wie die Sage sich befunden, sei sie zu seinem Zweck - dessen Rechtfertigung schwer zu übernehmen sein möchte - passend gewesen.

Noch ist hier in der Schweppermannschen Angelegenheit hinzuzufügen, daß Frizchens Mutter ihren Aufenthalt nunmehr bei der Tochter genommen hat, und Herr Schweppermann, wo er ihr oder dem Advokaten einmal auf der Straße begegnet, allezeit einen weiten Bogen um sie herum macht. In seiner Leihbibliothek aber, wenn sie Bücher holen, da sind sie ihm beide recht schön willkommen.

Seit Frizchens Abgang aus dem Hause ist wirklich mancher Kunde aus der Anstalt weggeblieben; daher soll denn noch neulich Herr Schweppermann zu seinem Sohn mit Seufzen gesagt haben: „Es könnte mit unserem Geschäft ganz anders stehen, wenn der fatale Mönch mit dem Kopf unterm Arme nicht gewesen wäre, oder wenigstens mir damals der Kopf auf dem rechten Fleck gesessen hätte!"

Der rote Faden.

Tief in des Odenwaldes finsterm Schweigen
Wirft ein kristallner See verstohlne Blicke
Dem Wandrer zu aus dichter Tannen Zweigen,
Vertraue keiner der geheimen Tücke
Der Wellen, die in seinem Schoße rinnen,
Sie sind der Untergang von manchem Glücke.
Hier prangten lange Zeit die Türm' und Zinnen
Von einem Kloster, reich an irdischer Habe,
Und schöner Himmelsbräute viel darinnen.
Da wankt in Sturmesnacht am Pilgerstabe
Ein schwacher Greis einst nach des Klosters Pforte
Um Obdach flehend und um milde Gabe.
Allein vergebens rang er an dem Orte
Die Händ' um Mitleid bei dem eis'gen Regen.
Man wies den Müden fort mit hartem Worte.
Nur eine zarte Jungfrau, die der Segen
Als Braut des Herrn, noch nicht der Welt entbunden,
Lenore, fühlt Erbarmen sich bewegen.
Doch aus der andern Sinn ist's ganz verschwunden;
Sie schlagen lauter, als der Pilger klaget,
Der Gütigen mit kaltem Spotte Wunden.
Da braust's im Sturm: „Ihr Argen, also traget
Den Herrn im Herzen ihr, daß ihr dem Wimmern
Des Greises so geringen Dienst versaget!"
Drauf sieht man Funken aus dem Boden flimmern,
Und aufgeschossen schnell zu hohen Flammen,
Sich schrecklich wölben, ob des Klosters Trümmern.
Die sinken tief und tiefer. Zu verrammen
Die Rückkehr ihnen nach des Himmels Blicke,
Schlägt drüber bald ein Wellenchor zusammen.
Da wandelt trunken von der Liebe Glücke
Einher den oftversuchten Pfad ein Ritter
Und schrickt, weil hier kein Kloster mehr, zurücke.
Allnächtlich rührt' er leise sonst die Zither,
Dann kam, die ihm zu eigen sich ergeben,

Lenore, seine liebste, stets an's Gitter.
Und seine Brust füllt ein unendlich Beben,
Als leine Spur des Klosters auszufinden,
„Wo bist du," seufzt er, „mein geliebtes Leben?"
Nun tönt es schaurig aus des Sees Gründen:
„Komm morgen Nacht, so wird aus meinem Spiegel
Ein blutrot Fädlein dir herauf sich winden."
Dann schließt der Welle Mund des Schweigens Siegel,
Zur Heimat schleichet er, doch kehrt er wieder
Die nächste Nacht auf banger Liebe Flügel.
Verlangend blickt zum See sein Auge nieder,
Und wie nun blutrot sich ein Faden zeiget.
Durchzittert plötzlich Schauer seine Glieder,
„Lieb' oder Tod!" ruft er jedoch und neiget
Die Hand zum Fädlein. Kaum von ihm errungen
Ist's die Geliebte, so der Flut entsteiget.
„Dein Laut," sagt sie, „ist bis zu mir gedrungen;
Des Ew'gen Schluß, den keiner je ergründet,
Hat mit den Schuld'gen mich in eins verschlungen.
Doch schuldig war auch ich in Lieb' entzündet,
Und bin erst durch die Fluten losgesprochen
Von dem Gelübde, das auf ewig bindet;
Denn vorbehalten blieb in wenig Wochen
Der Eid mir, welcher mich von dir geschieden,
Und schon hatt' ich im Herzen ihn gebrochen.
Nun bin ich, Teurer, dein im stillen Frieden,
Doch darf ich nur die mitternächt'ge Stunde,
Nach langem Flehn, dir zum Vereine bieten.
Furchtbare Trennung drohet unserm Bunde,
Wenn später wir beisammen je verweilen.
Der Faden reißt dann mir zur Todeswunde."
Und mochten Blitze glühn und Stürme heulen,
Sah nun doch jede Nacht Lenorens Treuen
Nach des geheimen Sees Ufern eilen.
Und immer muß das Wunder sich erneuen:
Kaum hat das rote Fädlein er gezogen,
So darf er sich an Liebchens Anschaun freuen.

Und immer ist die Zeit zu schnell verflogen,
Wenn sie, besorgend des Vereines Störung,
Hinuntergleitet in die bleichen Wogen.
Doch überschritten einst sie in Betörung,
Durch Liebeshauche, Blick' und süßes Kosen,
Die strenggemeßne Stunde der Erhörung,
Gemahnet dann erst durch der Wellen Tosen,
Seufzt die Geliebte, sich hinuntersenkend:
„Nun ist der Dolch dem Glück ins Herz gestoßen."
Des Schreckenswortes immerdar gedenkend,
Befällt den Rittersmann das bängste Zagen,
In künft'ger Nacht zum See die Schritte lenkend.
Er sieht den Faden aus den Wellen ragen,
Doch schauerlich im Ahndungsweh befangen,
Will seine Hand ihn nicht zu fassen wagen,
Allein, die monderhellten Wellen klangen
So mild wie sonst; er kann nicht widerstreben:
„Lieb' oder Tod!" ruft glühend sein Verlangen.
Da reißt das Fädlein, wie er's will erheben
Und Blut durchströmet plötzlich jede Welle.
„Das ist das teure Blut von ihrem Leben!
Dein will ich bleiben!" ruft er, und zur Stelle
Stürzt er hinunter, ihr sein Wort zu bürgen.
Da wird das blut'ge Wasser wieder helle,
Wie ihr's noch heut erschaut bei Neuenkirchen.

Die Fräulein vom See.

Die Nacht lag draußen kalt in schwarzen Schleiern,
Und Jungfrau'n saßen bei des Herdes Knistern
Am Rocken wohlgemut mit ihren Freiern
Zu Epfenbach. Da tönet durch die Rüstern,
Die weit des Hauses Giebel übersteigen,
Ein Wohllaut, weicher, als der Harfe Flüstern.
Als schwebe her vom See im frohen Reigen
Ein Elfenchor mit lindem Geistertritte,
Klingt's der Versammlung durch das nächt'ge Schweigen.
Nun klopft es leise nach der Jungfrau'n Sitte.
Herein! ruft man halb freudig, halb erschrocken,
Und sieh, drei Fräulein treten in die Mitte.
Ihr Schneegewand umwallt von lichten Locken.
Grüßt jede durch des Auges süße Rede
Und nimmt zur Hand den mitgebrachten Rocken.
Und von des Dörfleins Spinnerinnen jede
Macht Platz am Herde den drei weißen Lichtern;
Doch stumm wird alles, wie in düstrer Öde.
Erst, als der Fräulein blassen Angesichtern
Des Herdes Flamm' im Widerschein erblühet,
Da nahn die andern spinnend sich und schüchtern.
Allein so dünn man auch den Faden ziehet,
So schön und kunstvoll als die Fremden spinnen,
Sind alle Jungfrau'n nur umsonst bemühet.
Doch wie den Fräulein Worte nun entrinnen,
Vergißt sich bald die Kunst der zarten Hände,
So mächtig waltet Zauberkraft darinnen;
Anmuth'ge Märlein steigen auf behende,
Gleich Blumenschmelz und Duft aus Wunderreichen,
Doch plötzlich geht das heitre Spiel zu Ende:
Inmitten ihrer Rede Lauf' erbleichen
Die Schönen, brechen schleunig auf und eilen
Davon. Die andern stehn voll Furcht und Schweigen.

Dann starren sie erstaunt sich an, und neigen
Einander Ohr und Mund: Wer waren jene?
Wird jemals fürder sich ihr Glanz uns zeigen? -
Als nun das Dunkel wieder eint die Söhne
Des Dorfs und Töchter dort am trauten Herde,
Schweben auch wieder wonnigliche Töne
Vom See herüber auf die stille Erde;
Wie gestern treten mit verschloßnen Zungen
Die Fräulein ein und fröhlicher Geberde.
Und als des Herdes Flamme sie durchdrungen,
Entquillen Märlein neu dem holden Munde,
So zauberisch, wie gestern sie erklungen.
Doch kaum erscholl vom Turm die elfte Stunde,
So nahmen sie den Rocken schnell zusammen.
Enteilend abermals dem neuen Bunde;
Auf zarter Liebestöne Wogen schwammen
Sie draußen fort, doch wagt, sie zu belauschen.
Sich niemand von des Herdes treuen Flammen.
Und sieh, mit jedem neuen Abend rauschen
Die Fräulein auf der Töne Strom herüber,
Für traute Blicke Märlein auszutauschen.
Gewohnheit zehrt das Staunen auf darüber.
Man sehnt herbei den Abend, der sie bringet,
Und jeder macht sie nur dem Völklein lieber.
Ja, manchem ehrlichen Gesellen dringet
Mit ihren Märchen auch ihr Blick zu Herzen,
Der süßer fast, als selbst ihr Ton erklinget.
Die holden Gäste nimmer zu verscherzen,
Strebt alles ihren Beifall zu erjagen,
Nur eins erregt dem Völkchen bittre Schmerzen:
Elf hören kaum vom Turm die Fremden schlagen,
So stirbt ihr Wort; sie eilen rasch von hinnen,
Oft mitten in der lieblichsten der Sagen. -
Vor andern aber liebt mit Seel' und Sinnen
Der wackre Rolf der zarten Fräulein eine
Und um ihr Anschaun länger zu gewinnen
Sich und dem ganzen traulichen Vereine,

Läßt er die Uhr zurück ein Stündlein rücken,
Daß Mitternacht als elfte Stund' erscheine.
Betört, wie alle, von der Täuschung, schicken,
Die Fräulein erst, als schon die Geisterstunde
Vorüber, an sich zu den Abschiedsblicken.
Doch Rolf, gepeinigt, wie von tiefer Wunde,
Von dem Betrug den arglos er begangen,
Macht um den See die ganze Nacht die Runde.
Und horch, aus dessen Silberwellen rangen
Sich Jammertöne los, worin die Stimmen
Der Fräulein, unverkennbar ihm, erklangen.
Erst will er schon hinab zu ihnen schwimmen,
Dann, die Beleidigten nicht frech zu stören,
Den höchsten Fels zu seinem Sturz erklimmen.
Doch läßt sein Fuß das Bleiben sich nicht wehren,
Er muß - o möcht' ihm bald das Herz zerspringen!
Er muß die süße Jammerstimme hören.
Kaum aber regt der Morgen seine Schwingen,
So hört auch Rolf des Jammers herbe Laute
Allmählich bis zum letzten *Ach!* verklingen.
Als er nun starr zum See hinunterschaute,
Erglänzten blutig bald darin drei Stellen,
Vor denen ihm das junge Haar ergraute.
Als ob erächzend aus den stillen Wellen
Das liebste lebend zürnend auferstehe,
So sieht den einen Punkt er plötzlich schwellen.
Er schaut und schaut, allein das herbe Wehe,
Das er erschaut, will nicht sein Herz zerreißen,
Wie brünstig auch vom Himmel er's erstehe.
Es schmilzt des Tages Licht ihn hin zum leisen
Dunkel, das oft am Herd ihm huldvoll lachte
Und schnell entrinnt er nach der Freunde Kreisen.
Hier hob den Fuß er zitternd nur und sachte,
Fürchtend, damit die andern wegzuscheuchen.
Als auf er die bekannte Türe machte.

Schon lauschen all' am Herde nach dem Zeichen
Der Fräulein, die auf Tönen oft gekommen,
Allein die schwarzen Lüfte draußen schweigen.
Wer hat uns Armen ihre Huld genommen?
So unterbricht die Still' oft dumpfes Fragen
Und Rolf sitzt starren Auges tief beklommen.
Denn grausam hemmen ihm den Trost der Klagen
Die blut'gen Stellen, so im See schwammen.
Doch kaum, daß elf die Turmuhr ausgeschlagen,
Bricht auch zum Glück sein wundes Herz zusammen.

Inhalt.